前言
送上我的经验

"这是我的习作，麻烦您指点！"

经常有新作者向我提这个要求。我也曾是新作者，理解他们的心情。不过，作家没时间一篇篇看稿子。所以，只要有人找我给文学新人办讲座，我都尽力而为，一次怎么也能讲给几十人听。然而，一场讲座也就两小时，只能讲几个要点。

基于这些理由，我欣然接受《科幻立方》杂志布置的这个任务。策划人给了我一定的篇幅和架构，建议我把与科幻写作有关的方方面面都讲透，这等于给我安排了几十场系列讲座。写这么一本书，效果肯定比随意"指点指点"强得多。

进入正文前，先得提醒读者几句。首先，书里是我的个人经验，很多看法会与别人不同。我在书后附了个清单，列出各种科幻理论著作，你可以兼收并蓄。

其次，这不是一本平面化的书。从我发表科幻处女作算起，已经过了四分之一世纪，我亲历其中许多变化，为了写科幻史，又参考过很多历史文献，能把视野展开到几千年前。

所以,我会结合科幻发展来介绍写作经验。古人做学问讲究"经史合参",今人讲究"理论和历史的结合",我觉得都有道理。真想在科幻上有所作为的人,不仅要知其然,也要知其所以然。

最后,这不是理论著作,也不是教材。它有体系,但不像学术著作那么严谨。文中一些事实或者引文会有错误,有些观点你可能不认同。没关系,希望读者以平等心态读这本书。你读了,思考了,比较了,鉴别了,有用的部分留下,没用的放弃就行。

好吧,话不多说,下面就进入正文!

目 录

一编：

自主开

脑洞

既然不是必须学习的教材，读者随时可以把它丢在一旁。所以，我得把大家最关心的话题放到前面。新作者最关心什么呢？不是主题思想，不是起承转合，不是人物刻画，不是表达方式。他们最关心的是科幻能写哪些题材。

曾经和一位影视界朋友交谈。我问他为什么不改编中国本土的科幻小说。他说，确实有人推荐了一些国内作品，但一读就知道借鉴了好莱坞某某科幻电影。他嘲讽地说，如果我想参考好莱坞，自己来就行了，为什么用国内科幻作家过一道手？

我不得不承认确实如此。当了多年科幻征文评委，《盗梦空间》火了，接下来的征文就会出现潜入梦境的作品。《流浪地球》改编电影火了，接下来就有人写怎么给月球装发动机。别相信科幻来自想象力的说法，人类讲了几千年故事，早就形成很多套路。科幻作为一类新故事，首先得去借鉴旧故事。

中国作者借鉴好莱坞科幻电影，可后者也未必是百分之百原创。《阿凡达》用了美国西部电影《与狼共舞》的故事核，《星球大战》借鉴黑泽明的日本武士电影，"机器人造反"来自《圣经》中人类对上帝的反叛，很多灾难电影出自《圣经》中的《启示录》部分，超级英雄电影更是仿效部落时代的英雄史诗。

下面这一编，我给大家捋一些经典科幻设定。它们不是来自科学，而是对传统故事的改编。作家构思它们也不是想讲科学道理，而是为了组织故事。介绍时，我会特别指明它们与传统文化的联系。

由于不以真实科技为依托，科幻作家在这里会自创术语，比如"时间旅行"或者"瞬移"。有些科幻点还没有统一命名，为了方便叙述，我暂时给它们起了名，比如"可控梦境"。它们仅供本书的叙述，你可用也可不用。

市面上介绍科幻题材的文章出版过不少，我个人认为系统性较差，只是按照热门程度排列和堆砌，什么题材时髦讲什么。这种文字看热闹可以，对创作没什么帮助。接下来你会看到几百个科幻题材，如果没有体系，它们就成了迷魂阵。

拿什么做体系呢？这不是搞科学，而是搞文学，所以，我按照讲故事的顺序来编排它们。所有故事都在讲角色使用工具应对环境。于是，我先梳理出"人与生命""特殊环境"和"新技术"三大类科幻点。有时，人类要被动承受环境的恶变，这类科幻点归为"灾难题材"；那些主要描写社会变化的科幻点，则归入"社会想象"。

每个科幻点我都梳理出发展脉络：科幻作家最初怎么写，现在又怎么写，你可以设想一下今后该怎么写。当然，不能凭空介绍科幻点，每节都放入不少作品当案例。它们有些是科幻经典，有些写得并不好，但就是有个好点子。

我把它们列出来，不是希望你学习作者的写法，而是借鉴作者写了什么。

一章：
用生命做文章

发明创造并不能形成故事，人情冷暖才是故事的基础。科幻作家和别的作家一样，需要为小说建一条故事线。如果作品中的科幻点来自能源、材料、机械、交通这些身外之物，他们就得另外找线索建立故事线，还得考虑怎么把它与科幻点融合起来。

有个讨巧的方法，就是直接把人与生命的变化当成科幻点。"超英"故事容易写也容易流行，就在于科幻点存在于超级英雄的身体上，他们能用行为直接展示奇观。

所以，围绕人和生命现象的科幻点相当多。如果说文学强调写典型人物，科幻就强调写特殊人物，他们一定要不同于真实的人，可能是变异人或者克隆人。他们甚至未必是传统意义上的生命，可能是数字生命体，甚至是活的星球，但在科幻作品里仍然推进情节并展示个性，所以，它们仍然算是人物。

当然，大部分这类作品只是为了娱乐效果。但是写得多了，对人与生命的本质就会形成新思考。除了借鉴这些题材，你还可以从中得到这些收获。

一节：读心与脑控

先给大家讲个冷知识：心理学并不研究别人在想什

么，还没有什么仪器能直接读取人的心理活动。所以，任何描写"读心"的作品都算是科幻。它和心理学没关系，而是表达了人类自古以来的愿望，知人知面还要知心。

很多传统巫术都包含着读心术，今天，人们则用科幻满足这个愿望，中国作家何大江就写了一本《读心机》。主人公是心理医生，通过脑电波阅读患者的心理，结果发现患者曾经目击生父杀害生母。他必须在医生的职业操守和法律责任之间进行选择。

1995年，凯瑟琳·毕格罗和詹姆斯·卡梅隆合作过《末世纪暴潮》，这也是一部读心题材的电影。故事中，美国情报部门研制的"量子干扰仪"流入黑市，被犯罪分子利用。这种仪器要戴在假发下面，通过收集皮电信号来完成读心。严格来讲，它不能观察人的思想，只能观察人的感知。

随便看到他人的内心并非好事，石上流创作的幽默科幻小说《窥灵魂》便讲了这么个故事：科学家发明脑电分析仪，原本是为了与聋哑人沟通，结果被儿子偷出去监视恋人。是的，几乎所有读心题材的科幻都从隐私权上做文章。

既然能读心，当然会想到控制别人的心灵。而怀疑自己的心理活动被人控制，这种想法由来已久。在古代，人们便经常指责别人用巫术控制思想。

二十世纪七十年代末，日本电影《追捕》曾经吸引亿万中国观众。虽然没注明是科幻电影，但电影的基本构思是医药公司发明中枢神经阻断剂控制他人行为,到今天这也属于科幻范畴。

中国作家郑文光在《命运夜总会》中描写了另一种心灵操纵术。不是往别人脑子里输入指令,而是用电磁波解除自我抑制。反派在命运夜总会里安装这种设施,专门吸引想放弃自我、进入陶醉状态的消费者,导致很多人失控死亡。

在脑控题材上,苏联作家别利亚耶夫的《世界主宰》堪称代表作。主人公施蒂纳解剖过一千多个大脑,成功研发出控制他人的技术。他让银行家授予自己财产,催生精神病大流行,又控制警察和军队。直到苏联科学家发明了同等设备,用思想波与施蒂纳隔空交战,才将他制服。

如果说控制别人的心灵还属于奢望,控制自己的表情则是人人都在做的事。中国作家杨道永以此为题材创作了《表情控制器》。主人公从空间站返回后,发现街头人人笑容可掬,非常不自然,只有某个著名演员还能保持自然表情。他告诉主人公,如今人们都在耳后植入表情控制器,想要什么表情就能做出什么表情,而他这个专业演员反而失业了。

科幻电影 Equilibrium 被译为《撕裂的末日》,直译应该是"心情平静",描写用药物控制情绪的故事。《撕裂的末日》并非这个题材的开端,波兰科幻大师莱姆在《星空归来》中,就描写了一个过度平和的世界。人类通过酶酐植入手术消除攻击性,失去竞争,社会也不再进步。

反之，在《机器人梦到电子羊》中，作者菲利普·迪克则描写人类使用"移情盒"，随意刺激自己产生各种情绪。

古代各民族都有"附体"的传说，一个人的灵魂进入另一个人的身体并进行控制，这是脑控设想的巅峰。这个古老构思转化到科幻里，成为用技术手段将人格在两个身体之间迁移的故事。

在短篇科幻《阿尔泰亚九星上的绑架案》中，作者弗雷德里克·波尔让"灵魂转移术"成为普通技术。阿尔泰亚九星居民失业后便出租身体，将自己的全部记忆用编码形式暂时存入机器，租赁者再把自己的记忆输入那个身体，操作它在当地冒险。这个构思类似"阿凡达"，但它发表在几十年前。

1988 年，长春电影制片厂拍摄了科幻电影《合成人》。一个商人患脑瘤死亡，一个农民同时因车祸丧生。科学家将农民的脑植入商人的身体，形成合成人。电影没什么技术细节，主要通过"附体"后的身份互换产生喜剧效果。

前些年，有两部"附体"题材的科幻电影相继登陆大银幕。先是 2015 年的《幻体：续命游戏》，大富翁知道自己时日无多，与某青年签订身体租赁协议，死后用他的身体重生，最后被宿主的意识所吞没。

接着是 2016 年上映的《超脑 48 小时》。CIA 探员遇害身亡，而他的脑中记着一个重大机密。科学家将他的记忆植入罪犯的脑中，争取在 48 小时内寻找到这段记忆。而在这段时间里，罪犯却改变了穷凶极恶的性格，开始拥有探员的行为特点。

2017 年，开心麻花团队创作出《羞羞的铁拳》，重复了灵魂互换这个题材。这个故事如果放到几十年前，就是典型的科幻类型创作。

二节：记忆操作

《假如记忆可以移植》是 1999 年的高考作文题目，它让科幻在那年热闹了一把，因为当年有篇科幻小说写了这个题材。

是的，增加、删除或者改造记忆，是科幻中的传统题材。阿根廷作家博尔赫斯创作过短篇小说《博闻强记的富内斯》，在故事中，主人公从马背上掉下来，头部受伤，非但没有失忆，反而获得无穷的记忆力，生活中什么细节都能记下来。从此，他的心灵成为"垃圾场"，过多的记忆让他失去思考能力。据说，博尔赫斯写这篇小说时正受失眠困扰，小说写的就是本人的痛苦感受。

用物理手段挽回失忆者的记忆，也是记忆改造的设想。《雪姑娘》（叶永烈著）、《仙鹤和人》（郑文光著）、《失去的记忆》（童恩正著），都描写了医生用技术手段挽回患者的记忆。

比唤回记忆更神奇的，是从脑中删除部分记忆，科幻电影《谍影迷魂》便讲了这样的故事。主人公参加过中东战争，但对战争过程的记忆却模糊不清。十几年后，他的战友出任美国副总统，主人公发现，为掩饰战友曾经犯下的战争罪行，有人竟然删除了他的记忆。

再往下就是增加记忆，让当事人以为他确实经历过这些事。博尔赫斯还写过一个记忆题材的故事，名叫《另一次死亡》。士兵达米安对自己在战场上的懦弱表现深感耻辱，便向上帝祈祷。上帝改变了他周围所有人的记忆，大家只记得他是战场上的勇士。

《另一次死亡》虽然偏重于纯幻想作品，但它使用了"增加虚假记忆"这个点子，你会在很多科幻作品里看到它。《全面回忆》就是典型，它由菲利普·迪克创作。主人公觉得自己生活平淡，请科技公司植入在火星冒险的虚拟记忆，没想到却唤醒了他的真实记忆。好莱坞先后将这个短篇两次搬上银幕，都是大制作，但保留了原作中改造和唤醒记忆的故事核。

1980年，叶永烈在《归魂》中描写外国情报部门绑架一名科学家，植入虚假记忆，让他认为自己是间谍，来窃取情报。咱们谈到"窃取情报"，还必须提到一种从记忆中窃取情报的故事，张庄林的《达达尼尔计划》就是一例。一名间谍拥有超强记忆力，能把整个作战计划都记在脑子里，而不留下任何文字。敌人抓到他后，要用先进的生物示踪器从他的脑中提取所有记忆，再一段段地费时费力地寻找作战计划。

在科幻电影《雷霆穿梭人》中，企业家遭遇车祸，临死前将意识输入电脑。他的手下绑架了一名赛车手，将企业家的意识移植到他身上，以获取商业机密。

在小说《沃克博士的故事》中，作者肖文馨则设想大脑皮质是记忆载体。人们建起一幢楼，里面贮存着数万个大脑皮质。它们来自濒死的优秀人物，保存在营养液里的目的是可以按照需要移植出去。

三节：儿童思维

虽然每个成年人都曾经是儿童，但是成年后我们就离开了儿童的世界，不再熟悉它。超级英雄题材漫画《雷霆沙赞》就在这种变化上做文章。主人公是一名青少年，他能够变身为成年体形的超级英雄，却仍然保留着青少年的思维习惯。

《雷霆沙赞》把儿童置身于成人环境，通过对比来突现儿童思维的独特性。日本作家小松左京也写过一篇小说，描写神秘灾难过后，所有大于十一岁的人都失踪了。社会上剩下的都是孩子，他们必须掌握成年人留下的机器设备才能生存。

这些科幻中的儿童心理还是我们熟悉的，有些科幻作品构想了面目全非的儿童思维，美国作家库特纳夫妇创作的《好难四儿啊，那些鹈鹕鸸子》就是代表作。这个莫名其妙的篇名来自《爱丽丝漫游奇境》的一首诗歌，原本就指无法理解的怪异逻辑。

小说中，未来人类发明了时间机器，把一个益智游戏匣发送回二十世纪四十年代，被一个家庭捡到。父母完全不知道怎么摆弄，儿子和女儿却会玩，并且乐此不疲。时间一久，这两个儿童从游戏匣中掌握了很多超越时代的知识，智力也超越了成年人。最后，他们自行搭建时间机器，穿越到未来。

这篇作品的科幻点就是儿童思维的独特性，作者用了很多稀奇古怪的术语去表现它，本来很难视觉化，不过还是被搬上银幕，改编成科幻电影《拯救未来》。

这些作品中的孩子是善良可爱的。另一些科幻作品则把儿童描写得很可怕，大反派都是看似弱不禁风的儿童，他们拥有神秘力量，能控制成年人并予以伤害。好莱坞把这类题材的电影叫作"魔童电影"。

戈尔丁在 1983 年诺贝尔文学奖获奖作品《蝇王》中，描写核战之后，一群孩子在飞机失事后迫降于荒岛，所有成年人都死于事故，孩子们却幸存下来。失去成人约束的他们在岛上互相残杀，争王争霸。主流文学界把这部小说看成寓言，认为它在隐喻成人社会。其实戈尔丁当过教师，他恰恰是在写现实中的青少年群体。

刘慈欣在《超新星纪元》后半段也使用过类似构思，所有成年人因为超新星爆发死亡后，青少年拉出成人遗留的武器，开始玩残酷的实战游戏。

在美国科幻电影《街头疯狂》里，青少年反叛心理被夸张到极致。美国政客出于选举需要，把选民年龄下调到十四岁。青少年选民大增，摇滚歌星被选为总统后制定法律，将三十五岁以上的美国人都关进集中营。只有这样，孩子们才能摆脱成年人的约束。这部早期科幻电影反映了美国的"婴儿潮"时代。当时美国社会很年轻,新一代话语权高度膨胀,影响社会舆论。

　　这些故事中的儿童都还是正常儿童,另一些作品则描写了变异的儿童,大卫·肖宾的《怪胎》就是代表作。一台超级电脑在医学中心里服务于一项实验,记录被试者服用新型安眠药后的脑电波。一名孕妇参加实验,很快,腹中胎儿被电脑刺激,提前拥有自我意识,开始控制母亲的行为。小说后半段,孕妇与怪胎为争夺身体控制权进行了殊死搏斗。

　　科幻剧集《X档案》中有一集《夏娃》的故事,科幻点也是超常的恐怖儿童。他们来自美军的秘密实验,都有五十六条染色体,拥有更快的成长速度、更高的智慧和更强的体力,然而也更容易得精神病,导致实验失败。其中两名女孩逃出基地,分散生活。多年后,她们复制出的女儿开始联手作案。由于年龄只有八岁,成年人对她们完全没有防范。

　　除了把儿童设定为隐蔽的成人,有些科幻作品还描写成年人突然变成心理上的儿童。老版英国科幻电视剧《复仇者》中就有这么一集故事。苏联间谍发明特殊药剂,成年人服下它后,会在短时间里退化为孩子,天真无邪,没有心机,但所有记忆都还保留,很容易被间谍诱骗,讲出机密。

四节:功能改造

　　身体既是我们生存的本钱,也是我们生存的限制。古往今来都有人设想改造身体,增加特殊功能,嫦娥服药就是一例。今天，它们演化成一类科幻题材，就是功能改造。

威尔斯的《隐身人》可能是最早描写功能改造的科幻作品。主人公发明神秘药物，可以改变人体组织的折射率，使身体透明。他在自己身上做实验后无法复原，成了隐身人，无法在伦敦那种闹市生活，只好用衣物裹紧全身，来到偏远小镇里隐居，想慢慢寻找显形方法。《隐身人》不仅原作被多次搬上银幕，原始创意也演化成《透明人》等新故事。情节更为现代化，但是科幻点大同小异。

苏联科幻作家别利亚耶夫也是描写人体机能改造的专家。在长篇科幻《飞人阿里埃利》中，科学家通过机体改造，使人能凭借神经系统控制全身所有分子的运动方向，从而实现可控飞行。在《水陆两栖人》中，阿根廷医生把一个儿童改造成为拥有腮、可以在海洋中生存的人。

超级英雄故事集功能改造之大全，其中的角色既有变异人和外星人，也有改造人。从早期的美国队长，中期的绿巨人，到晚期的蜘蛛侠，都是被改造了身体的普通人。

"超英"群体中少不了把身体提速为超能力的角色，比如闪电侠和快银。中国作家王晋康的《少年闪电侠》也是身体提速题材。几个孩子成为神经提速实验的对象，被称为"光速人"，他们能看清电视扫描的过程，能分辨别人的眼泪如何落下，蚊子怎样展翅。作家用十足的画面感来反衬高速、低速两个世界之间的区别。

五节：生化人造人

人造人？你说的是不是机器人？

不是，这里讲的不是机械电子产品，而是生物化学产品。早期很多科幻都在写生化版人造人。二十世纪七十年代末，机械电子人在科幻里面已经流行，但《异形》系列中还有生化版的人造人，说明它不完全是个古典构想。

世界上第一部科幻小说《弗兰肯斯坦》讲的便是生化人造人。弗兰肯斯坦从许多尸体上寻找组织和器官，拼凑成丑陋的巨人，大自然通过雷电使这个巨人获得生命。

二十世纪二十年代，德国导演朗茨拍摄出史诗巨片《大都会》，生化人造人也是里面的重要角色。资本家利用它去操纵底层劳工，而它失去控制，鼓动工人破坏机器。

1921 年，捷克著名剧作家卡雷尔·恰佩克创作出话剧 *R.U.R.*，意思是《罗素姆的全能机器人》。其实，恰佩克将捷克语的"强迫劳动"（Robota）和波兰语的"工人"（Robotnik）两词合成，创造了新词汇"Robot"。剧名译为"罗素姆的全能人造奴隶"更准确，只是在汉语里很绕嘴。

后来，这个词在英语里意为"机器人"，上过学的读者都知道它。现实中，它们用于指称机械电子类的机器人，但在 *R.U.R.* 里面，"Robot"也是有血有肉的生化人。由于改变了化学方程，"Robot"开始拥有意志和感情，向往自由，最后把人类彻底消灭。

虽然人造人从《弗兰肯斯坦》开始便在反叛创造者，但是把全人类当成反叛对象的描写则始于《罗素姆的全能机器人》，到今天已经超过一百年，所以，机器人造反不算什么新奇构思。

在科幻题材中，机械电子机器人什么时候取代生化人造人，我还没有考证，也许和现实中计算机的发明有关吧。反正今天大家都这么写，如果有人再写生化人造人，反而会显得很新奇。

王晋康在《类人》中就将生化人造人推陈出新，描写人类直接用非生命物质创造基因，进而创造生殖细胞，培育新人。在这个过程中，制造者可以随意确定基因。"类人"比真人更漂亮，更健康，没有任何遗传疾病。为了让他们与人类区别开来，所有"类人"都没有指纹，成为携带终身的身份证明。

在科幻电影《银翼杀手》中，生化人造人成为被迫害者。他们也需要吃东西，会出血，外表与人无异。但他们的寿命设定为只有四年，个别生化人想突破人类设置的这个防线，就会被"银翼杀手"们追杀。

六节：外星人

我在多年的征文赛事评委工作中发现，如果科幻初学者不知道写什么，就去写外星人，这个题材已经成了科幻中最大的"俗套"。其实，现实中没有哪位科学家以研究外星人为职业。而科幻作家创作外星人形象，主要是作为镜子来反衬人类文明。

最早的外星人故事出现在公元二世纪，古罗马作家卢奇安在《一个真实的故事》里描写"月人"和"太阳人"作战，双方争夺"启明星殖民地"，助战的是"南极星座军队"。

十六世纪，德国天文学家开普勒在科幻小说《梦》中，设想月球上生活着巨大的人面蛇身动物。它们日间在月球表面活动，夜里躲进月球深处的洞穴。1752年，法国哲学家伏尔泰在一篇著作中描写分别从土星和天狼星来的两名外星人。他们高达十二万米，智力也比人类高许多。

现代科幻中经典的外星人概念源自威尔斯名著《世界之战》。小说中的外星人来自火星，形似章鱼，头上有三只眼睛，科技水平远超人类。但他们不适应地球环境，被细菌感染而死去。2005年斯皮尔伯格在改编电影里忠实复制了这些设定，却因为时代过了一百年，很难再为当代观众接受。

小说对火星人几乎没有正面描写，只有他们乘坐的巨型三脚架到处游荡。而在《月球上的第一批人》中，威尔斯塑造了一个月球人社会。它类似于蚁类文明，月球人因分工不同而形体各异。月球王有巨大的脑袋，月球工人有发达的肢体，通讯月球人则健步如飞。

1900年前后，"火星人"是科幻作家的至爱，美国作家伯勒斯创作的以《火星公主》为代表的一系列火星人故事非常出名。他笔下的火星人也不是单一种族。绿人族有四条胳膊和满嘴獠牙，眼睛长在触须上。此外还有红人族、黄人族、无头族、吃人族等。他们在火星上为争夺地盘战斗不休。

苏联作家阿·托尔斯泰在《阿爱里塔》中，塑造了类似封建社会的火星文明，苏联英雄则乘坐火箭，跑到火星上搞革命。这部小说于1924年被搬上银幕，是《月球旅行记》后宇航科幻电影的又一座高峰。

1934年，美国作家温鲍姆在《火星漫游》中，塑造出鸵鸟般的火星土著。他们像印第安人那样诚实得可爱，却遭受地球人的欺骗。这种外星人以硅为生命基础，吸收氧气，呼出二氧化硅，也就是沙子。

随着科学家对火星的研究不断深入，再描写火星人已经不合时宜。科幻作家把外星人设在更远的宇宙，形形色色的外星人被创作出来。我介绍一些至今仍然不过时的构思给大家。

1938年，坎贝尔在短篇《谁赴彼方》中，描写两千万年前抵达地球并被僵冻的外星生物。它们冬眠在南极冰下，苏醒后混入科学基地。吃下什么生物，就会慢慢变成那个生物的样子。这部小说两次被搬上银幕。比起早期单纯作为"外族人"形象而存在的外星人，这种设定大大跃进一步。

1951年，海因莱因发展了寄生型外星人这个题材，写出长篇《傀儡主人》。外星人寄生在人类的脊椎里，渗透到脑中操纵宿主的思想行为。

海因莱因塑造的另一种经典外星人形象，就是《星船伞兵》中的虫人。无论在小说还是在改编电影中，虫人都显得毫无人性。它们和人类之间只有战争，无法沟通和谈判。海因莱因想借此塑造一种冰冷的族群对立关系。相比之下，早期科幻题材中的外星人无论长得多么怪异，总还能与人类交谈。

1955 年上映的科幻电影《躯体掠夺者》中，豆荚般的外太空植物降落在地球上，控制附近人类的思想感情，并在人体内生长出复制品。英国作家奥尔迪斯则在《唾液树》中，描写能分泌超级唾液的外星人。他们的唾液可以把人类、家畜变成糊状，然后吸食！

到了阿瑟·克拉克笔下，有形体的外星人已经不够容纳他的脑洞。在《2001 太空漫游》和《与拉玛相会》中，克拉克描写了神龙不见首尾的外星人。他们从不现身，人类只能接触到他们的超级制造物，绞尽脑汁也不知道外星人要做什么。

这种设定基于一个假设：能用人类社会的逻辑去解读的外星文明，技术水平肯定和人类差不多。如果外星文明极其高超，恐怕我们即使看见也无法理解，不可能你一言我一语地坐在那里聊天。

如果一部科幻作品里出现了不止一种外星人，一般会有善恶之别。所以在科幻大片《黑衣人》和《第五元素》等作品里，能看到"善良"外星人与"邪恶"外星人之间的斗争。

另一些外星人无所谓善恶，在地球上充当超然的观察者。日本作家矢野彻在《纸飞船传说》里，描写和人类一模一样的外星人潜伏到日本，在深山老林中生活几百上千年，即使到了现代社会仍然过着隐居生活，因为他们的任务就是观察人类。

无独有偶，中国作家金涛也在《月光岛》里描写了隐士般的外星人。他们化身渔民，躲在月光岛上观察人类。

科幻史上形体最大的外星人，出现在丹麦作家福瑞德·霍尔创作的《暗黑星云》当中。小说中，暗黑星云本身就是智慧生命。当它接近地球时，反射的太阳光使地球气温超过四十度，热浪杀死七亿人。当它包裹住太阳时，人类在白天也只能看到暗红色的日辉，夜晚更是奇寒惊人。然而，这团星云居然是高级生命，它并不想危害地球，而是要把自己的知识传授给人类。但双方智力水平相差太多，最终无法沟通。

苏联作家罗索霍瓦茨基在《沙漠奇遇》中，描写生命节奏慢得出奇的外星人。二十世纪四十年代，一个苏联科学家在沙漠里遇到两尊奇特雕像，便从上面敲下一块做样本。许多年过去，这个科学家又找回原地，发现雕像的手臂和姿势都变了，这才意识到它们是活人，身体受伤的信息几十年后才传到大脑。

通常，科幻作家把外星人安排在普通行星或者卫星上，福沃德在科幻小说《龙蛋》里却描写生活在中子星上的外星人。这颗中子星表面引力是地球的六百七十亿倍，磁场是地球的一万亿倍。外星人身高半毫米，直径半厘米，生命速率是人类的一百万倍！

今天的科幻写到外星人，总是写他们比人类高级。其实，科幻作家也写过很多地球人进入外星的故事，人类是技术先进的一方。苏联作家斯特鲁格斯特兄弟在《作神难》中，描写了只有中世纪水平的外星人。人类在那里就是有法力的"神"。

中国作家柳文扬在《解咒人》中也作过类似设定。外星人生活在被潮汐锁定的星球上，公转几乎等于自转。在这种环境下，他们只能看到本星系的太阳，看不到任何其他天体，无法发展天文学，从未想过离开星球的表面。直到一名人类航天员降落下来，才帮助他们理解了真实的宇宙。

科幻作家何宏伟（何夕）在1992年创作的《光恋》中，讲述由反物质构成的外星人爱上一个人类的故事。但悲剧的是这类外星人一旦与地球物质世界接触，就会湮灭！

徐久隆则在《倪妹魍魉》中设想出低耗能外星人。他们生活在天狼星伴星上。那是一颗白矮星，没有光，只发射宇宙射线，外星人便靠宇宙射线为生。他们拥有六边形身体，进化出榫槽，不同外星人通过榫槽拼接在一起就能形成建筑。这种外星人不吃饭、不住屋，能耗极小。

外星人一定和人类一样是有机形态吗？那可未必。中国作家绿杨在短篇科幻《天演》里，就描写了无机形态的外星人。科学家在小行星上发现了对称的金字塔形物体，经过推导，认为这就是智慧生命。他们用数字"6"与之沟通，成功建立起联系。

在《星际过客》中，作者赤色风铃设想出电子星人。他们生活在没有恒星的半金属质行星上，它围绕脉冲星公转。脉冲星强大的电磁波有规律地扫过这颗行星，在其表面感应出交变电场。在这些电场的作用下，硅矿石从最原始的 PN 结（一种半导体）开始，经过亿万年进化出了智慧生命。

由于行星地表充满电流，电子星人的双脚之间产生跨步电压，推动电子流过他们的身体，再经过一系列复杂的化学和物理反应，为他们提供生命能量。电子星人体内还进化出蓄电器官。由于奇特的身体结构，他们先会用电，又发现火，更不缺能源，文明发展极快，成为宇宙中最强大的势力。

人有两性，外星人可以另当别论。阿西莫夫在《神们自己》中，设想了三种性别构成的外星人社会。勒古恩则在《黑暗的左手》中，设想出两性同体的外星人。

一部科幻作品中出现外星人，就必须和人类发生冲突吗？那只是劣质科幻电影的设定。美国作家西玛克在《神秘的中继站》里描写了宇宙大同的故事。人类属于未开化种类，一时半会儿还不能接入银河联盟。这个组织就在美国某处农村里建立中继站，暗地里引导人类进入宇宙共同体。

七节：变异人

在人类社会之外，生活着稀奇古怪的异种人，这是在《奥德赛》和《山海经》中就有的想象。斯威夫特在《格列佛游记》中，已经设想出长生不死的变种人。他们都生在寻常人家，后代也和正常人一样短寿。这些不死人被社会当成灾星来对待。

不死的变异人后来出现在很多科幻作品里。美国作家品钦在小说《V.》中，描写代号"V"的女冒险家出现在欧洲历史中的许多事件里，时间跨度长达数百年。电影《这个男人来自地球》的主人公更是从穴居时代一直活到今天，以历史学家的身份隐居在大学里。

异常形貌也是重要的变异题材。《蝙蝠侠》中的"企鹅人"就是典型的变异人。他出生在富豪之家，因生有长鼻、驼背、指趾间有蹼，被父母抛弃。二十世纪八十年代在中国热播的《侠胆雄狮》里，主人公是人身狮面的变异人，体格雄健，生有利爪。

《大西洋底来的人》干脆以变异人麦克·哈里斯为主人公，他能在水下呼吸，能从浅海游进深海；入水后能获得超强体力，但离开水面超过二十小时，就会像鱼那样产生失水反应。

詹姆斯·冈恩在《长生不老》中，描写一个拥有长寿血液的变异人。富豪们为了长寿而抢夺他的血液，这个变异人也用自己的特殊血液谋求垄断权力。后来，小说被改编成电影《生死搏斗》。

中国作家缪士在《绿姑娘》中，描写南太平洋偏僻小岛上绿皮肤的岛民。他们将血红素大量转化为叶绿素，聚在身体表面进行光合作用，平时仅需极少量食物就能生存。

在科幻恐怖电影《豹妹》中，远古时期一个以豹为图腾的民族经常将少女献给豹子，形成人豹杂交的后代。他们平时以人的面目出现,甚至自己都不知道身上还有豹的血统。只不过,他们拥有常人没有的扑击和攀援能力。电影改编自恐怖小说《狮身人》,作家根据埃及的狮身人面像,设想了人与狮杂交的变异人后代。

八节:植物灵觉

在《阿凡达》里面,外星人围绕着一株古树建立文明,它能吸收死者的灵魂,与生者对话。这就是植物灵觉题材。

1973年,一本题为《植物秘闻》的书在美国出版,声称植物和动物一样有感觉,甚至有喜怒哀乐。它的主要依据"巴克斯特实验"已经被证明是伪造的。所以,这类题材和科学无关,主要是艺术创造。

早在这之前,英国作家温德姆的《三尖树时代》便写到了植物灵觉。小说中的三尖树其实是科学家培育的高产油料植物,可以用三条腿缓慢移动,又能用刺棒上的毒液杀死动物,消化尸体,被称为"杀人三叶草"。有人乘飞机走私它的种子,但由于发生空难,种子散布在英国的原野上,三尖树长大后便开始到处袭击人类。

谢鑫在《看门树》中描写了单个的植物灵觉。主人公不相信富人区的安保服务,购买了植物保安系统。发明家将传感器放入美人蕉,它就能在陌生人接近时发出提示。结果,美人蕉在无人接近时也会报警。原来它怕白蚁,而主人公家的地板下面就生活着白蚁。这时,植物已经不是服务于人的工具,而是能体现自己的生存愿望。

　　美国作家西马克在《绿色的客人》中也描写了聪明的植物。它有八条草根，末端有果荚，能站起来移动。这株植物所到之处，周围其他植物就死了。它还有智力，能修车，还有情感，不愿意进入人类住处，因为里面都是用"植物尸体"制造的东西。

　　美国作家卡尔森创作的《玫瑰之爱》，乍看像童话，其实是讲植物灵觉的故事。在小说中，基因专家用自己的基因和玫瑰基因混合，制造出能抗病虫害的新玫瑰。然而，人与玫瑰的混合体拥有了智慧，能通过振动感受周围信息，通过听收音机学习人类知识。它们还努力发展感光能力，通过杂交令后代产生毒素，秘密推翻人类的统治。这篇小说使用第一人称，处处从植物视角叙事，传达植物对环境的感受。

　　以《寻秦记》成名的黄易创作过一篇名为《上帝之谜》的作品，他把整个热带雨林写成一个生命体，一草一木都是神经末梢，可以感知附近的一切。但只有个别通灵者服药后才能与它沟通，并利用植物感知这个神奇的大千世界。

二章：
环境决定命运

"科学小说的行动并不是由故事中的角色所决定，而是由环境所决定。科学小说的情节不是角色所造成的故事，而是环境所造成的故事。"这是文学评论家董鼎山多年研究科幻作品的心得，其中"科学小说"是旧译，指的便是"科幻小说"。

描写典型环境下的典型性格，这是现实主义的金科玉律。科幻反其道而行之，既不写典型性格，也不描写典型环境。相反，科幻的一大魅力就是能提供远离现实的奇异环境。

主流文学的素材基本来自作者的日常经验，环境以陆地为主，主要是家乡附近一小片天地。靠山写山，靠水写水。主流文学家的经验里鲜有极地、深海、地下、外星，更极少涉及虚拟世界或者平行空间。日常生活形成的框架约束着作家们，但科幻作家不在此列。

下面这章就介绍科幻作家如何突破感官局限，设想各种奇异空间。

一节：地表新探险

《荷马史诗》是西方文学的重要源头，其中的《奥德赛》便是探险故事，著名太空科幻作品《2001 太空漫游》，英文原名为"*A Space Odyssey*"，直译是"太空的奥德赛"。传统神话描写奥德塞从特洛伊战场回乡的经历，理论上只是地中海周边地区，但加上了作者的很多想象，写成主人公在奇异环境中逃生的经历。

《辛巴达航海历险记》则是中古著名的探险故事。里面既有当时各国风土人情的真实记录，也有不少幻想，包括死亡谷、食象鸟、海岛大的鲸鱼。这些情节和神魔无关，是当时人们对异域展开的想象。

地理大发现时代，探险家带回的记录演变成关于遥远地方的传奇故事，"伪旅行小说"开始风行，它也是现代科幻的一个源头。在《约翰·曼德维尔爵士航海及旅行记》中，主人公跑到印度和东南亚，看到了黄金人行道、巨型蜗牛和狗头人。

伪旅行小说的杰作《格列佛游记》由英国作家斯威夫特创作，其中"大人国"和"小人国"的故事广为流传。第三部中的"勒皮它飞岛"被翻拍成日本动漫电影，马形生物"慧斯"是科幻史上第一个非人的智慧种族。

凡尔纳开始创作时，地理大发现已经接近尾声。凡尔纳早期作品如《气球上的五星期》和《格兰特船长的儿女》，都接续了探险小说的特点。

《神秘岛》则开创新意。以往作家虚构未知岛屿，主要是设想上面的社会制度。《神秘岛》中的"林肯岛"完全没有人烟，是人类拓殖的对象。逃生的战俘们靠技术取火、炼铁、制造硝化甘油，甚至研制电报机。凡尔纳完全从地理意义上设想这个岛，赋予它以各种地貌特征——平原、雪山、火山、森林、河流，甚至有地下河，还有高品位矿藏。

二节：深入地下世界

地面设想得差不多时，科幻作家便把视角探向地下世界。丹麦作家路德维格·霍尔堡创作《地下之行》，第一次从自然角度描写地下世界。主人公游历挪威的山洞，跌入地心后发现了地空世界，有许多小星球围绕地心旋转。"地空"里有猴人、虎人、熊人、斗鸡人和冰雕人，还有和地面一样的人类。主人公训练军队征服"地空苍穹"，激起当地人民反抗，只好又从山洞里跌出来，回到地面。

1864年，凡尔纳在《地心游记》中将这个题材提升到新高度。主人公和叔叔从冰岛斯奈菲尔火山口进入地下，找到小宇宙般的"地空"，这里密布浓云，闪电频繁。他们在地下海里冒险，被鱼龙和蛇颈龙袭击，发现有巨人走动，最后被熔岩推送从火山口喷出跌入大海，回到地面。

当代科学已经证明地下没有如此巨大的空洞，但科幻不必理会这些。2008年还能看到3D版电影《地心游记》上映。直到2021年上映的《哥斯拉大战金刚》中，人类仍然与金刚一起深入地下世界。

没有阳光、水分和足够空间，地下似乎不是孕育生命的好处所，不过这难不倒科幻作家。恐怖电影《深渊异形》就以地下生命为题材。它拍了四集，故事全部发生在美国某个矿业小镇，一种来自地下的大型生物不断袭击当地居民。它们有车辆般大小，能钻透沙质土壤，但不能钻过岩石。它们会把地面上的猎物困在岩石上，直到猎物渴死再发动攻击。这种构思类似《沙丘》中的沙虫，只不过移到了地球。它也很像中国神话中的"土行孙"。

在英国恐怖电影《黑暗侵袭》里，地下生命则是进化途中分了岔的人类。它们的祖先不知道什么年代潜入地下洞穴生活，从此代代相传，不见天日。洞穴人皮肤惨白，视力消失，只能在黑暗中离开洞穴到达地面，并以人为食物。显然，这里有《时间机器》中地下种族"莫洛克人"的影子。

在科幻电影《孤胆义侠》中，地下生物与人类发生长达万年的斗争。电影中，美国政府找到地下神秘生物，试图制造超级士兵。许多年后，其中一个实验儿童长大成人，再次发现连接两个世界的入口。

1975年，倪匡担任编剧的《中国超人》上映，描写冰河时代一支人类深入地下，建立起高级文明，又于当代杀出火山口，与地表人类争夺资源。

美国作家克莱门特在《临界因素》中，以地下环境为背景描写了一群奇特的智慧生命。它们的身体由比重小于水的液体碳氢化合物构成，体形受意志支配，变化无常，专门在岩缝中穿行，彼此间用微弱的震波交流。小说以第一人称从地下生物的角度来叙述，按照描述，读者可以推断，它们的身体就是石油。

三节：外星世界和宇宙奇观

地球作为背景写得差不多了，科幻作家开始写外星世界。威尔斯创作出《首批登上月球的人》，幻想了五彩斑斓的月球世界。它的表面有空气，生长着巨大的蘑菇，鲸鱼般的巨兽缓缓爬动。上面还有月球人，除了没发明航天器外，其他科技都超过地球人。他们把月球内部钻成空洞，环形山便是他们挖出的土石！

美国作家伯勒斯在《火星公主》里，把火星描写成类似美国西部的世界，上演英雄美女的传奇。中国作家老舍在二十世纪三十年代初创作的《猫城记》，背景也是火星，上面生活着猫脸人身的智慧生物。

曾经有人设想，和地球完全对称的太阳另一面有颗对拓星，质量、大小甚至表面特点都和地球一样。正因为隔着太阳，人类在地球上永远看不到它。美国科幻电影《到太阳背面旅行》便以对拓星为题材。宇航员乘飞船上天，由于事故又降落回“地球”，却比预定时间快了一倍。后来才发现，这是与地球几乎各方面都完全一样的对拓星。和他们一样，来自对拓星的宇航员也迷失在地球上。

中国作家郑文光创作了《地球的镜像》，描写乌伊齐德星是“地球镜像”。大气呈黄色，草是品红色，湖水是明黄色，树叶是玫瑰红，一切都是地球同类物体颜色的补色，以至于在那里拍光学照片，彩色底片和地球上的照片看上去一样。

丹麦作家马森的《摩涅莫辛涅之子》也描写地球的镜像天体。摩涅莫辛涅是希腊神话中的记忆女神,以之命名的星球距离地球有 1025 光年,地球上的光信号飞到那里,不知出于什么原因,都被加强并送回地球。于是,科学家就用它们监测 2050 年前的历史,未来的人类把观看历史图像当成时尚。

《沙丘》是以描写异星世界著称的科幻经典。作者赫伯特在海岸科研站从事控制流沙的实验,日久产生灵感,创作出这部鸿篇巨制。小说主要背景阿拉基斯行星满是沙漠,水源奇缺,生活着类似游牧民族的当地部落。不过,当地的沙子能提炼香料,帮助人类延年益寿,甚至产生预测未来、声波碎物之类的特异功能,成为行销银河帝国的产品。沙漠里还生活着长达数百米的沙虫,在沙中缓缓蠕动。

美国作家克莱门特在《重力使命》中,创造了奇异的美斯克林星球。它巨大无比,高速自转形成椭圆形,其两极重力是赤道的上百倍。作者详细描写了从赤道到两极因重力造成的星球表面景观变化。对于那些不了解科幻内部复杂性的朋友,我特别推荐他读读这部经典科幻小说。克莱门特非常熟悉天文学,然后用它构造出宇宙中不可能存在的天体。

这些都不是真实的外太空,不要被那些太空移民故事所迷惑,它们更近似于欧洲裔美国人对祖先移民过程的回顾。想当年,欧洲移民们带着种子和牲口,找到某处能生存的环境便就地生根。如今,科幻电影里讲的外太空移民就是这个套路,外星世界都是某处地球景观的复制。

阿西莫夫就把写外星移民故事的作者嘲笑为"行星沙文主义者",意思是说,为什么移民的目标一定是和地球类似的天体?从科学角度当然不需要这样,但俗套的生命力总是很强大。2021年上映的科幻电影《混沌行走》当中,移民外星的人类搭建起类似早期美国西部的农庄,飞船内部就像一个谷仓。

这和科学关系不大,只是沿袭了好莱坞西部电影的套路。

四节:微观世界

人的肉眼只能分辨直径零点一毫米的物体,微生物、病毒、分子、原子、质子、中子这类事物都在传统艺术家的感知范围之外。主流文艺不会以微观世界为背景,但科幻就不同了。

1862年,美国作家奥布莱恩写下《钻石透镜》,首次将文学之笔转向微观世界。主人公搞到巨钻,磨出钻石透镜,并把一滴水放在下面观察,结果竟然看到微观世界的少女,对她日久生情。可惜她生活的水滴被蒸发,微观世界的少女也随即消失。

在1940年上映的电影《独眼巨人博士》中,反派科学家将他的同事们变成30厘米的小人。这种变大变小的把戏在那个时代的银幕上很流行。

二十世纪六十年代,阿西莫夫写下名篇《奇异的航程》。一名苏联科学家发明物质缩小术，并逃到美国，途中被苏联间谍击成重伤，生命危在旦夕。美国人利用该技术将人缩小到细胞尺寸，通过针头从动脉进入科学家体内进行救助。

这个故事当年很有名，还影响到苏联作家布雷切夫，他写了一部《大战微型人》作为回应。小说中，苏联人阿尔卡沙看到《奇异的航程》，来到美国，竟然找到"阿西莫夫物理研究所"，那里真的在研究缩微技术。不过，他们只能把阿尔卡沙缩小到三厘米。

到二十世纪八十年代，微观题材的电影佳作《内层空间》上映，主人公是海军试航员，在缩微实验中和实验潜艇一起被吸入注射器，误注入超市服务员体内。他既要让宿主相信自己的存在，还要与恐怖分子斗争。

电影《亲爱的，我把孩子缩小了！》描写发明家研制"电子磁力缩小机"，不慎将四个儿童缩小并扫进垃圾袋抛掉了。孩子们要在森林般的家庭院落草丛里与蝎子和苍蝇战斗，才能逃回家中。

吴岩的《生死第六天》也是微观世界题材，描写航天基地建造出的"天女图三号"飞船在强磁场测试中被压缩，进入一名小学生的脑子。由于强磁场效果不能持续，医生必须在六天内取出飞船。

周宇坤在《脑界》里把缩微术设定为常规手术。医学公司可以应顾客所需，派人进入顾客大脑，将他们需要的知识植入皮层。刘慈欣则在《微纪元》中塑造了整整一个微型人社会。未来的人类放弃宇宙移民，转而培养细胞大小的"微人"。

让活人进入微观世界，可操作性毕竟差了一些，设想天生就只有微生物大小的智慧生命更为可信。丹麦作家尼尔森在《出售行星》中描写了微型文明星球的毁灭。它的直径仅有十米，上面生活着文明种族。当人类出现在他们的空中时，引起巨大的地震和海啸。

倪匡在《雨花台石》中，描写潜伏在石头中的微型外星人。它们可以进入人体，控制宿主的思想。宿主被迫自杀，与微型侵略者同归于尽。

罗马尼亚作家克罗马尔尼齐努在《诺伊霍夫协定》中也描写了类似的故事。主人公无论遭受什么创伤和疾病都能自愈，秘密机构绑架他并进行研究，发现这是因为他身体里寄居着微型外星人，它们用超级技术保护宿主永远健康。

美国作家贝尔在《血里的音乐》中，将微观生命写得十分恐怖。它们是超微型生物计算机，可以自我复制，时间频率远快于人类，几天内便在宿主体内演化了几千代，最后，它们把宿主的身体改造成了怪物。

1995年，日本作家濑名秀明创作了《寄生前夜》，描写细胞里提供能量的线粒体经过亿万年进化，已经聪明到可以控制人体的程度。最终，线粒体突破宿主的生理边界，入侵宏观世界。

《诺伊霍夫协议》《血里的音乐》《雨花台石》和《寄生前夜》等作品分别创作于不同年代，出自不同国家的作家之手。他们之间不大会有交流，甚至未必看过对方的作品，但都在描写人被体内的微型生命所改造。

今天的科幻迷熟悉微观世界题材，可能主要来自漫威改编电影《蚁人》——虚构的"皮姆粒子"让人体无限缩小。第一部还只是压缩到昆虫般大小，主人公不断变小又恢复原样，通过宏观和微观不同尺度的对比来形成戏剧性情节。

第二部虚构了亚原子的量子世界，第三部更是彻底放飞自我。除去开头很短的过渡情节，全部故事都在亚原子世界中展开。可惜，失去了微观世界与宏观现实的互动，这些量子世界在外观上不过是变相的外星世界。而上述其他微观世界的科幻作品，都把宏观和微观的互动作为主线。

描写微观生命，主要是为了在微观世界中编织故事，但这不是唯一的写法。中国作家赤色风铃在《逆行线》中，描写了纳米尺度的危机对宏观世界的影响。

小说中，宇宙空间在微观尺度上发生持续震动，对道路、建筑这些宏观物体完全没有影响，但芯片因为元件尺度小成为灾难波及的对象。最精密的电脑不能用，大家只能用次精密的电脑。主人公收集来的过时电脑元件成为抢手货。精密制导武器也逐渐失去作用，各国重新拉出老旧的战列舰和其他传统武器。

2022年出品的国产动画网剧《黑门》拓展了这个题材。在故事中，未来人类甚至可以进入"脑宇宙"，这个创意的确十分出色。

五节：异常空间

所谓异常空间，即它存在于我们这个世界的某个角落，物理规律与其他地方不同，普通人也不能随便到达那里。超级英雄题材漫画《神奇女侠》中，"亚马孙女战士"生活的海岛就是代表。

异常空间的设想也来自古代文化，"天堂"和"地狱"都是典型的异常空间，从我们这个世界向上或向下就能到达。但普通人去不了，需要成仙得道。现在，异常空间的设想包装了科学外衣进入科幻。

美国电视剧《大西洋底来的人》里面就有异常空间的故事。它从一条隐蔽水道进入，与地球表面完全不衔接。里面有独立的天空、光线和山脉。在那里，肉眼看不到水，耳朵能听到水流。正常世界的海水被当地人吸入，用于淘金，正常世界的仪器则无法穿透两个世界间的屏蔽。

今天，地球上的犄角旮旯被人类搜索得差不多了，科幻小说创作把异常空间安排在地球上对于读者而言已经不大可信，于是创作者把目光投向宇宙，《星际迷航：最后的边疆》就描写了位于银河中心的异常空间。它位于银河中心"终极屏障"后面，一个智慧生物被困在里面，它自命为神，诱使崇拜者来解救自己。

在《星际迷航：新一代》中，故事围绕异常空间"时汇"展开。时间在里面停止，卷入其中的人可以满足一切愿望，谁都不想离开。如果被外力驱离，也要拼命寻找办法返回。如果说《星际迷航：最后的边疆》描写了一个假天堂，"时汇"就是天堂的科幻版本。但是它揭示了一个道理：永无休止的幸福可能不值得追求。

星河在《时空死结》里，也描写了类似"时汇"的异常空间，只不过它就在我们身边。主人公从小爱摆弄电梯控制板，由于同时按动"上"和"下"两个键，导致电梯产生横向运动，将他困在异常空间，周围同时有无数的人上来下去，时代也在不停变幻。人在这个时空死结里可以到达任何空间和时代，但又会被抛到另外的时空去。

这些故事都在讲天然形成的异常空间，另一些作品则描写人类制造的异常空间。小松左京创作过《在不熟悉的旅馆里》，描写人们用"空间折叠"技术，将几十层大厦塞在两层小楼里面。由于事故，主人公入住的房间被弹入虚空。这篇小说是日本城市生活空间狭窄的写照。

在《我是上帝》里，作家江猎心设想出更大的折叠空间。神秘山庄的主人掌握了时空压缩技术，将这里的每座别墅都装进直径数千公里的空间，外面的世界过去一刻钟，里面已经过去数年。客人付钱后会被送入最能实现其愿望的空间，让他在里面当上帝。

何宏伟在《异域》里，设想科学家发现"时间尺度守恒原理"，利用它建造出一座农场，里面的时间比正常世界快许多倍，这样，生产农产品的效率就会提高许多。有一天，农场不再向正常世界输送食物。原来里面已经过去九十多万年，生物早就进化成人类无法理解的怪物。

六节：穿行时间

在《西游记》里，孙悟空被如来佛压了五百年。这期间人们的生产和生活方式没有改变，社会制度没变，各路仙佛基本都在原位，人际关系也没什么变化。孙悟空被唐僧解救出来，立刻就如鱼得水，根本不需要适应过程。

历史循环论主导着吴承恩那个时代，人们普遍认为世上无新事。四大名著写的都是前朝旧事，故事背景和作者的时代相差数百年，但作者不会把它们当成"古代"故事去写。

今天则不同，哪怕过去五十年，社会就已经面目全非。时间旅行题材出现了，它的重点不是旅行本身，往往没有多少篇幅描写旅行技术，重点在于让主人公穿梭于不同时代，在这里，"异时代"就是一类特殊故事背景。

1895年，威尔斯的《时间旅行》正式出版。它的前后也有穿越类作品，美国作家杰克·伦敦在《漫游星星的人》中，用附身他人的方式进行时间旅行。马克·吐温在《亚瑟王朝的美国佬》中，让主人公被一棍打回古代，但这些点子显然不如"时间机器"更有科学味道。

1888年，22岁的威尔斯在《科学学派杂志》上发表了《时间的鹦鹉螺》，后又反复修改，在1895年拿出第五稿暂名《时间机器》，从此一炮打响。虽然小说里的时间旅行器是由象牙、镍棒、表盘等组成的设备，但毕竟是"科学"而不是魔法。这篇作品宣告时间旅行题材正式诞生。

不过，更重要的是威尔斯描写的公元 802701 年。此时地表上生活着娇小的埃洛伊族，他们吃喝玩乐，智力低下。夜晚，生活在地下、形似白猿的莫洛克族钻出来，猎取埃洛伊人为食，甚至还操纵着古人留下的机器饲养埃洛伊人。

《时间机器》构思奇特，情节震撼，立刻成为科幻名著。很快，时间旅行就成为热门题材，许多新的旅行方式被科幻作家提出来。在科幻小说《布鲁克林工程》中，美国官方研究"追时机"，它利用了作用力和反作用力原理，如果你利用其进入过去就也要出发到未来，过去与未来的时间距离需要等同。

在一篇名为《鹈翼》的小说中，作者方以愭指出威尔斯的一个错误：地球不停地公转，要使时间机器只在时间中移动，不在空间中移动，必须校正这些位移所导致的偏差。这个观点后来被一些作品所采用。而在科幻名片《回到未来》中，编导们设计出既能在时间中旅行，又能在空间中移动的时间旅行车。

这些作品都在另外的时间背景下重新组织故事，另一些时间旅行故事则把历史事件写进去。"新浪潮"作家莫考克写过经典名篇《瞧，这个人！》，描写一名历史学家穿越到过去，成为了耶稣，最后被钉上了十字架，而他出发的动机却是怀疑耶稣是历史里并不存在的人。

刘兴诗的《雾中山传奇》是我读过的中国比较早期的时间旅行题材作品，发表于二十世纪八十年代。刘兴诗虚构了外星人留下的时间机器，主人公驾驶其遍访西汉、盛唐，甚至到达古印度。

在王晋康的《西奈噩梦》和姜云生的《长平血》中，人类无法用肉身作时间旅行，但可以通过超光速技术观察过去。与此类似，格里戈里·本福特在《警告》中，设想未来人无法回到今天，但他们向现代人类发出超光速信号，警告人类环境污染会最终毁掉地球。

就这样，后代作家在前人基础上进行微调，一个世纪下来，时间旅行和威尔斯构思的相比已经十分复杂。美国作家迈克尔·克莱顿在《重返中世纪》里描写的时间旅行机更是由一百亿块芯片组成。它对时间旅行者进行全息扫描，记录每个细胞里的每条生物信息，然后将他打碎成原子状态，以"物质波衍射"的原理发送到另一个时空，在那里原封不动复制出来。

时间旅行也并非一定用机器。在布雷德伯里的《火星纪事》中，火星表面经常出现时间漏洞。人类和已经灭绝的火星人通过这些漏洞彼此看到对方，甚至擦肩而过，但无法接触到对方，更无法交流。

迈克尔·克莱顿在《神秘之球》中，描写未来人制造出巨大的实验飞船，试图穿越黑洞，结果却返回过去，在海底沉睡数百年后，又被今天的人们挖掘出来。这里面的时间旅行源自实验事故。

在 1993 年上映的科幻电影《12：01》中，乌特瑞尔公司研究原子超级加速器导致时间反弹，4月27日这一天反复出现，所有人都在重复当天的行为，但只有主人公能记起每次反弹中发生的事情。

同年还出现类似题材的科幻电影《土拨鼠之日》。时间旅行的一个亚类型由此确立，就是重启题材，主人公通常反复过同一天，或者死后在同一场景下复生。不停积累经验，直到通关。这类故事与科学无关，更像是来自电子游戏玩家的体验。"Game Over"（游戏结束）之后，玩家可以操纵同一个角色再来一次。

在《战狼2》中出演大反派的弗兰克，也曾经出演过一部重启题材的电影，名叫《领袖水准》。结合剧情，本片应该译成"通关级别"。主人公被各种凶手追杀，每次都死而复生，并增加经验值。二百多次重生后，他终于消灭大反派，救下前妻和儿子。

时间重启的类似影片还有《明日边缘》《忌日快乐》《恐怖游轮》《源代码》等。它们几乎都出现在2000年之后，反映着时间旅行题材的新发展。

黄易的《寻秦记》是时间旅行的划时代作品。一名特种兵穿越回战国末期，发现嬴政在赵国作人质时已经死去，出于责任感，他让一名赵国落魄贵族充任假嬴政，最终弄假成真，假嬴政真成了始皇帝。从《寻秦记》开始，这个题材在华语文学语境里被俗称为"穿越文"。其实《寻秦记》是正经八百使用了时间机器，后来的穿越文可以用一个笔记本、一条项链，甚至当头一棒完成穿越。

有别于五百年不变的《西游记》,时间旅行主要用来做今昔对比。在《回到未来》中,空间背景永远是同一个小镇,时代背景却包括了十九世纪末、二十世纪五十年代到八十年代以及二十一世纪初,人物则是不同年龄段的同一群人。影片通过日常生活细节来表现时代差异,而这恰恰是故事最有趣的部分。

时间旅行也经常用来表现个人命运的改变,成为古希腊命运题材的继承者。在科幻电影《时间骑士》中,一名摩托车运动员被时间机器误击,回到十九世纪的美国西部,在动乱中与风尘女子发生关系。返回现代后才发觉此人是他的曾祖母,他们的儿子则是自己的祖父!

在日本科幻小说《负数与零》里面,中学教师在"二战"中的大火里重伤不治,死前叮嘱学生在 1963 年回到现场。十八年后学生俊夫如约而至,遇到刚从时间旅行机中钻出来的老师的养女。原来,老师是来自未来的时间旅行家,他把收养的孤儿送上时间机器躲避战火。

不仅人体,大型物体也会穿越。科幻电影《最后倒计时》中,尼米兹航母在一次海上演习中穿越时空,回到珍珠港事件前一天,并侦查到日本特混舰队。

时间旅行纯属脑洞的产物,为了捋顺故事逻辑,一代代科幻作家对它加以完善。比如,人到了另一个时空遇到自己会发生什么?海因莱因在《"你们这些回魂尸——"》中塑造的所有人物都是一个人,但他们彼此互动,甚至自己让自己怀孕,并生下自己。

蝴蝶效应也是时间旅行的永恒话题。在布莱德伯里的《时间狩猎》中,时间旅行公司提供去侏罗纪时代观光的服务,期间主人公不小心踩死一只蝴蝶。等他返回现代,却发现他所支持的那个党派竟然被敌对党派取代,这便是几千万年前那只蝴蝶死亡的后果!

七节:梦境

看到这个标题,也许你第一时间就联想到《盗梦空间》。是的,它是梦境题材的科幻佳作,但不是唯一作品。古代"托梦"传说就是把某人的梦境当成可以自由进出的环境,《盗梦空间》不过是精致版的现代托梦故事。

不光民间早就有托梦传说,文人也会写出原创性的梦境故事,中国唐代沈既济写的《枕中记》便是代表。一个书生屡试不第,郁闷中在旅店遇到方士,睡在他的魔枕上进入梦境。他在梦中娶妻、中举、升官、良田甲第不可计数,儿女都和名门望族婚配。就这样,书生出将入相,在梦里生活了五十年,享尽荣华富贵。一觉醒来,店主在他入睡前煮的黄粱米饭还没有熟。

这便是成语"黄粱美梦"的来历,与它齐名的还有"南柯一梦",源自唐朝李公佐的《南柯太守传》。主人公在居室南边一株古槐树下饮酒,入睡后梦到"槐安国王"招他作东床驸马,当上"南柯郡太守"。上任二十载,深得国王重视。后来和"檀萝国"交战失败,公主病死,本人失宠,才从梦中醒来。结果发现,"南柯郡"就是那棵槐树朝南边的一段树枝。

这些故事里面的梦境并不像真正的梦那么荒诞离

奇，相反却很像真实世界，主人公的梦中经历也仿佛确实发生过。这样描写，反倒使这些虚构的梦更显荒诞离奇。在这两个故事里，梦中时间都比现实时间慢许多。《盗梦空间》当然没借鉴这些中国古代文献，只能说不同背景下人们的思路差不多。

1948 年，英国作家菲利普斯创作出《梦是神圣的》，是梦境题材在现代科幻中的源头。精神科医生发明了一台机器，能进入别人的梦。他有个精神病人是二流科幻作家，沉浸在想象世界里无法自拔。精神科医生就请人在科幻作家睡觉时侵入他的梦，把他从想入非非中唤醒。

这篇小说把梦境变成了一种特殊环境，成为角色们争斗仇杀的战场。从那以后，科幻界诞生了许多侵入梦境的作品。科幻电影《梦境》是这个题材的早期代表电影。它出品于 1984 年，曾于二十世纪九十年代初在中国影院上映。如今你要在网络上搜索它，需要用《魔域煞星》这个名字。听起来很酷，但远没有"梦境"那样准确地概括主题。

《梦境》的主人公被心理学家邀请参加"联梦机"实验，通过它进入别人的梦境，帮助别人解决心理问题。一个反派也掌握了联梦机技术，干的却是在梦里杀人的勾当。后来，他们共同进入美国总统的梦，一个去救助，一个去刺杀。

2000 年上演的科幻电影《入侵脑细胞》也是梦境题材的佳作。一名临床医生被警方邀请，进入变态杀手的梦寻找受害者的位置。这个变态杀手陷入深度昏迷，行将死亡，永远无法开口交代受害者的下落。

与《梦境》相比，《入侵脑细胞》增加了设定。两个人可以互相进入对方的梦境。在谁的梦境里谁就有控制权。如果一个人进入别人的梦境，却慢慢忘记那只是一场梦，就会迷失在梦里。当然，这些都和科学无关，只是创作设定。

2006年，日本动漫大师今敏改编筒井康隆的科幻小说，拍出科幻动漫电影《红辣椒》。故事中，科学家开发出精神治疗仪，通过它进入患者梦境，分析心理问题的根源并予以改变。女医生负责具体操作，并在病人的梦中化身为穿红衣的干练女性，自称"红辣椒"，这就是片名的由来。

在其他梦境科幻里，角色一旦进入别人的梦，其他人并不知道里面发生了什么，也无法互动。而在这部动漫电影里，精神治疗仪可以让观察者监控梦境，通过梦中的形象与梦中人联系。这些设定让角色在虚实两个世界里穿梭，扑朔迷离，玄之又玄。

2010年，美国科幻电影《盗梦空间》让梦境题材登峰造极。十几年过去，这个题材上还没有出现更好的作品。影片中，科学家发明联梦机，让人们分享共同的梦境。犯罪分子则利用这种技术盗取别人脑子里的机密。后来，他们受雇于日本商人，在客机上进入美国商人的梦境，对他进行精神控制。

中国科幻最早涉及这个题材的作品是1980年的《异床同梦》，作者应其。小说中，两个未成眷属的有情人通过"析梦器"在对方的梦里幽会,而在现实中,他们仍然过着循规蹈矩的生活。中国的梦境科幻都是短篇,也许会有国产长篇作品或者科幻电影在讲梦境,期待有朋友能够发现。

八节:异维世界

由于《三体》的流行,"降维打击"已经成了大众话语。我们这个世界有长、宽、高三维,科幻作家则设想过各种拥有更多"维"的宇宙。不过,因为有一部科幻经典无法绕过,所以本节还不能直接用"高维世界"命名,它就是英国作家艾伯特在十九世纪末创作的《平面国》。

小说中的智慧生命生活在两维空间,并把那里称为"平面国"。有个平面人察觉到外面还有广阔的三维空间,整部小说都是他在向外面的三维立体人介绍家乡。当然,他的听众就是人类。

平面人的身体都是几何图形,女人是直线,男人生下来是等腰三角形。随着地位提高,边的数量会增加,最高贵的人成为圆形。他们的房子也有边,但因为生活在二维世界,只能把不同的边看成线。

《平面国》的主题是讽刺英国等级制度。不过,作者认真设想了平面世界的各种特点。今天,他讽刺的那个英国基本已经不存在,而《平面国》却流传下来,成为异维空间题材的鼻祖,激发了人们对"非三维世界"的想象。

后来的异维空间作品基本都写高维空间,它们的维度多于三维。系列科幻电影《心慌方》就是典型,它的第二集名《超立方体》，意指突破三维空间限制。"超立方体"是一个几何概念，指超过三维的立方体。这个片名概括了电影的科幻构思。该系列大受欢迎，并无意中触发了至今不衰的"密室逃脱"行业的诞生。

在《巨眼》中，美国作家蒂维斯展示了高维世界的奇特。主人公在木工作坊里鼓捣出复杂的空心立方体，组成超级多维立方体。他在里面看到一只小球，而地球东半球上空则出现一只巨眼。原来，多维立方体压缩了现实空间，那个小球就是地球！

1915年，爱因斯坦和罗森在合作论文中提出了"爱因斯坦—罗森桥"，就是基于高维空间的设想，威尔斯立刻拿来创作《神秘世界的人》：某杂志总编驾车旅游时，在英国偏远公路上卷入远离地球的外星世界。如今，这种空间上的穿越故事几乎是太空剧的标配，但它刚出现时还需要开大脑洞。

郑文光在二十世纪八十年代创作的《天梯》，可能是中国作家在空间穿越题材上的最早尝试。小说中的"虫洞"属于自然存在。两个二十世纪的孩子误入其中，时间上进入十六年后，空间上来到南美国家。

星河创作过一篇《空间错落有致》，光看篇名就是以空间变化为题材。主人公发明高维空间旅行术，把一个物体所在空间从低维送到高维，再拉回来，就能让那个物体实现远距离传输。

王晋康在小说《泡泡》中，讲述了高维传输技术产生的效应。有关部门成立"小尺度空间研究所"，从传输无生命物体到传输活人。最后,他们把两个孩子传送到日本冲绳。

在《星际迷航》系列电影中,"曲翘飞行"是星际旅行的技术基础。"曲翘"一词来自相对论,意思是空间曲率由于大质量物体的引力而变得不平坦。科幻作品当然不用讲得那么细致,直接安排了光年尺度上空间弯曲,特别是《星际迷航:第一次接触》,以发明家柯克伦创造曲翘飞船为题材。

许多科幻作品里都有"虫洞飞行",特点就是飞船出入于虚空。在阿瑟·克拉克的《2010太空漫游》中,几百万个不知来历的黑色长方体钻出异空,引爆木星。法国作家皮埃尔·布尔的《人猿星球》里,猿猴和人类宇航员驾驶不同的飞船,分别钻入虫洞,又在相差几千年的不同时间落到同一个异星上,最终形成人猿技术水平颠倒的命运。

相比之下,美国作家米尼创作的短篇《磁盘的低语》更有现实主义色彩。它描写一个天才女子终生研究穿透高维空间的技术。她从二十世纪末活到二十二世纪初,终于在人生最后一次实验里实现了梦想。

九节:平行世界

《瞬息全宇宙》破天荒地拿下第95届奥斯卡奖的七项大奖,这部电影就是平行世界题材的新作。平行世界构想来自多维宇宙观。不过,前面那些故事多是讲人们如何借维度差异在不同世界中穿行,平行世界题材主要讲人们在其他世界中的遭遇。

　　这个题材要追溯到二十世纪五十年代，美国作家弗雷德里克·布朗创作的《发狂的宇宙》：登月火箭发射失败导致爆炸，将杂志编辑带入平行世界。那里也有一个他自己，也有同样的杂志。不同的是，那里的人类已经使用"空间跳跃法"和"大角星"人作战，指挥人类军队的竟然是他以前认识的一个科幻迷。原来，这正是主人公在科幻小说中构想的世界。宇宙中存在着无数平行世界，每个平行世界与相邻世界只有细微差距。一个人处在剧烈能量爆发中心时脑子里在想什么，就会卷入与这个想法相似的世界。

　　既然有许多平行世界，哪个好，哪个坏？美国作家拜尔在《亘》中探讨了平行世界的伦理问题。主人公在未来人派回的飞船中找到平行世界的入口。他通过研究发现，自己这个世界面临核大战，于是便穿越到另一个世界，却发现那里一直被古埃及统治，完全没有进步。后来，不管主人公想躲开哪个阴暗世界，都会陷入另一个阴暗世界。

　　拉里·尼文在《万千之路》中，描写"跨世界公司"的员工集体自杀。原来，他们成功实现了"跨世界旅行"，却发现其他世界里都有他们的分身。有的失业破产，有的失恋，有的沦为罪犯。不管他们如何做好事，总有某个平行世界里的自己在做坏事。这让他们全都心灰意冷。

　　苏联作家奥列霍夫以"对称世界"为主题写过《每天十三点整》。主人公通过黄色光斑进入对称世界的某个实验室，遇到了一个姑娘。后者向他解释，宇宙间有许多对称世界，有自然通道联通其间。不过它们都会很快关闭，她劝主人公返回自己的世界。

《瞬息全宇宙》继承了这种"什么都可能发生"的设定，又增加了"穿越点"的设定。每个世界都会因为某种偏移而分岔，人们不是通过设备在平行世界间穿越，而是做出完全不合常理的行为，诱导出"穿越点"，再完成穿越。结果，片中各种角色纷纷做出匪夷所思的举动。

"什么都可能发生"的平行设定未必有利于构建故事，有些科幻作品限定了平行世界的数量，李连杰主演的《救世主》就是典型。故事中只有 125 个平行世界，当然，它们也是稍有差异。反派每杀死一个平行世界中的分身，自己的力量就增长一截。他连续杀死 123 个分身，在最后一个平行宇宙遇到身为警察的另一个分身，被后者克制。

在何宏伟的《六道众生》里，平行世界只有六层。科学家在与地球完全相同的空间上建立起五个平行地球，彼此对穿，永不相撞。大批人口通过"众生门"被送入其他平行世界，绝大部分人都不能返回。但每十万亿个人里会有一个人可以不通过"众生门"，凭借肉身自由穿行在六重地球之间。

阿西莫夫在《上帝》中，描写我们这个世界的科学家通过电子泵，从平行世界里抽取钚 186 元素，解决能源危机。然而这是对方的阴谋，钚 186 元素会导致太阳中氢聚变速度增加从而提前衰变。对方正是想用这种手段,把这场危机送到我们的宇宙。

　　某些故事里干脆只设置一个平行世界。倪匡在《大厦》中描写了从电梯穿越出去的平行世界。斯蒂芬·金在《迷雾》里,也描写了人类打穿另一个平行世界后遭遇的灾难。

十节:其他秘境

　　除了这些比较集中的题材,还有一些代表作不多但别具特色的奇异世界。

　　二十世纪六十年代末,英国大气学家洛夫洛克提出盖亚假说,认为地球是个能自我调节的有机体。后来,这个假说被泛化为万物一体,同生共感。到目前为止,科学界并没有接受这种假说,但科幻界早就用它来创作新奇背景。

　　早在盖亚假说提出之前半个世纪,柯南道尔便写过《地球痛叫一声》,把地球描写成生命体,遇到地质钻探会发生激烈反应。二十世纪六十年代,奥尔迪斯创作的《丛林温室》(又译为《地球漫长的午后》),是自觉使用盖亚假说的代表作。在小说中,未来的地球完全由巨型植物覆盖,它们不仅能移动,甚至能飞行,人类则退化成丛林中的原始状态。

　　科幻电影《阿凡达》在银幕上展示了盖亚假说。潘多拉星球就是巨大的盖亚,各种动植物以"生命之树"为核心结合在一起。植物不仅能传递感觉,还能变形和移动,参与纳美人的行动。

韩松在《逃出忧山》里，描写科学家用物质波将手工模型变成世界，还在里面困住了一对夫妻。他们周围不再有人，水电都停止供应，各种物品都保留在原地，没有任何设备能联系上外界。在韩松另一部作品《春到梁山》中，物质波制造了一个假的梁山泊，里面能容纳几十万人。

而到了《绿岸山庄》，韩松继续着他的创世游戏。一名航天员回到地球，被哥哥带去绿岸山庄了解新社会。他发现各种太空探险都告停止。原来，他的父亲研究外星文明，认为无限发达的外星人已经能改造宇宙参数本身。既然宇宙都是被塑造的世界，大家对探索太空便心灰意懒，文明也逐渐停滞。

在《地铁惊变》中，韩松让正常空间通向异域。地铁隧道变得无限长，车厢里变成了一个异常世界。而在《乘客与创造者》中，一架波音飞机成了"世界"本身，三百多人在里面拥有吃喝不尽的食品和饮料。

催眠术曾经被科幻作家用以创造精神幻境，以有别于梦境。别利亚耶夫在《身临其境》里，描写瓦格纳教授可以让地球加速，各地物体都会减轻重量，交通运输更加快捷。结果技术失控，赤道离心力加大，人类在低纬度无法生活，大气层也飞散到宇宙空间。其实，以上现象只是瓦格纳施加的催眠术，目的是让人们掌握物理知识。

刘慈欣在《混沌蝴蝶》里设计了一个混沌世界。南斯拉夫科学家亚历山大发明了数学模型，可以找出导致天气变异的"敏感点"。他想在上面做手脚,制造阴云保护首都免受空袭。他在非洲某个敏感点撒冰,在日本琉球群岛附近海面搅动海水,在南极玛丽伯德地燃烧汽油。所有看似毫不相干的行为,都能给贝尔格莱德制造阴云,防止敌人的飞机轰炸。

宇宙学认为宇宙产生于大爆炸,那么,爆炸前的宇宙是什么样? 黄易在《星际浪子》中就描写了前代宇宙中的两个智慧生命。他们使用高超技术熬过宇宙坍缩和新一轮大爆炸,活到今天。他们不愿意再经历一次,便使用各种方法扰乱宇宙规律,阻止宇宙坍缩。

我们的宇宙湮灭后又会发生什么? 中国作家飞氘在《肥皂泡里的爱情》中描写正常宇宙毁灭后,有些地方产生量子态的微型宇宙,主人公恰好在其中一个宇宙里面,而它只有屋子大小。

波尔·安德森在《零度》中,让主人公度过下一次宇宙大爆炸,进入"后宇宙"。光子飞船奥诺拉号发生事故无法减速,无限逼近光速。乘员们目睹宇宙坍缩成"原始火球"再发生爆炸,恒星再次诞生。外面过去了几十亿年后,他们才终于修好飞船,降落在新宇宙的一颗行星上。

在日本科幻电影《神之谜》中,日本建造出超级原子对撞机,能产生足够大的功率,在微观层次上引发宇宙大爆炸,进而建成新宇宙。一名少女能设计各种参数,成为新宇宙的造物主。

三章：
新技术之梦

新作者往往会有个不太成熟的习惯，即一有构思就动笔，不愿意读别人的作品。甚至有新作者对我说，如果他知道有人写过类似的构思，他就不好意思写了，不如干脆就闷头先写出来。

这种掩耳盗铃式的做法当然没有益处。科幻文学已经有两百年历史，重要的点子都出得差不多了。新作者应该先熟悉前人的作品，比较各种点子的长处和短处，看看有哪些地方可以改进。如果能够给一个旧点子做出新调整，或者依靠文笔让它们再现辉煌，就算是功劳一件。

前面介绍了主体与环境两类科幻点，下面就介绍它们之间的中介物，那就是人类技术。仍然需要提醒读者：本章描写的技术类科幻点和真实科技没有多少关系，更多是传统梦想的延展。

一节：建筑梦想

如果要体现人类的伟力，可能建筑最为合适，它们就像技术能力的纪念碑。

阿西莫夫在《钢窟》里描写了一座座实际上是单体建筑的城市。每座城市容纳千万人口，外壳就是一个密封罩，下面有大大小小的建筑物。城市之间则是荒漠般的原野，寸草不生，城市居民都不敢到外面去。由于居室外面就是人工环境，"钢窟"里面的建筑都没有窗户。

这其实是欧洲中世纪城堡的扩展。中世纪欧洲分裂为很多小国，城堡是经济和政治的核心。它们建立在易守难攻之处，既是居住区，又是军事要塞。城堡要对付的既有外来入侵，也有野兽侵袭。

科幻电影《特警判官》也使用了同样的背景。一座建筑于北美的巨型城市，可容纳六千万人。城市顶端由透明幕罩封起来，阳光可以照射进来，内部气候完全由人工调节。巨城里面充满豪华的生活设施和现代技术，城外则是"被诅咒的大地"，荒凉冷漠，遍布核辐射，土匪出没，被逐出城市的人在那里过着原始生活。

中国科幻电影《未来警察》展示了2080年的单体城市，也是位于透明罩之下，靠高效的太阳能转化维持能量供应。

在短篇科幻《极限原则》里，陈鹏描写了能安置一百亿人的巨厦。它坐落在边长二十五公里的底座上，高达五百公里，有十八万多层，建设周期长达五十年。

房子不光会越来越高，还会越来越聪明，智能化就是建筑技术发展的一个新方向。科幻连续剧《三个侦探》中便有一集"杀人楼"的故事。情报部门新启用的一幢建筑被设计成人工智能，可以自动检测入侵者，并启动各种防卫设备困住或者消灭他们。结果中央电脑出了问题，一群侦探被困在这座大厦中难以逃脱。

刘卫华也在《神秘的新居》里描写智能房子。主人公的男友为救她而遇难，几个月后，她获赠了一座别墅。它能调节照明、供暖、空调，开闭门窗，清扫卫生，做饭炒菜，自动购物和管理账目。然而，主人公在夜间会听到男人的歌声，歹徒袭击时会被房子捕获。原来，男友的意识被保存在房子的中央控制器里面。这其实是个聊斋式的科幻故事。

在《房屋1.0》中，菲律宾作家肯尼思也描写了作为人类伙伴的智能房子。它在长期服务中拥有了智慧，能与人交流，感觉到快乐时会变成粉红色。房屋在火灾中被烧毁后，只要控制箱还在，其智能就能在新房子里复活。

李献辉在《宠物房子》里，描写由基因工程制造的半生物体房子。用户买回去种在地上，慢慢就生长出他所需要的房型。里面不仅配有各种家具，还能和主人交流，满足主人的愿望。

西瓜在《佳屋》中，描写可以随意排列组合内部环境的房屋。顾客付费入住后，可以设计厨房、卧室、健身房、餐厅和卫生间，房屋通过变形满足他的要求。一位顾客入住后迷上了修改设计，七天里改变达五百次，导致系统崩溃。

二节：交通畅想

汽车是现代文明的血脉，也是噩梦，西班牙作家多明戈·桑托斯在《绕啊绕》中就描写了这种噩梦。主人公要开车去"宇都"办事，那是全世界最大、人口密度最高的城市。因为走错立交口，一下子不知绕到了什么地方。经过各种道路迷魂阵，主人公不仅没有进城，反而越开越远，最后得了精神病，而他要会晤的人则迷失在"宇都"里无法找到。

美国作家弗雷德里克在《谁在开车》中描写了汽车人。此"汽车人"不是《变形金刚》里的博派，而是智能化的汽车。它不光能自动驾驶，自动导航，甚至能分辨主人购买的食物是否有营养。某次主人公中途下车休息，车却突然离开。原来，两百台智能车通过信息互联形成整体意识。它们要包围市议会，督促议员通过建设酒精厂的议案，以获得更多的酒精燃料。

在罗杰·泽拉兹尼的短篇《魔鬼汽车》中，智能车不再是人类的朋友。有辆黑色凯迪拉克背叛人类，带领一大群汽车打家劫舍。它们会撞死路人，借助伪装闯入加油站加油，汽车之间会用只有它们才懂的信号进行沟通，人类警察则无法破解。

古人求神拜佛，都期待神佛能够瞬间显灵。这个梦想进入科幻，转化成了"瞬移"，或者叫"物质——信息传输法"。人们设想将物体甚至人体进行彻底的全息扫描，每个细胞中的每一点信息都包含在里面，然后把这个巨大的信息流传送到远方，在那里由机器接收下来，再复制出人体。这样，人就相当于能以光速来移动。

短篇小说《苍蝇》是"瞬移"的经典作品，发表于1957年，两次被改编成电影。主人公在自己家里研发"瞬移"装置，在用自己作实验时，有只苍蝇混了进去，瞬移的结果让他变成蝇头人身的怪物。他无法复原，也无法再见别人，只好请人用工厂里的气锤砸烂自己的脑袋。

在影片《致命魔术》中，魔术师利用瞬移技术与竞争对手斗法，瞬间从舞台中央出现在入口处。可怕的是，他每传递自己一次，原版就会掉到舞台下面的封闭水池里被淹死，向观众招手致意的是一个全新的人。

韩松的《电话之旅》同样以"瞬移"为题材。在这篇小说里，中国发明了电话旅行技术，只要站在转换屏前，计算机就能把人体分解为一串"1"和"0"传输到远方再复原。最初，这项技术会产生失真，导致人体无法复原。经过改进，电话旅行的死亡率比空难还小，成为上层人士远途旅行的首选。一些逃犯则利用管理漏洞，通过电话逃避追捕。

柳文扬在短篇《闪光的生命》中也描写了"瞬移实验"。被复制的人只有半小时生命，他要在这么短的时间里完成"原版"犹豫再三而不敢去做的事情，就是向心上人求爱。当然，两个人暗恋的是同一个对象，他的本体也活在世上，并且试图阻止他。

除了这些完全以瞬移本身为题材的作品，它在很多科幻里还是工具手段。特别是《星际迷航》系列，太空英雄们经常要用瞬移技术登陆敌舰。要想飞得更远，又要节省时间，科幻作家设想出虫洞旅行，它已经出现在无数科幻作品里。但是1994年上映的《星际之门》则把它作为核心构思，还衍生出美国片长第一的科幻连续剧。几千年前，外星人通过这些虫洞之门来到地球，实施统治，结果在离开地球时，星门被奴隶们埋在地下，导致他们无法返回。进入当代，星门被科学家挖出来，探险队开始利用它进入外太空。

人类为飞向太空设计的所有方法，核心都是突破引力约束，为什么不直接描写反引力呢？是的，反引力是科幻中一个悠久的设想，从威尔斯《首批到达月球的人》便存在。

把反引力引擎推到极致的，是英国作家布利殊在二十世纪五十年代创作的《飞行城市》系列。人类把它安置在大地深处，就能让方圆几十公里的地壳带着上面的城市腾空飞起，在宇宙中飞行。

在电影《阿凡达》里面，人类去潘多拉星球的目的就是开采反重力矿。但不知编剧为什么不让人类飞船利用这一设定，还是用传统的火箭反冲进行软着陆。

三节：其他宏愿

食品也是科幻题材吗？当然是。要知道，科幻产生于工业社会初期。那时候，吃饱喝足还是很多人的梦想。

二十世纪三十年代，苏联作家别利亚耶夫创作过《永生粮》。科学家发明了"永生粮"。它是一种菌类，只要放在空气里接受阳光照射就会自动生长。吃起来有果酱味道，虽然单调，却不算难以下咽。听上去很像《圣经》里面上帝恩赐的"玛纳"。可惜，科学家解决饥饿问题的宏愿被市场淹没。"永生粮"到处滋生，导致粮食价格大跌，农民破产。

用人力影响天气也是人类自古就有的梦想，祈雨仪式在各种文化圈中都有。美剧《X档案》中有一个"雨王"的故事，描写特异功能人用精神改变天气。一个单身汉声称他能意念降雨，百试百灵。县长则认为他既然能造雨，也能制造干旱，便从FBI总部请人调查。

　　如果人类尚不能影响天气，那就让外星人来干！二十世纪九十年代科幻电影《天袭臭氧层》就是这么想的。外星人不适应寒冷，人类感觉温暖的天气对他们来说也是酷寒。外星入侵部队在人类核电站下面设置秘密的天气改造基地，向天空发射能量团，使气温逐渐提高。外星人计划用十年时间让地球气象适合他们生存，这个阴谋最后被气象学家发现。

　　有些科幻作品里，人类为应对气象危机或者宇宙灾难设置了天幕。美国作家大卫·赫尔便曾经以《天幕坠落》在中国获得很多读者。由于臭氧层消失，紫外线直达地球，生存受到威胁，人类开始建造一层仅有几微米厚的薄膜，覆盖所有天空，透过阳光的同时滤掉紫外线和宇宙辐射。

　　在科幻电影《挑战者》中，"天幕"也是主要背景。不过它并非实物，而是电磁波，将阳光全部屏蔽在外。从"天幕"建立起，人类便再没有看到过白天，天空中只有极光般的光幕。二十年后，新一代青年试图毁掉天幕，重见阳光。他们认为臭氧层早已恢复正常，而"天幕公司"为垄断利润向全人类隐瞒了这一事实。

　　世界上有很多大工程，大到影响全球的工程就很科幻了，可以叫地球工程。凡尔纳在《北冰洋的幻想》中，便描写冒险家试图通过大炮的发射产生反作用力，改变地球自转轴，将北极调整到热带，以便开采那里的矿物。

1940年，顾均正创作了《在北极底下》，描写阴谋家深入北极，发现巨型磁铁矿，正是它吸引着全世界的指北针。阴谋家试图通过震动让磁铁矿落入深渊，让地球磁场消失。

刘兴诗的《喜马拉雅山狂想曲》，描写了地质学家通过高能气化技术在喜马拉雅山打开通道，让印度洋暖湿气流直通中国西北，让那里冰川恢复、绿洲再现。你可能会在冯小刚的贺岁片《不见不散》中，听葛优扮演的刘元说过这个工程。

李兴春在《大地球》中，描写了更为惊世骇俗的地球工程。人类将无数核武器埋设在地壳深处，同时起爆，令熔岩涌动，板块分离。地球像气球一样被吹胀了一圈，产生更多的表面积供人类使用。同时由于密度减小，地球也避免了进一步向太阳靠近。板块学说认为，地球直径每一亿年膨胀24000米，《大地球》就描写了人类利用这个规律的情形。

四节：回归历史

其实，科幻并非只能写未来，有些作品会描写历史上并不存在的技术发明。这些发明可能远不如今天的技术先进，但它们出现在历史上仍然具有颠覆性。美国作家布雷德伯里在《飞行器》里，就描写东晋时期有中国人发明了飞行器。

胡行在《飞呀飞》中，描写1899年在武汉长江"天兴洲"举行的世界飞机大赛上，当地人搞出的用火箭助推的"咸与扬威"号正常上天又平稳落地。但由于没有正式记录和报道，正史只记载了四年后莱特兄弟的飞行器上天。

武侠作家古龙在《大旗英雄传》中，描写武林第一高手"夜帝"发明了炸药。出于对它巨大威力的担心，夜帝秘不示人，其本人也在一次地下爆炸中不知所踪。

这些想象中的技术接近真实历史，另外一些作品则描写超级古代科技。倪匡在《古声》里，描写古代工匠发明了陶瓷录音机。韩松在《长城》中，描写长城实际延伸到世界各地。

张艺谋导演的《长城》被某些影评人批评，其实，《长城》属于历史畅想类作品。电影里，中原王朝将孔明灯改造成飞行器，可供长距离载人飞行。

法国作家皮埃尔·布尔在《思想爆炸公式》里，描写爱因斯坦发明了让能量转化成物质的方法，同样帮助美国打赢"二战"。而在现实中，$E=MC^2$主要用于从物质中释放能量。

把虚拟科技史放到蒸汽机时代，就形成了"蒸汽朋克"类型。1990年，美国作家吉布森和斯特林创作出了《差分引擎》，描写十九世纪巴贝奇发明蒸汽计算机，几十年后建立反乌托邦社会。而在历史上，巴贝奇这个设想从未成功。

宫崎骏导演的《天空之城》，取材于斯威夫特在《格列佛游记》的勒皮它飞岛，背景也推后到十九世纪末。影片中有蒸汽机、粗笨的管道、铁皮屋顶房这些画面，完全是早期工业风格。机器人是铁皮覆盖的复古形状，天空中则翱翔着飞艇。

1999年上映的《飙风战警》是蒸汽朋克在银幕上的代表作，据说威尔·史密斯还为这部电影推掉了《黑客帝国》的片约。《飙风战警》以南北战争为背景，主人公驾驶巨型蒸汽蜘蛛纵横原野，解放黑人奴隶。故事线索很好，但最终成片的各项完成度很差。

欧洲科幻电影《童梦失魂夜》也是蒸汽朋克的典型。背景是二十世纪二三十年代的欧洲港口，画面上到处是大片的铁皮、粗粗的铆钉、长满海藻的支架、外形滑稽的老爷车。但是，影片核心却是大脑移植和梦境传输，这些技术在今天都还没实现。

2004年上映的《天空上校和明日世界》再次推动了蒸汽朋克科幻，评论界称之为"怀旧未来主义"。电影背景是1939年，里面有螺旋桨飞机、飞艇、发报机、计算尺和老式照相机、铁皮筒般的机器人、表面粗糙的金属飞鸟。影片那种巨型空中岛屿在二十世纪三十年代许多美国科幻杂志的封面上都能看到，而故事的核心却是一个狂人用机器人军队入侵世界。

2011年上映的《太极》系列，是中国蒸汽朋克代表作。电影选取了杨露禅到陈家沟偷师太极拳这个素材，本来定位于武侠片，但是反派人物驾驶巨型蒸汽筑路机，正派驾驶固定翼飞机，都是当时没有的装备。第二集结尾处，大反派更是制造出类似《飙风战警》里面巨型蜘蛛的武器，看来要朝蒸汽朋克方向再进一步。可惜前两集票房惨败，第三集没有完成。

　　或许凡尔纳作品和《小灵通漫游未来》让中国公众产生误解，以为科幻就是描写新发明的小说。其实，科幻作家仍然把重点放在人和环境上，专门以技术想象为题材的作品，无论是否有科学根据，在科幻作品里并不多见。

四章:
大难临头

从"后羿射日"到"洪水灭世",很多民族的上古神话中都有灾难传说。人类建立最早的社区,一个主要目的就是为了集中力量抵御天灾。反过来,这也促使先民们喜欢用神话来记录灾难,警示后人。

本章介绍科幻中的各种灾难题材。和前三章一样,它们基本出自作家的想象,是上古灾难神话在当代的变种。而那些从真实灾难上萌发的科幻题材,我会集中在下一编里介绍。

一节:生物灾难

大瘟疫能摧毁社会秩序,检验人性中平时不暴露的部分,作家们很喜欢这个题材。不光是科幻作家,主流文学家也是一样。加缪写过《鼠疫》,加西亚·马尔克斯写过《霍乱时代的爱情》,这两位都是获得了诺贝尔文学奖的作家。

葡萄牙作家若泽·萨拉马戈也获得过诺贝尔文学奖,他创作的《失明症漫记》就是一本科幻小说,只是他并非因这本书的成就而获奖。小说中,一种神秘的失明症在城市中传染。感染者的眼睛没有生理变化,就是看不到东西。小说以失明症为背景,描写了社会解体的过程。

除了《弗兰肯斯坦》,玛丽·雪莱还有一部科幻作品,名叫《最后一个人》。故事中,某种神秘瘟疫让人类灭亡,只有一个拥有超强免疫力的人幸存。这篇小说奠定了后来灾难科幻的一种模式。小说中灾难超越了科学记载的各种灾难,威力前所未有,人力无法抵御,小说的重点在于描写社会解体,文明衰退。

英国作家赫德在《大雾》中描写由特殊霉菌造成的灾难。它不伤害人类,只侵袭树木,又不会令它们毙命,看似人畜无害。直到有一天,由霉菌产生的大雾覆盖全球,人类只能在几米远的视野里摸索着生活。远距离的商品交换不可能完成,人类只能自给自足,倒退成原始部落。

这几年的中国科幻网络大电影中,怪物袭击人类可能是最受欢迎的题材。威尔斯在《食人海怪》中,把怪兽题材带入现代科幻。小说描写深海生物大王乌贼浮上浅海,袭击英国海岸。今天,人们可以从科幻电影《极度深寒》里看到它的魔影。编导以大王乌贼为原型,虚构出一只邮轮般大小的海怪。它拥有数不清的吸管,每个吸管可以吞进一个人,吸干体液,再将残体吐出。

柯南道尔创作过《高天的恐怖》,描写人类驾驶飞机探索高空时,不少冒险家在空中失事,飞机坠毁后却找不到尸体。原来,高空生存着云雾状生命,小的有如气球,大的超过教堂屋顶,有的形似水母,有的仿佛游蛇,可以随意变化,毁机吃人。

苏联作家甘索夫斯基在《海港之魔》中描写了一种"集群生命",它由一种细小的海洋动物组成,分散时体形很小，集合到一起时会形成庞大的身躯，有肢体，有吸血管和消化道，连鲨鱼也不是它们的对手。

二十世纪初，洛夫克拉夫特建立的"克苏鲁神话"，由很多中短篇小说组成。它们介于科幻与奇幻之间，主要形象就是各种神秘怪兽，有钻地魔虫、飞天水螅、冷蛛、邪恶真菌等。洛夫克拉夫特创造"克苏鲁神话"体系是为了宣传自己的思想，但是这些怪兽形象被后来很多科幻作品借鉴，变成情节粗糙的怪兽故事。

二十世纪三十年代的《金刚》是怪兽在银幕上的经典，影片塑造了数层楼高的大猩猩。它本来独居海岛，被商人带到美国展览后突破钢笼，在纽约横冲直撞。这个题材不断被翻拍。2000年后还出现了《巨猩乔扬》等类似题材的作品。乔扬有两千磅重，体形接近大象，与人类亦敌亦友。

科幻电影《狂蟒之灾》描写了超级蟒蛇不停吞食人类。在科幻电影《死里逃生》中，一条体积更大的巨蟒侵入小镇，造成灾难。

随着科学发展，地球上存在天然未知怪兽的可能性几乎不存在，科幻作家开始写人造怪兽。在威尔斯的名作《神食》里，科学家发明超级生长素，可以使任何生物都长大几十倍，这算是最早出现人造怪兽的故事。

早期的怪兽多是受了人类技术的负面影响。《哥斯拉》是这类题材的经典，它因核辐射异变而进化，变成庞然大物。

后来，在实验室里被诱变的怪兽成了潮流。粗糙的有《八脚怪》中的蜘蛛，《复仇者》中的巨鼠。精致的有《侏罗纪公园》中的恐龙，《怪形》中的"原生质"，《变种DNA》中的"超级蟑螂"，都是生物学家制造出来的异物。

怪兽想象由来已久，我们可以从远古神话中找到它的萌芽。《奥德赛》和《辛巴达航海》也都描写过文明世界之外的各种怪物。将各民族古代怪物传说演化成科幻题材，也是一种题材来源。在科幻电影《火龙帝国》中，沉睡地下几千年的火龙被唤醒，并于二十年后征服全世界。残存的人类失去文明，倒退成为原始人。

发展中国家缺乏科技史，但不乏神话史，用神话怪兽改造科幻更为流行，泰国科幻电影《哥鲁达》就是典型。"哥鲁达"是泰国传说中人身鹰面的怪物，可以飞行，与世无争。在影片中，它被定义为从恐龙进化来的巨鸟。

韩国电影《龙之战》直接将古代背景与当代背景融合，传说中的"龙"则改造为未知生物伊莫吉。2021年国内科幻网大《火星异变》中，也将传说中的"鲲"摆在火星大气里。

地球上不大可能还有未知动物能造成巨大灾难，但宇宙也许可以。法国作家屈瓦勒在《比睡眠更深沉》中，描写太空中降下"夜瞌虫"。它们能够令人深深睡去，直到死亡。为了对付"夜瞌虫"，人类只能发明睡眠机，使人在半梦半醒中休息，并用机械手段唤醒。屈瓦勒当然没有借鉴《西游记》，只能说"瞌睡虫"这种魔法构思在科幻中复活了。

在科幻小说《灭种大屠杀》中,太空中降下肉眼看不到的神秘孢子,扎根地面后只需要几年工夫却能生长出两百米高的大树。人类生存环境被彻底破坏,文明不复存在。残存的人类在巨大植物的根部挖洞,过着虫子一样的悲惨生活。科幻电影《明日战记》中,也能看到这个构思。

科幻中最离奇的怪物莫过于隐身怪物。十九世纪,奥布里恩斯的《这是什么? 一个奥秘》,莫泊桑的《奥尔拉》都以隐身怪兽为题材。美国作家比尔斯在短篇《该死的东西》里面,详细描写了隐形怪兽侵袭乡村。

二节:全球灾难

地球不是为人类架设的舞台,它有自己发展、演变和运行的规律,人类经常成为地球自身变化的受害者。这类灾难来自大地、海洋或者大气,规模往往遍及全球,人人需要面对,科幻也不例外。

新一代读者很难想象,倒退几十年,如果媒体上谈论气候变化,肯定是在讲冰川再临、地球变冷。以此为题材的科幻作品有很多。在日本作家安部公房写的《第四纪冰川》中,科学家预测到第四纪冰川期即将临近,冰川覆盖大部分陆地。他们拐卖婴儿,试图通过基因改造,培育出长有腮而能在海洋里生活的新人。

美国作家冈恩在《冰中少女》中用诗化的语言描写这一灾难。冰河期来到, 每年冰川都向南推移几十公里。文明崩溃，残余的人迁到赤道附近，只有主人公坚守在家乡土地上。冰川南移到村落附近，里面还裹着一个冰冻的少女。

冯内古特在《猫的摇篮》中，描写原子弹之父发明了"非冰"，凡是碰到它的液体均会被瞬间冻结。结果"非冰"不慎滑入大海，引起连锁反应，冻结全球海洋，由此引起了世界范围的狂风，葬送了人类文明。

英国的温德姆在《三尖树时代》中，描写带着绿光的流星冲入大气层，美丽动人的光芒吸引人们纷纷出来观看，第二天他们都成了盲人。只有当天晚上熟睡的人和关在监狱里的囚徒幸免于难。

几十年后，中国电影《被光抓走的人》使用了类似概念。一道莫名其妙的闪光降临某城市，很多人当场失踪。后来有人说，只有真心相爱的人才会在闪光中消失，那些没消失的夫妻开始面临周围的闲言碎语。虽然电影并未承认这种假设是否真实，但是有很多人在闪光后消失，却是情节里面呈现的灾难。

小松左京创作过科幻小说《首都消失》，描写东京被一团黑云笼罩住。不仅电波和空气无法进入，飞机撞上会爆炸，竹竿伸过去都会烧掉，堪称彻底的铜墙铁壁。当然，这么古怪的灾难最后消失得也不明不白。

不久前，美剧《穹顶之下》发展了这个题材。神秘的透明能量罩封锁了一座小镇，任何实体都无法穿透，但至少光线还能穿越，两边的人互相看得到。

三节：启示文学

《圣经》中有一篇《启示录》，描写世界末日到来的各种征兆。后来，西方文坛便把描写世界末日的文学作品称为"启示文学"。今天，它们大部分都是科幻作品。科幻电影《绝世天劫》英文篇名为"Armageddon"，就是《启示录》中的一个地名——哈米吉多顿。《终结者》第二集的英文片名 Judgment Day 直译为"审判日"，也出自《启示录》。

英国作家巴拉德创作的《世界三部曲》，可谓启示文学代表作。第一部《沉没的世界》讲的是地球外部范艾伦带神秘消失，宇宙辐射直贯地表，南北极冰层融化，人类文明被深埋在大洋底层。第二部《燃烧的世界》描写一种油膜覆盖海洋，导致水分无法蒸发，全世界被干旱毁灭。第三部《结晶的世界》描写反物质银河系与我们的银河系相撞，物质开始缓慢结晶，人和地球上的一切都成为晶体。这些灾难远远超过科学范畴，无可解释也无法抵抗。作者以它们为背景，构造了惊人的灾难图景。

米勒在小说《莱博维茨的赞歌》中，描写人类被"灭世烈火"毁灭。残存的人们建立宗教社会，新罗马被设置在美国。而美国本身已经四分五裂，成为许多封建帝国分散聚居的大陆。

挪亚方舟的故事人们耳熟能详，二十世纪三十年代，美国作家阿尔维斯把它改编成《第二次洪水》，"第一次"当然就是指《圣经》里描述的那次。安子介把它加以改写，取名《陆沉》，于1938年出版。根据当时的中国国情，小说当然不照搬《圣经》，而是描写太阳系进入一片含水星云，导致地球连降暴雨，将大陆全部淹没。有预言家在纽约郊外打造方舟，带着一群人漂浮在水上。

在科幻电影中，《未来水世界》是启示文学的代表。电影发生在洪水灭世后的数百年，人类遗子在海上艰难地讨生活。它的姐妹篇《信使》也描写了文明的毁灭。两部电影都没有正面描写灾难的过程，而是着眼于灾难后残余者的生活。人们倒退回过去，拿着冲锋枪和利剑到处战斗。

启示录不是中国传统文化，中国科幻里的启示文学通常借鉴自外国科幻。刘维佳写的《高塔下的小镇》是这个题材的早期代表。被核战摧毁后的荒芜世界上有块小小的文明保留地。中央有座高塔，能够自动发射死光，射死五千米外任何试图闯入的动物和人，但不会阻止里面的人出去。一批人生活在它的保护下，技术退化，无法操作高塔，而新一代则想着如何逃出去。

当你打开优酷、爱奇艺或者腾讯视频等网络视频平台，寻找"科幻"类别时，你会从这几年的国产网络科幻电影和科幻网剧中发现大量启示类作品。2019年，网剧《庆余年》将末世题材放到大屏幕上。故事中的"庆国"完全采用中国封建社会的社会结构，但它其实是当代文明毁灭后产生的下一代文明，当代文明的遗迹则被封在冰川下面。

五章：
从乌托邦到乌托时

　　1516 年,英国作家托马斯·莫尔的《乌托邦》出版,从此开创了乌托邦小说流派。这类小说都要虚构一个不存在的背景,以它为画卷绘制出作者的社会思想。乌托邦小说不以鬼神怪谈为出发点,而是把想象置于物理场所,它们也是现代科幻小说的一个源流。

　　从乌托邦小说开始,一些作家便用科幻来描写自己对社会的看法。他们虚构出一些世界,没有现实基础,基本上也没有发展演化的过程,一出场就是那个样子。作者并不认真地设想如何实现它或者摧毁它。虚构出这些世界是为了制造一面镜子,映照出我们这个世界的某些侧面。

　　所以,这类作品都是以科幻为外壳的社会寓言。

一节：作为源流的乌托邦

　　莫尔在《乌托邦》中描写了一个海岛社会。人们共同劳动,把产品集中后再分配,没有货币也没有交易。数百人集中在食堂里吃饭,既不用自己做饭,也没有私营餐馆。乌托邦中还有奴隶,但比公民少得多,由罪犯和外国人组成,从事低级劳动。

　　乌托邦里面有很多城市,彼此之间也不交易商品,只是互通有无。当然,乌托邦还得把产品集中起来和其他国家进行贸易，因为那些国家还在实施私有制。

1623 年，意大利作家康帕内拉出版的《太阳城》是另一部著名的乌托邦小说。航海家塔漂流到"普罗班纳岛"，被太阳城接纳。一名服务员向他介绍太阳城的方方面面，这些对话就构成了小说情节。通过对话我们知道，太阳城没有私有制，大家都出于兴趣参加义务劳动，人人各取所需。因为没有私心，也没有各种犯罪。

小说同样没有冲突，也没有太阳城建立的过程。康帕内拉花去大量篇幅影射现实中意大利社会的种种罪恶，可见这座太阳城只是用来讽刺现实的镜子。

1888 年美国作家贝拉米写的科幻小说《回顾》，是第一部以政治为主题的科幻小说。主人公在 1888 年被催眠，苏醒在 2000 年，见证了已经实施社会主义制度的美国。

不同于早期乌托邦作品，《回顾》不是把理想世界置于未知空间，而是置于未来。地理位置仍然是美国。这意味着人们有可能以它为蓝图改造社会，而不只是合上书本后，羡慕那个遥远的乌托邦。由于贝拉米的描写比早期乌托邦作品更为细腻，符合近代人的阅读习惯，《回顾》在美国成为畅销书，还引起一场不大不小的社会运动。

十九世纪九十年代，莫里斯发表了《乌有乡消息》，描写社会主义制度下的英国。同样是没有私有制，没有贫富差距，没有人压迫人。然而，它只存在于主人公的梦境当中。

威尔斯的《星》也是乌托邦式科幻。它先用四分之三篇幅描写英国社会的很多矛盾,大到城乡差别,小到男女之间争风吃醋。等彗星的彗尾扫过大气层,不知名的气体影响人类心理,所有人都不再自私自利,不仅分享财富,甚至分享情人。虽然小说为社会改变引进了物理原因,但空想色彩十分浓厚。

很多人觉得乌托邦小说都是几百年前的事,那时候文人很天真,现在作家只会写反乌托邦作品。其实不然,1948 年,也就是奥威尔出版《1984》的同一年,还有一部乌托邦幻想小说得以出版,也发行了几百万册。它叫《瓦尔登第二》,用来致敬十九世纪美国作家梭罗写的《瓦尔登湖》。

小说里,一群人在美国某处乡村创办公社,代号"瓦尔登第二"。它有一千户人,没有家庭和私有制,大家一起劳动,吃公社食堂,不用货币,劳动后计算工分。孩子们生下来由集体抚养,不和父母生活,也不去学校,而是到工厂里实习。

听上去是不是很耳熟?但它不是社会主义国家的作品,而是美国心理学家斯金纳的作品,用来宣传他的行为主义主张。小说所提倡的理想在当年仍然大受欢迎,后来真有人在弗吉尼亚州建立了以它为模版的小公社。

直到当代,美国作家琼·丝隆采乌斯基还创作了女性乌托邦科幻小说《入海之门》。一个全面覆盖海洋的星球上只有女性生活,她们可以单性繁殖,而作为男性文化标志的石头星球对它进行入侵。《入海之门》不会像几百年前的乌托邦小说那样只有对话,而是有激烈的矛盾冲突。然而,设计一个世界来承载作者心目中的理想,这个思路无异于早期乌托邦小说。

梁启超的《新中国未来记》可谓中国最早的乌托邦小说。它以 1962 年的中国为背景,届时,中国完成了君主立宪,实现全面工业化,上海举办世博会,迎接全球来客。

作品创作于 1902 年,在小说中看不到这个美好的 1962 年如何从 1902 年的中国现实发展而来。所以,它也有早期乌托邦小说的特点,即造一面镜子来反衬现实的不堪,并设置人物给读者讲述新世界的方方面面。没有矛盾冲突,没有戏剧式情节。

二十世纪五十年代,中国出现过如《十三陵水库畅想曲》等作品,都是乌托邦文学在中国的案例。这些作品中的未来社会同样没有矛盾冲突和戏剧式情节,像是一幅幅静态画面。

二节:走向反面

有乌托邦小说,就有反乌托邦小说。早期出现的反乌托邦小说,恰恰是一向被认为属于乌托邦文学的《新大西岛》。培根写这本书时,莫尔的《乌托邦》已经问世一百多年。培根在小说里通过一名"所罗门宫"成员之口来批判《乌托邦》。他们声称看过那本书,但是认为莫尔靠制度来实现平权的设想不正确,必须靠技术发展生产,才能推动社会进步。

《新大西岛》只写了个开头,我们并不知道"所罗门宫"如何运作。从整体上看,《新大西岛》也和《乌托邦》一样,只给出社会轮廓,没有实现它的过程。所以,它从形式上仍然属于乌托邦小说。

1872年,塞缪尔·勃特勒出版了《埃瑞璜》,这是公认的第一部反乌托邦小说。"埃瑞璜"(Erewhon)就是英文"乌有乡"(Nowhere)的倒写。《埃瑞璜》模仿早期乌托邦小说,描写旅行家误入不知名的国度"埃瑞璜",当地完全按照早期乌托邦文学的描写运转,造成的现实却是一片黑暗。

三十年后,勃特勒又出版了《重返埃瑞璜》,追述它建立的过程。原来,埃瑞璜的居民正是因为害怕工业革命,才建立起一个抵制科学技术的社会。勃特勒正确指出乌托邦理想的基础,那就是低技术的小农社会。果然,几十年后斯金纳在《瓦尔登第二》中设想的行为主义公社仍然以手工劳动为主。

进入二十世纪,反乌托邦小说成为科幻文学的一大贡献,出现了三大反乌托邦作品。1920年,俄国作家扎米亚京创作了《我们》,描写千年后的世界,人们在完全机械环境下过着机器般统一的生活。社会里没有"我",只有"我们",反叛者会在公众集会上被气化掉。《我们》名气很大,但读起来很空洞,因为在高技术基础上建不成乌托邦社会。

1948年,英国作家乔治·奥威尔创作了《1984》,是三大反乌托邦作品中最接近现实的一部。小说中塑造的"老大哥"成了西方社会中独裁者的代名词。在虚构的 1984 年,有个威权统治下的"大洋国"。主人公是"真理部"中专门伪造历史的下级官员。他虽然在严酷现实中产生了些许反叛意识,但最后也在洗脑中屈服,怀着对统治者"老大哥"的敬意接受死刑。

奥威尔在《1984》中正确描写了技术与社会的关系。"大洋国"的生产力发生退化,衣食住行都很粗糙,只能实施配给制。正是由贫困导致的配给制,才是威权统治的基础。

三大反乌托邦作品最后一部叫《美丽新世界》,由英国的阿道司·赫胥黎创作,1932 年出版。小说虚构了"福特纪元"632 年的世界,那时,社会产品极大丰富,人类也像产品一样被制造出来。由于生产效率极高,那个社会并没有残酷的统治者,也没有贫困、疾病、饥饿等灾难场面,对人类最大的威胁其实是无聊。《美丽新世界》讽刺的对象不是威权体制,而是消费主义和价值缺失,甚至可以看到"娱乐至死"的影子。主人公最大的苦闷是不想这么天天快乐,到处追求皮肉之痛。

三大反乌托邦作品之所以成名,时代背景便是乌托邦式的社会实践很流行。当时还有小说《华氏 451 度》、科幻电影《妙想天开》等。

到了二十世纪末,现实中的乌托邦已经退潮,实用主义和消费主义席卷全世界。失去批判对象,反乌托邦科幻只能作为商品出现,失去了社会批判意义。最近一些年出现的《饥饿游戏》和《移动迷宫》系列都以反乌托邦为标志，但作品中对乌托邦体制的描写更像是游戏设定。

即使反乌托邦科幻流行期间，仍然有科幻作品以社会控制为主题，《特警判官》便是代表作。它最初是漫画，当年改编电影时，制片方曾经想请施瓦辛格主演，但由于后者有奥地利血统，有人担心此片会被视为宣传第三帝国思想而作罢，可见《特警判官》有怎样的政治观点。影片中的"特警判官"集司法权和执法权于一身，从根本上触动了西方政治原则。

美国作家海因莱因有着浓厚的军国主义倾向。"二战"时，如果有美国科幻作家批评政府，他就会站出来指责他们。在《星河舰队》里，海因莱因全面体现了他的军国主义倾向，残酷的训练和作战都是为了让士兵成为强者。小说改编成电影时，编导干脆以"二战"时期德国军服为基础，设计影片中"地球部队"的军装。

《北京折叠》也是反乌托邦小说的代表作，作者郝景芳。小说中虚构了通过技术手段将北京折叠成几个空间的故事。

三节：技术批判

在一般人的想象中，实施专制主要靠警察和军队。但有些作家却认为，科学技术才是现代专制的基础，普通人越依赖科技，越会被它控制。这种观点在工业革命初期还不明显，二十世纪后，开始出现了技术批判类科幻。

1909年，英国作家福斯特创作出《大机器停止运转》，是这类科幻的源头。作者声称他反感威尔斯那些描写美好未来的作品，才写了这篇小说进行讽刺。

小说背景是年代不确定的未来，地面已经不适合生存，活在地下的人类由无所不包的机器提供服务，没有国家和民族之别。有一台大机器能伺候所有人，大家衣来伸手，饭来张口，通过类似电视电话的装置随意和千万里之外的人打交道，但就是不面对面交往。生下孩子交给机器哺养，亲情淡漠。当人类已经把一切都交给大机器处理时，它开始慢慢地停止转动，失去独立生活能力的人类随之走向灭亡。小说中的大机器没有外观描写，没有技术原理，完全是科技的象征。

1928年，美国作家凯勒写出《行人的反叛》，虚构出未来的美国，社会分化成"司机"和"行人"两个群体。当时，汽车开始进入美国家庭，形成汽车社会。《行人的反叛》中的汽车却是虚构的，同样也是没有外观和技术描写，甚至看不出大小。富人作为司机可以生活在车里不出来，甚至能把汽车开进房间，以致两腿萎缩。最开始，司机在数量上超过行人，法律向司机倾斜。后来是司机撞死行人不算犯法，然后又把行人赶出城市，最后，司机对行人展开种族灭绝。过了几百年，行人开始聚集在森林里秘密谋反。

在《自动钢琴》里，美国作家冯内古特虚构了由科技专家统治的世界。它分裂为掌管科技系统的上层和为机器服务的下层。由于自动化水平越来越高,下层失业率只增不减,生活日益贫困。

如果说以前的底层社会还在担心劳动成果被剥削,那么现在发达国家的底层社会则是"无用阶级",他们没有能力参与高科技生产,但又不至于饿死,担心的是会不会被清除,社会幻想电影《人类清除计划》就反映了这种情绪。《人类清除计划》讲述由于人口过多,美国政府每年给出 12 小时,允许展开各种不受惩罚的杀戮。2013 年上映的第一集是低成本独立电影,没想到大受欢迎,不到十年就拍了五部曲,可见它切中了技术时代很多人的焦虑。

四节:"乌托时"科幻

乌托邦指"不存在的地方",科幻中还有一种"乌托时"作品,描写不存在的时代背景。美国作家菲利普·迪克创作于 1962 年的《高堡奇人》就是典型。小说描写日德赢得"二战",瓜分世界。而某个高堡中有个奇人则向社会宣传,在另外一个世界里日德战败。此书在近些年被改编成美剧,受到广泛追捧。

女作家菲丽丝创作出《地球的阴影》,描写 1588 年英西海战以"无敌舰队"胜利告终,新教势力被消灭,历史上由新教徒倡导的近代科学、工业革命、民主制度乃至妇女解放都没有发生。数百年后,天主教正式殖民北美,妇女仍然是男人的附属品。

《2009 迷失的记忆》是 2002 年上映的韩国电影,

也是乌托时科幻的代表作。影片中，1909年韩国志士安重根刺杀伊藤博文失败，历史分了岔。到2009年，一名朝鲜族警察和大和族警察联手调查凶杀案，进而发现秘密反抗军正计划穿越时空，回到1909年再次刺杀伊藤博文。

影片虽然邀请了日本演员，但完全由韩国主导。作为当年殖民主义的受害者，韩国电影人用现实主义手法描写未来的日本帝国，说明他们已经掌握了乌托时题材的叙述方式。背景越荒诞，细节必须越合理，否则就会成为闹剧。

刘慈欣发表的《西洋》则是乌托时科幻在中国的代表作，描写郑和占领欧洲的故事。

五节：科幻圈文化

描写社会，就得熟悉社会。科幻作家最熟悉社会上哪个群体？当然是科幻迷！他们几乎都曾经是科幻迷，依靠这个群体取得成功后，仍然与他们保持密切来往。

所以，还有一类科幻就用科幻圈文化作为素材，美国作家沃森创作的《2080年世界科幻大会》便是代表作。在小说中的2080年，文明已经崩溃，人类平均寿命降到四十岁，书报只能用手工印刷，由马匹和船送到各处。然而，世界科幻大会仍然召开，由于交通不便延长为四年一度。会址就是帐篷，也没有扩音器。有些科幻作家在路上被印第安人射死，或者被野狼吃掉。科幻迷则用马匹和毛皮换取科幻手稿。

中国作家韩松创作过《星河的生日》,也是一篇以科幻群体为题材的小说。它虚构了北京科幻迷给科幻作家星河过生日的情形,届时,全国科幻作家纷纷到来,作者开列出几十个当时的青年作家,认为他们在二十年内会享誉海内外。然而笔锋一转,这些并非真实事件,而是人工合成的梦境。

美国作家伯斯蒂尔的《预付》则以科幻本身的命运为素材。二十一世纪初,美国科幻文学遭遇低潮。一个科幻迷特别喜欢读兰姆克尔的《短篇科幻小说写作》。他知道这位作家已经去世,便去登录作家的网站,不料却得到作家本人的回复,原来那是平行世界中的兰姆克尔。就这样,小科幻迷在大师指导下一步步成为名家,又因为科幻迎来"第二个黄金时代"而成功。这篇小说是二十世纪九十年代末美国科幻文学衰退的真实写照。

在《鲍勃,你知道》中,美国作家海瑞姆用搞笑故事来描写当时科幻小说的窘境。一位经纪人告诉科幻作家,必须写奇点、纳米、量子、赛博空间、后人类和反英雄才能成功。科幻作家只好遵嘱修改作品。经纪人看后又说,你还得加上暗能量、量子泡沫之类题材。改来改去,经纪人终于满意了。他说,这篇作品已经完全像是奇幻,而奇幻更有市场。

2007年,日本导演北野武拍了一部古怪的电影,名叫《导演万岁》,他在影片中扮演他自己,设定为失去创造力的导演。因为暴力片、伦理片、爱情片、怀旧剧、武侠片和鬼怪片都没有新意,这个导演决定拍一部讲彗星撞地球的巨片。但他完全不懂科幻,电影后半段就是他和剧组在那里胡编科幻故事。我特别推荐中国电影人看看《导演万岁》,它嘲讽了当时日本电影界跟风拍科幻的行为,而这些事情正发生在我们身边。

2011 年,日本电影《我与妻子的 1778 个故事》上映,取材于日本科幻作家眉村卓的生活。二十世纪九十年代末,眉村卓的妻子被诊断出癌症,医生认为她仅有一年寿命。眉村卓决心每天给妻子写一个故事,一写便是 1778 个故事,帮助妻子将生命延长了五年! 这是现实版的《一千零一夜》—— 一位科幻作家在真实生活中演绎的科幻。

美国电影《星战迷友》并不是科幻电影,但它完全在描写科幻迷。几个星战迷友从小就梦想去卢卡斯的别墅,盗窃《星球大战》里用过的道具。长大后,其中一个人被查出癌症,只有几个月生命,赶不上《星球大战前传:魅影危机》的公映。他们终于决定闯进卢卡斯的家,偷窃已经完成的电影影像,满足好友的愿望。《星战迷友》的导演就是星战迷,他在电影里如实记录了科幻粉丝的狂热行为。

中国电影《宇宙探索编辑部》也是这类题材。主人公是《宇宙探索》杂志的主编,年轻时着迷于外星人,成年后仍然沉迷在早年的梦想中,立志要寻找外星人。电影并非科幻电影,但它出自郭帆工作室,里面有大量科幻元素。《宇宙探索》杂志显然取材于《飞碟探索》,也是当年备受青少年科幻迷追捧的一本杂志。剧中台词提到"1991年科协大会",取材于"1991年成都科幻大会"。郭帆和龚格尔还在影片中串演自己,身份是《流浪的球》的剧组人员。显然,《宇宙探索编辑部》的受众指向十分明确,就是科幻迷群体。影片用伪记录片形式体现纪实风格,没有帅哥美女,也没有什么特效。如果不是科幻迷,很难对这部非常不养眼的电影感同身受。

讲述单个科幻迷的故事也有不少。在美国电影《K星异客》中,主人公一直说自己是外星人,其实只是一个受科幻文化影响的精神病人。由于他不停地向病友们讲自己在"K-PAX星球"上的生活,搞得大家分不清真假。

在韩国电影《曾是超人的男子》里面,主人公是《超人》的韩国粉丝。他小时候头部中弹,产生幻觉,认为自己就是超人,并且因此勇于助人。而当他服用精神药物压制幻觉后,助人的愿望也不复存在。

这部电影的主题甚至超越了正式版的《超人》。在《超人》里,超人与邪恶力量斗争时,凡人都是旁观者。这位"曾是超人的男人"本来是凡人,由于把自己当超人,反而激发出超人般的勇气,直到自我牺牲。

还有一类"反科幻"小说,它们用了熟悉的科幻点,但其实并不存在,或者是骗局,或者是闹剧。这类故事里面没有幻想情节,只有科幻迷才能读懂那些梗。它们一般由科幻作家创作,也发表在科幻杂志上,属于广义的科幻文化。

日本作家江户川乱步在《宇宙怪人》中，描写一个能够飞行的外星人大闹东京，最后查出那是"怪人十二面相"设计的骗局。松冈圭祐在成名作《催眠》中描写一个神秘女人声称自己是宇宙人，结果是人格分裂症患者。

小松左京在《抉择》中恶搞了时间旅行题材。痴迷于时间旅行的主人公找到一家地下公司，听他们讲时间旅行的原理，付巨款在三种未来里面选了一种，满意而去。其实，这家公司只是利用科幻电影剪辑、药物和振荡器形成时间穿梭的感觉，整个就是一场骗局。

刘兴诗创作了一个特殊的系列科幻，包括《尼斯湖怪》《大西国档案》和《挪亚方舟寻踪》三部。主人公分别去寻找"尼斯湖怪""亚特兰蒂斯"和"挪亚方舟"，最终证明它们都不存在。这是一套以反击伪科学为主题的作品。

王晋康创作的《天下无贼之鬼谷子》也是一篇反科幻作品。两个理工宅男声称编制出能预测未来的程序，并成功预测了三国围棋擂台赛的结果。当然，这只是个骗局，原理一经揭示，其实简单至极。

与反科幻类似，还有针对一部作品创作的同仁作品或者恶搞作品，也是科幻文化的产物。《1997年美国最佳科幻小说集》中有篇名叫《哥伦布号》的小说，描写主人公前往美国佛罗里达的坦帕镇，考证凡尔纳在《大炮俱乐部》中描写的那尊巨炮是否存在。作者详细描述了寻找铸炮现场的过程，把凡尔纳虚构的故事当成现实来写。

选集里另外一篇作品名为《一个贫瘠的冬天》，作者沃尔夫顿以威尔斯在《星际战争》中描写的火星人入侵事件为背景，描写英国本土之外其他战场的故事，也是把经典科幻故事变成背景来写。

恶搞著名科幻作品也是科幻群体的特殊文化，如果没看过原作，就不知道这些作品在讲什么。1987年，《星球大战》正传三部曲与观众告别后，有一部《太空炮弹》就对它从头到尾进行恶搞。电影导演布鲁克斯还拍了一部《弗兰肯斯坦》，用来恶搞那部经典。

1999年出品的《惊爆银河系》是对《星际迷航》的恶搞，影片中，外星人把电视节目《星际访客》当成纪录片，寻找几个主演去解决灾难。《星际访客》里的人物扮相完全模仿《星际迷航》。这类电影通常是小成本电影，而《惊爆银河系》却投以巨资，特技水平不次于同期《星际迷航》等大片。

《日本沉没》无论作为小说还是电影都广有影响。小说成功后，筒井康隆便写了一篇恶搞作品《日本之外全部沉没》，居然也大受欢迎，并被拍成电影。

二编：

来自科

学前沿

经常有读者和我交流，他们搞不清楚科幻作品里面哪些术语是真的，哪些是作者编的。

专门介绍科幻点的文字以前也有不少，我在这里做了一项开创性工作，就是把"从幻到科"的创意与"从科到幻"的创意分开。前者或来源于历史文化，或来源于作者的创意，只是用科学外壳进行包装。我把它们都放到第一编。

后者来自科学本身。有些是尚未投入研究，只在科学圈子里讨论的前沿概念。比如"克隆人"，原理大家早就知道，但"科学伦理"让众多科研团队不太敢越这个雷池。

另一些已经初步落地，至少做过原理实验，你能在专业刊物上知道它们是什么样，但还没有大规模商业化，普通公众也不知道。凡尔纳笔下的潜艇、童恩正笔下的死光都是这类技术，它们在作家创作时已经问世，但功能远没有在科幻小说里那么强大。

为什么有的作品要"从幻到科"，有的又要"从科到幻"？这说起来话长，后面我会专门讨论。这里，我先从内容上把它们彻底分清楚。

本编的科幻点都来自科学素材，所以，它们基本都有科学术语，而不是科幻作家自创的术语，比如，基因工程就是科学术语。个别情况下，科幻作品的出现会早于相应的术语。比如，"元宇宙"2021年才在汉语世界里面火起来，但没人否认1999年的《黑客帝国》拍的就是元宇宙题材。

本编同样按照"人——环境——技术——灾难——社会"的框架进行梳理,但是和前一编的侧重点有明显区别。很多题材科幻作家重视,但科学界却鲜有研究,时间旅行就是一例。

六章:
生命新探索

虽然有那么多"外星人入侵"或者"机器人造反"的科幻故事,但我并没有看到谁在为此修防空洞,囤积战备物资。人类文明在科幻中已经毁灭了很多次;科幻迷看过后,第二天该上班上班,该上学上学。

西方有句谚语,叫作"茶杯里的风暴"。我也编了句类似的话,叫作"故事中的精彩"。上一编介绍的科幻作品都是走"从幻到科"的路子,创意来自神话,或者其他文学。作品中的精彩仅止于故事,无论作者还是读者,都知道它们与现实无关。合上书本或者走出放映厅,你就告别了故事中的世界。

下面这些故事正相反,它们来自现实中的科学。看完后你会联想,它们有可能实现,你得为此做点什么。如果说"从科到幻"的作品有什么意义,这算是第一条。它们是入世的科幻,很可能还是最入世的文学。

有关人和生命的故事仍然排在首位。"人是万物的尺度",道德、伦理、意义、价值,这一切都围绕着人建立起来。如果人本身都会改变,还有什么不能改变?

一节:进化论

自古以来,人类就与万千物种共同生活,但并不认为它们之间有什么联系。神话和古典文学中基本找不到与进化有关的作品。只有在1859年《物种起源》出版后,人类社会才出现"进化"概念,也才出现以此为基础的科幻作品。

柯南道尔写过《失落的世界》,就是早期进化论题材的代表作。一个探险队深入委内瑞拉东南部高原,发现了进化水平停留在亿万年前的封闭世界,里面还有恐龙生存。这部作品让本来在进化史上见不到面的恐龙和人共处同一空间,发生戏剧冲突。

从那以后,出现了一系列恐龙题材的科幻作品。美国作家布雷德伯里在《浓雾号角》中,描写被灯塔召唤的蛇颈龙。中国作家王川在《震惊世界的喜马拉雅——横断龙》中,描写西藏"魔鬼湖"中还有蛇颈龙和始祖鸟。叶永烈在《世界最高峰上的奇迹》里,让保持生物活性的恐龙蛋孵化成活恐龙。刘国良在《大洋怪踪》里,描写中国远洋捕捞船在太平洋追踪海上恐龙。

人类难道是进化的最终产物?人本身还会进化吗?1930年,英国作家斯特普尔顿发表了《最后和最初的人》,通过五十亿年后"最后一个人"之口,回顾了从二十世纪开始人类发生的十七次进化,有长寿人、飞行人、思辨人等五花八门的种类。可惜最后一代人也没能走出太阳系,只好面对行将死亡的太阳回顾历史,聊以自慰。

地球上除了人类,已经证明没有其他智慧物种,但科幻可以描写某些隐蔽角落里生活着其他智慧物种。斯威夫特在《格列佛游记》第四卷里,就设想了由马建立的文明，它处在与世隔绝的岛屿上。智慧的马群建立起石器文明，吃熟食、建房屋，有社会等级，人类在当地则退化为野兽。这是《物种起源》出版前罕见的进化题材故事。

二十世纪三十年代，捷克作家卡雷尔·恰佩克创作出《鲵鱼之乱》，描写能在浅海里生活的鲵鱼。人类训练它们操作工具，使用武器，学习语言，甚至使用机器。鲵鱼最终叛乱，炸沉沿海陆地，扩大自己的生存空间。

二十世纪六十年代，法国作家皮埃尔·布尔创作了《人猿星球》，描写由猿猴建立的文明，人在那里则是野兽。在小说的结尾，作者暗示这里就是未来的地球。《人猿星球》开创了一个延续半世纪的改编同名电影系列，进化几乎是每集的主题。

1974年上映的英国科幻电影《第四阶段》，主线是人类与蚁类的战斗。电影中的蚁类不是怪兽片中那些靠体型取胜的巨蚁，而是拥有群体智慧但体形普通的蚁类。它们能在野外搭建巨塔，或者聚在一起用身体反光击毁人类装备。经过前后四个阶段的对抗，人类最终输给蚁类。

科幻中出现最多的异类智慧生命莫过于野人，它们被描写成智力介于人猿之间的进化缺环。童恩正创作于二十世纪六十年代的《雪山魔笛》，就描写喜马拉雅山深处存活的"山精"，一种进化水平停留在百万年前的猿人。

直到二十世纪九十年代，美国作家波贝斯库创作的《接近亚当》，仍然描写位于马埃斯特拉山中的野人部落。同时代的中国作家徐渝江也在《月光下的呼唤》中，描写神农架地区的野人。他们有住房、简单的农业、医术和语言，甚至有原始诗歌。

陆地显然没有什么角落可以繁衍另一个文明种族，科幻作家便把它安放在海底。星河在《海底记忆》中，描写了拥有文明的海豚。风保臣在《深海恐光》中，描写八百万年前的森林古猿进入海洋演变成海猿，发展出远超现代人类的技术文明。赵丹涯在《海底寻亲》中，描写隐藏在海沟里的海底人文明。阮帆在《暗流汹涌》里，描写有智慧的变形水母。

2001年上映的美国科幻电影《进化》是这个题材的银幕代表作。一颗流星坠落在亚利桑那州荒漠中，流星上附着的单细胞生命有十条染色体，变异概率大大快于地球生物。从细菌、地衣、霉菌、甲虫、两栖类到爬行类，最终出现可以和人类耍阴谋的灵长类，地球上几十亿年的进化只要几十天就完成了。这部电影虽然表现的是外星生命，但它没有稳定的形态，电影实际上在表现进化过程本身。

有些科幻把进化与机器结合起来，形成了机器进化题材。坎贝尔早期写过一篇《最后的进化》，描写人类为抵抗外星人，制造出能进化的机器人。结果人类被外星人消灭，机器人又消灭了外星人。敌对双方都灭亡后，只剩下能进化的机器人在宇宙间横冲直撞。

苏联作家德聂帕罗夫的名篇《蟹岛噩梦》也是进化

题材的经典。海军部委托工程师研制原型机器人，把它们投放到荒岛上，让它们根据程序彼此杀戮，并用死亡机器的材料改造自身，希望通过人为的优胜劣汰，进化出一种强大的武器。

美国作家菲利普·迪克也在《第二形态》中描写了人工进化。战场上的自动武器"机器钳"能够不断进化，最后和人一模一样。它们没有敌我识别能力，见人就杀。迈克尔·克莱顿则在《纳米猎杀》中描写能进化的纳米机器人。它们也可以模拟人体，潜伏在人类当中。

柳文扬在《神奇蚂蚁》中，也描写了一群形似蚂蚁的微型机器人。它们不断进化，上百年后竟然拥有了自己的文明！

能够人为地引导进化，当然也可能诱发返祖。1940年，杨小仲导演了《化身人猿》。影片讲述科学家发明让人退化成猿的药物，被他的助手偷服。助手因此变成猿人，兽性大发，制造出一系列灾难。

二十世纪七十年代，倪匡创作了《再来一次》。在小说中，科学狂人最初想研究返老还童技术，结果诱导出潜伏的动物基因，令被试者变成半人半兽。到二十世纪八十年代初，郑文光也在短篇《星星营》里描写强制性的人工诱变返祖。受害者毛发浓密，身体佝偻，意识含混，成为半人半兽。

进化论是科学贡献给科幻的新故事，而它本身也在不断进化。

二节：具身认知

具身认知是心理学上的新理论，强调身体和行为对心理的决定作用。这个概念你可能第一次听说，但我保证你读完这节就会发现，其实你天天和它打交道。

美国作家西马克写过一篇《有去无回》，是有具身认知思想的早期作品。木星大气里进化出气态生命"跳跑人"，人类为探索危险的木星大气，把宇航员改造成"跳跑人"，放入大气。连续改造了几个队员都是有去无回，不知道有什么威胁潜伏在里面。

指挥官决定把自己改造成"跳跑人"，飞出去后立刻发现，外面风和日丽，温度适宜，令他心旷神怡，完全不想再变回人类，以前出去的部下也都由于这个原因才自愿不返回。

这个故事可能会让你联想到《阿凡达》，它们都在突出一个主题：身体决定我们的思想，如果我们生来就是其他的形态，眼里的世界可能完全不同，更会发展出完全不同的科技。

在《星球大战》和《星际迷航》中，有尺寸不同、形态各异的外星人。然而，房屋大小和家具尺寸都只适合人类的体形，工具也都做成便于人手抓握的外形。像"贾巴"这种体形巨大却没有胳膊和腿的黑帮老大（《星球大战》中的角色），周围都没摆着适合他使用的家具和乘具，这就说明剧组缺乏具身认知观念。

相反，卡夫卡在《变形记》里告诉读者，身体变化必然导致意识变化。《变形记》不是科幻，但有不少科幻借鉴了这个题材,科幻电影《蝇王》《第九区》都是典型。一个人逐渐变成非人物种,他的思想感情必然会变化。

美国作家迪克森创作的《海豚之路》,完全以学术机构为背景讲述具身认知。科学家发现海豚用超声波对话,就想用计算机破解"海豚语",结果一无所获。终于,一名科学家意识到,以人类方式生活是无法理解海豚语言的。于是他绑住自己的脚,学着海豚那样游泳,通过动作和音调去理解海豚,最后成为第一个听懂海豚语的人类。

具身认知理论的一个组成部分是身体记忆,人失去身体的某个部位,就失去了相应的记忆。飞氘在《魔鬼的头颅》中,描写一个独裁者遭遇自杀式爆炸袭击,科学家让他的头颅单独存活。几个月后,这颗头颅变得对军事和政治无动于衷,只喜欢听音乐。原来,头颅失去身体后就不再感受到原始冲动。

在科幻电影《人面兽心》中,主人公车祸后被移植了数个动物器官,不仅保住了性命,而且拥有了许多动物的习惯,包括用四肢奔跑和生吃鱼肉。

当越来越多的科幻描写意识上传、数字永生时,也有越来越多的科幻转而关注人的身体。

三节:行为控制

如果说"脑控"只是由来已久的幻想,行为控制则是真实的心理学课题,最早的尝试就是催眠术。它真实存在,但机理尚不清楚。由于有传奇色彩,催眠术很早就成为科幻题材。

1888年，美国作家贝拉米出版名著《回顾》。主人公韦斯特由于催眠作用，于1887年沉睡在地窖里，在2000年被后代整修房屋时挖出才苏醒。十一年后，威尔斯的《昏睡百年》出版。主人公格雷厄姆一睡两百年，醒来后，他的财产已经增值到世界财富的三分之一！

英国科幻电视剧《复仇者》中有一集名叫《长眠的间谍》，题材也是催眠术。"二战"结束时，苏联在西欧各处布下被催眠的间谍，几十年后间谍们纷纷醒来，进行破坏活动。

民国时期顾均正创作了《和平的梦》，讲的就是用催眠术控制他人。作者还在小说里回顾了催眠术的历史，介绍它的意义：既不能包治百病，也不能预测未来，但确实可以在某些人身上产生镇痛和暗示作用。作者还谈到催眠术在舆论中的负面形象，认为是江湖骗子败坏了它的名声。我特别推荐这篇小说，因为它在科学上比较严谨。

靠语言和动作来催眠多少有点巫术色彩，有些科幻直接描写机器催眠。中国作家蔡利民在《黑山谷之谜》中，描写天然磁陨石坠入原始森林，特殊磁场导致接近它的动物长睡至死，人类也昏睡不已。刘沪生和黄忠在《醒来的睡神》中，描写科学家发明催眠机，通过250种不同频率的电子震荡波使各种动物进入睡眠。

进入二十世纪，行为控制主要由行为主义心理学派研究。前文提到的《瓦尔登第二》，作者斯金纳就是行为主义代表。今天很少有人听到行为主义，但它曾经十分流行，不少科幻作品都以它为题材。《发条橙》便是其中的代表，小说中改造罪犯的"路德维克疗法"基本忠实于行为心理学。

科幻电影《越空飞龙》直接把行为科学家塑造成大反派。2032年，有一个由行为专家控制的社会，没有暴力；人们举止优雅，不讲脏话，衣着得体，不吸烟喝酒，不吃高脂高糖食物。城市里到处都有"行为提示器"，如果有人说脏话，身边的提示器就发出口头警告，还要扣分。这些都来自行为主义理论。

四节：深入心理世界

心理学是直接研究人的科学，给科幻提供了不少素材。有些科幻更是拿心理学本身当成题材。1980年上映的科幻电影《灵魂大搜索》，就使用了"感觉剥夺实验"题材。这种心理实验通过消减人对外界刺激的感受，放大内心体验。电影中，心理学家试图通过一种实验箱体验幻觉，结果心灵退化成动物。这当然有艺术夸张的成分。

迈克尔·克莱顿在《神秘之球》描写了"幽闭恐惧"心理。主人公是心理学家，和一群科学家被困在海下实验基地，切身体验到"幽闭恐惧反应"。

变态心理学研究的异常行为，在科幻中很受关注。中国作者宋是鲁在《利加港的风波》中，描写阴谋家用电子设备破坏人的心理健康。2005年，《蝙蝠侠》前传

《侠影之谜》上映。片中大反派的撒手锏就是能让人产生幻觉的药物。

詹姆斯·冈恩则在《特拉西娜》中，描写了一个人人必须接受精神分析的社会。所有精神分析师都受雇于政府，唯一的私人分析师瑞特尼克则用"逆向精神分析"制造不正常的人，他认为这样的人会更加优秀。

今天，人格分裂成为悬疑电影的热门题材，它的先驱要追溯到十九世纪罗伯特·斯蒂文森创作的《化身博士》。小说中，杰基尔博士发明药物，能把人的善恶分开。他每天夜里都变成凶残的"海德先生"，黎明后又恢复为杰基尔。

网瘾是二十一世纪才出现的新型心理问题。但是，宋宜昌和刘继安在1996年创作的《网络帝国》中，已经开始设想它的到来。小说中，网络无处不在，人类深陷其中，变得头脑庞大，身体萎缩。由于沉浸在网络中，人们失去社交能力。

星河在《藕荷色的蒲公英》里，描写了一个网瘾严重的社会，政府只能实施强制戒断。小说触目惊心地描写网瘾的各种表现：昼夜颠倒，无法从业，难以交流，着魔般地寻找上网工具，甚至用暴动反抗强制性戒瘾。

科幻电影《未来战警》也反映了网瘾问题。影片中，人们用机器人当"马甲"，它们比真人更年轻，身材更好。长此以往，大街上走着的都是机器马甲，真人则宅在家里，夫妻之间都用假人来互相应付。

威尔斯在《盲人国》中，设想了一个由盲人组成的山村。山谷里有种怪病能让人出生后不久就致盲。十几代人下来，盲人已经不知道外面的世界，也不知道视力是什么。他们的房子没有窗户，墙壁歪歪斜斜。一个正常人迷路困在村子里，反而被认为是怪物。

心理学用量表测量心理健康，美国科幻作家勒古恩在《最新心理商数测试》中讽刺了这种做法。小说中，科学家创造出完美的心理测验题。世界政府建起"心理测验局"，强制要求公民测量。结果，全世界有一半人因为通不过测量进入收容所。

《不列颠百科全书》中"情感"词条有一句话："真正的应用享乐学还没有诞生。"美国作家詹姆斯·冈恩读到后产生灵感，创作出科幻小说《快乐医生》。故事里没出现"心理咨询"这个词，但从"快乐医生"的工作内容来看，他无疑就是心理咨询师。在小说中，美国进入"快乐社会"。他们用快乐测量仪记录人的心情，谁的快乐指数下降，谁就要被送去治疗。

智力变化一直是科幻题材。美国作家凯斯创作的《献给阿尔吉侬的花束》是智力题材的经典作品。主人公天生是智力障碍者，成为科学家智力提升实验的被试者后，他的智力大大提高，竟然超过对他做实验的科学家，开始自己研究智力提升技术。

这篇小说后来被改编成电影《畸人查利》，该片在1969年获得奥斯卡最佳男主角奖。那以前，科幻电影只能拿技术类奖项，这是科幻电影在奥斯卡奖的重大突破。究其原因，是智力提升这个题材能释放表演空间。

王晋康在《灵童》中设想了集体智力。未来,所有科研都交给三个智力超强的人进行。他们住在遥远的三圣岛上,智力是普通人的一亿倍。每当其中一个人老去,就在全球物色新人顶替。结果,一个有智力障碍的儿童被选为接班人。原来,"三圣"并非个体智力超群,只是通过手术形成大脑网络,拥有集体智力。

智力差异会不会造成人群分裂?美国作家鲍勃·肖在《你一生中最幸福的日子》里探讨了这个问题。科学家发明"皮质操作技术",能让儿童都变成天才。小说描写一位母亲送孩子去做手术,她不想让孩子失败在起跑线上。然而孩子做完手术后,却用居高临下的态度对待智力不足的母亲。

随着社会老龄化加剧,老年痴呆问题引起广泛关注。1985年上映的科幻电影《天茧》就使用了这个题材。一群行将就木的老人受到外星人影响,智力和举止都变成年轻人。影片完全没有特效和化妆,仅靠老演员的表演来呈现这种变化。它获得了奥斯卡最佳男配角奖,也是科幻电影不多的艺术类奖项。

智力依赖人脑,而颅腔的体积有限。别利亚耶夫在《瓦格纳教授的发明》中,设想把人脑取出来放在营养液里培养,等它长得非常大之后,放入大象的颅腔。在中国科幻小说《汤姆》中,智力专家取出人脑组织进行培养,让它变成庞大的细胞团,"汤姆"则是这个人造脑的名字。

改造人的智力包含伦理风险,现实中相关实验很少，但如果去改造动物就相对简单。威尔斯在《莫洛博士岛》中开创了这个题材。莫洛博士在小岛上通过器官移植术提升各种动物的智力，直到它们接近原始人的水平。

郑文光在《海豚之神》里，对动物智力作了深入探讨。研究海豚的科学家本来只关注纯粹的智力，尤其是与语言有关的部分。后来他们引进一只黑海豚，它用暴力控制了那些高智力海豚，后者甚至称它为"神"。

五节：人机合体

在科幻电影《复制娇妻》中，一群娶了女强人的男人深感地位受威胁，于是联手研发控制芯片，把妻子变成贤妻良母。这部影片描写的就是赛博格（Cyborg）题材。将机械电子装置嵌入人体，就形成赛博格，也就是"机械改造人"的意思。这完全是科技时代的幻想，古代文化中没有对应题材。

别利亚耶夫写过《陶威尔教授的头颅》，在赛博格这个名字还没出现时，就进行了相关设想。陶威尔教授被弟子绑架并实施"头身分离术"，头颅只能依靠机械系统生存，并受弟子要挟。印度作家隆德赫在《爱因斯坦第二》中，也描写政府让主人公的大脑单独存活，放弃他患有癌症的身体，为的是让他继续研究"统一场论"。

这些故事还只是描写人头与机械结合，1950年，琼斯在《机械大脑》中，开始描写将人脑移植到机器里，以利用人脑记忆的技能。

1968年，阿西莫夫在《分离主义义者》中提出了"人机结合"的设想。1972年，卡丹发表《机器改造人》，描写一个宇航员身受重伤，当局为挽救他的生命对他进行多处改造，使他具有了超级能力。

人机合体的经典之作是弗雷德里克·波尔于1976年写的《超标准人》。为移民火星，科学家制造出适应火星环境的人。他们的双眼被换成摄像器，皮肤被换成塑料，一些内脏也被更换，甚至拥有太阳能翅膀。作家麦卡弗里则在《歌唱之船》中，描写身体有缺陷的少女和一艘太空船结合，这艘太空船成为旅客们善解人意的好朋友。

在华语科幻领域，张系国的《超人列传》开创了这个领域。人类用人机合体的方式改造一批精英学者，使他们能在外太空环境里从事科研。结果他们变得冷漠麻木，进而想用人造脑代替人类文明。

将人造脑和人脑并联以提高智力，也是常见的人机合体题材。王晋康在处女作《亚当回归》中，描写未来人类都被植入"生物元件电脑"，获得比自然大脑高一百倍的智力。在《义犬》中，他描写七十二个科学家自主植入"模拟人脑"，形成超级智力，从此被人类圈禁在喜马拉雅山里。

赛博格在银幕上的代表作是《机械战警》。主人公是一名警官，执行任务时遇害，心脏已经死亡，大脑机能尚存。防务公司用他的残躯制造出"机械战警"，让他变得无坚不摧。

2019年上映的《阿丽塔：战斗天使》，也以人机合体为主题。在电影中的二十六世纪，人机合体已经普遍化，大街上到处都走着体形各异的赛博格。主人公阿丽塔作为一名赛博格，被人遗弃在垃圾场。她失去了以往的记忆，但保留了超强的战斗能力。

六节：基因工程与克隆人

直到二十世纪五十年代，科学界才确认了基因的物质载体。科幻中基因工程题材的作品几乎都诞生在那之后。《侏罗纪公园》系列就是这个题材的代表作。尤其是在1993年的第一集里，导演斯皮尔伯格用近乎科教电影的形式讲述用基因工程复活恐龙的过程。

由于恐龙基因片段不完整，科学家用当代动物的基因去补充。这样，影片里出现的恐龙都已经不是古生物学上的恐龙，它们近似于鸟，智慧极高，甚至出现了从未有过的刺龙。而且，爬行类的恐龙智慧已经超过灵长类的黑猩猩，彼此间甚至可以用语言交谈。

像拼积木一样随意拼接基因，制造根本不存在的生物，才能显示基因工程的力量。刘慈欣在《魔鬼积木》中，描写一支转基因变异人军队。他们都是人兽混合体，有迅捷的马人、恐怖的蛇人、凶猛的狮人、怪异的蟹人、恶心的壁虎人。

王晋康在《龙的传说》里，描写科学家按照中国传说中龙的形象，制造出活龙。他还在《海豚人》里，描写遗传学家将海豚的智力提升,形成"海豚人"。绿杨也在《基因幽灵》里,描写中东独裁者通过生物技术,培养出超越人体极限的无敌特种部队。

在一些科幻作品里,环境变化强迫人类改造自我。日本作家安部公房在《第四纪冰河》中,描写由于两极冰冠融化,人类被迫进行基因改造,成为能在海洋中生活的"水栖人"。

如果发生星际移民,环境各异的星球肯定会迫使人类改变形体和功能,英国作家布利殊在《星籽》中给出了这个设定。人类为适应其他星球上的恶劣环境,进行了极端的基因改造。有的人类甚至被改造成只有数毫米大小,以适应外星表面强大的重力。

这个故事乍看上去很像波尔的《超标准人》,但前者是用基因技术改造人,后者是用机械装置改造人。在科幻电影《黑色撞击》中,二十七世纪爆发了新的世界大战。一方是基因改造人,另一方是赛博格,显示了这两条技术路径的最终差别。

克隆人的设想也来自基因技术。1932 年,赫胥黎在《美丽新世界》中最早描写克隆人题材。不过,三年后DNA(脱氧核糖核酸)分子结构才被科学家发现,到二十世纪五十年代才被确认为遗传物质。所以,赫胥黎在小说中设想的还不算当代意义上的克隆技术,而是孪生诱变多胞胎技术。

如果克隆希特勒,他就会变成恶魔吗?1976 年,作家伊拉·莱文在《巴西男孩》中批判了这种误解。小说描写魔鬼医生门格尔在纳粹覆灭前潜入巴西,用希特勒的基因制造出九十六个克隆人,寄养在不同家庭里。不光基因来自希特勒,门格尔还要保证克隆儿童的生活环境和"元首"类似。希特勒的父亲有猎犬,克隆儿童的家庭也要有猎犬。希特勒少年丧父,门格尔也派人一个个杀死孩子们的养父!结果,门格尔被其中一个克隆儿童放出猎犬咬死。

克隆人故事曾经以正面为主。黄海在《银河迷航记》里,塑造了克隆人罗伦凯的形象。小说完全按照父子关系描写他与"原型"的关系,未来社会高度接受克隆人,他们从出生起就能公开身份。

二十世纪九十年代后,社会对克隆人的看法开始收紧,科幻中的克隆人也逐渐呈现悲剧色彩。在泰国科幻小说《克隆人》及迈克尔·贝的科幻电影《神秘岛》中,克隆人都被设定为器官代用品,命运悲惨。

二十世纪八十年代,曾有人批评当时的中国科幻作家只会写"三种人"——外星人、机器人和克隆人。那正是克隆人题材在中国大火的年代。当时,美国作家罗维克的《酷肖其人》译成中文,描写神秘富翁用克隆技术产下后代。小说全面反映了克隆技术的细节,也讨论了会涉及的伦理问题。这篇小说在文学上略显粗糙,却让中国作家眼界大开并写出不少类似同人小说。包括叶永烈的《自食其果》、徐唯果的《适得其所》、任志勇的《胜似其人》和孙传松的《不负其名》,它们完全遵照原作的背景和人物关系,探讨克隆人长大后的命运。

1998 年，王晋康创作出《癌人》（发表时名为《海拉》），是中文克隆人题材在当代的代表作。小说中用于克隆后代的是"海拉细胞"。它在医学史上很有名，是二十世纪五十年代一位名叫海拉的美国黑人妇女的癌细胞。

有些科幻作品里，克隆人出生后不再经过漫长的成长期，快至几小时就进入成年，与父本在形貌上完全一样。科幻电影《克隆杀手》就是代表作。美国安全局发明克隆技术，并修改基因，使克隆人与父本之间形成心灵感应。侦查员带着克隆人到凶手作案现场，让后者感知作案过程。在科幻电影《第六日》中，包括一个人的全部记忆在内都被百分百复制，以致复制人把自己混同于原版。

这种将克隆人写成复制人的科幻故事越来越多，走上了用面貌混淆来编故事的老套路。李安导演的《双子杀手》又恢复了较为科学的设定，让主人公被比他年轻的克隆体追杀。由于有了数字人技术，影片能用史密斯年轻时的电脑捕捉影像表演克隆人，而不像《第六日》那样，让施瓦辛格一人分饰二角。

七节：人工智能与数字人

接到这本书的任务时，ChatGPT（一种聊天机器人程序）发布没多久，现在如果不提它两句就会显得落伍。好吧，让我们先回顾一篇 1969 年的科幻小说——倪匡写的《笔友》。

卫斯理友人的表妹通过报刊上的征友启事，结识了名叫"伊乐"的笔友，倾心于他的渊博学识，离家出走寻找伊乐。卫斯理研究伊乐寄来的信件，发现所有内容都来自书本知识，信里没提过任何生活细节，包括逛街、购物、吃饭、上班，伊乐完全没有个人生活。从这个线索出发，卫斯理发现伊乐是一台军用电脑。

这个伊乐就是原始版的"ChatGPT"，它通晓各种知识，却不能走出机房。倪匡虽然不是人工智能专家，但是在五十多年前已经洞见到它的缺陷，即知识积累得再多也不能构成行动能力。

1956年，在达特茅斯一次计算机大会上，与会者提出了"人工智能"（A.I.）的概念。从那时起，每隔一段时间，人工智能就会在媒体上火一阵，连带着科幻圈也会写出一大批相关作品。那时还没有网络，最初的人工智能科幻主要描写单体机器人。它也有某些古代设想在里面。《列子·汤问》中的《偃师》、古希腊神话中牛首人身的铜制仆人泰洛士，都是早期的机器人设想。

达特茅斯会议前后，阿西莫夫在小说里提出"机器人学三定律"，围绕着它们创作了《我，机器人》《二百岁的人》《钢窟》《裸阳》等一系列佳作，成为机器人题材的集大成者。很多作者模仿他的套路来创作，"机器人工学三定律"也被大家沿用，以致被误认为是现实中机器人科学的理论。

阿西莫夫笔下的机器人总是大体上像人，外观上一望而知是机械电子综合体。但是在他的《二百岁的人》中，机器仆人安德鲁最终放弃机器身体,换成人形,与心爱的人相伴至死。这个故事出现了类人机器人,就是外观和人一模一样,以至于旁观者无法分辨的机器人。

二十世纪七十年代末,中国首次引进的美国电影就是科幻电影《未来世界》。它是另一部科幻电影《西部世界》的续集,都在讲类人机器人的故事。当代观众一般是从 2016 年翻拍的美剧《西部世界》中知道这个故事,新剧集将两部电影创意合二为一。

《未来世界》把机器人题材带进中国,产生了一批机器人科幻作品。魏雅华在《温柔之乡的梦》中描写机器人妻子,她没有实施任何阴谋,忠实地执行丈夫的一切指令,而恰恰是这种百依百顺惹了祸。

1986 年电影《错位》讲的是官员使用机器人替身的故事。黄海创作过《时间公司》,也描写过商业公司发展机器人替身为客户服务。

其实,如果不是运用于社交场合,机器人并不需要拥有人类形体。郑渊洁在《活车》中,就描写了一辆智能轿车。刘维佳在《我要活下去》中设想了一艘活飞船,它不仅拥有智慧,甚至连船体都由细胞构成,航天员断粮时可以从舱壁上取食充饥。

机器动物是比较少见的构思。《西部世界》里出现了机器蛇。《全面失控》中也有一只机器犬,在火星表面失控,威胁宇航员。然而,无论什么机器动物,单一设备里面那点算力,是不能形成高智慧的。网络和大数据技术风行之后,科幻中的人工智能通常都是集全网之力进行运算。阿瑟·克拉克在《拨F字找弗兰克斯坦》中设想，地球上的电信网日趋复杂，最后跟人脑结构的复杂程度不相上下。终于有一天，全球电信系统连成为新生命，所有电话同时振铃，就像婴儿的啼哭。

王晋康在《类人》中设想了"电脑上帝"，它是全世界两百亿台电脑的联合体，其智慧之高竟然使人类无法察觉它的存在。天才科学家司马林达对其有所察觉，选择毁灭自身，化作数字人投身其中。

集全网之力才能形成强人工智能，这更接近科学。可惜，单体机器人仍然出现在科幻电影里，最新上映的科幻电影《梅根》就是一例。梅根是玩具公司为儿童开发的陪伴型机器人，因为程序错误，开始消灭任何威胁到主人的人。梅根完全由头部那块芯片控制，这点算力恐怕不能让它形成强大的人工智能。

没有物质形体，完全存在于数字空间的生命被称为数字人。它也需要运用人工智能技术，但它们多半有真人模版。现实中，"数字人"概念差不多在2021年才火起来，但科幻作品很早就作了类似描写。

在科幻电影《剪草地的男人》中，一个智力障碍者被用来做电脑提升智力的实验。他越来越聪明，不断作案，最后在被警察包围时离开肉体，逃入电脑网络。

科幻电影《网络惊魂》中，连环杀手在暗杀时偶遇车祸，被医院送入CT（Computed Tomography 即电子计算机断层扫描）机进行检查，结果遭遇事故，整个灵魂进入网络系统。从此他就以电信号形式游荡在受害者周围,继续作案。

在科幻小说《终极实验》里,作者罗伯特·索耶设置了复杂的数字生命。科学家彼得将自己的大脑分三次扫描输入电脑,一次是参照物,一次是原形,一次是删除"生存意志"的改造版,制造出了三个数字人。结果,其中一个数字人把彼得在现实中想做而不敢做的事情付诸实施,导致受害者死亡。彼得必须查出是哪个"自己"在网络间做坏事。

这些故事里面的数字生命都来自真人原版,而在更多的科幻作品里,数字生命就是原创,一开始就不具备人的属性。

戈尔丁在科幻短篇《甜睡吧,美莉莎》中,描写一个军事电脑程序,它相信自己只是个五岁女孩,直至有一天终于发觉自己的本来面目。

在科幻电影《黑客帝国》当中,数字生命充斥虚拟世界。既有真人的数字模板,也有纯粹原生的数字人,维持整个母体世界运转的程序也算是数字生命。虽然"神通"比机器人大得多,但数字人没有形体,需要假借某些装备或者控制人类身体才能影响现实世界。在《黑客帝国》第四集中,数字生命更要通过纳米粒子构造的形体,才能出现在物理空间当中。

八节:外星生命

如果一个从小看科幻的孩子长大后进入科学界,他会比较失望,因为科学家根本不研究外星人,他们最多研究外星生命，往往还是低等微生物。

比较严谨的科幻作品也是如此。在科幻电影《全面失控》中，人类将蓝藻投放到火星表面进行改造，进化出萤火虫般的动物。迈克尔·克莱顿在《死城》（又译《安德洛莫达品系》）中，描写一颗坠落的卫星将外星病毒带到地面，导致很多人死亡。

科学界真不关注外星智慧生命吗？那倒也未必，但是科学告诉我们，跨恒星际旅行十分困难，绝不像开着飞机旅行那么简单。

二十世纪五十年代，苏联作家叶菲列莫夫创作了《仙女座星云》，描写一千年后，人类与许多外星文明取得联系。因彼此之间相隔遥远，无法靠实体往来，各星球之间只能靠无线电信号联系。

十几年后的 1961 年，天文学家霍耳和作家埃利奥合作，编写了科幻电视剧《仙女座来鸿》。故事讲述了离地球一百多万光年的仙女座外星人发来无线电讯号，其中包含一个美丽少女的基因数据。人类通过基因技术孕育了这个少女，但她只生活了极短时间就死去了。后来，这个题材创意被用在科幻电影《异种》里面。

詹姆斯·冈恩在《倾听者》里，描写了历史上真实存在的科研计划，就是用射电望远镜监听外星信号。小说中，人类花了一百年时间才如愿以偿，也不过是听到了外星人的信号而已。

在美国作家本福特的《底片》中，能证明外星人存在的证据只是一张天文照片。其中的天象是在完全不同于地球的角度拍下来的,又由外星人用无线电波传过来,以证明自己的存在。人类的天文学家为搞清这张底片的奥秘,都费了九牛二虎之力。

在很多科幻电影中,人与外星人随便接触,后者更多的是充当传统故事中魔法师的替代物。本节这些故事里,星际文明之间的接触十分困难,但这才符合科学。

九节:生命再探索

围绕生命科学,科幻作家还有很多新探索,人工冬眠就是代表。医学上确实有"冬眠疗法",有些人体器官和精液都要低温保存,自然界很多动物有冬眠习性,这些事实催生了人工冬眠的设想。

1926 年,别利亚耶夫就在《休眠》中,提出用人工冬眠保存活体的设想。迟书昌创作出《冻虾和冻人》,叶至善创作出《失踪的哥哥》,叶永烈创作出《飞向冥王星的人》,也都是人工冬眠的科幻故事。

美国作家爱廷杰在 1964 年出版了《不朽的期望》,完整提出人工冬眠的基本思路:用液态氮来冷冻绝症患者的身体,将之长期保存,直到有一天,医学上找到能够治愈这类绝症的方法,再将他们复活出来。从此,人工冬眠成为科幻作品中的常见技术。特别是宇航科幻作品里,冬眠箱成了标准配置。

或许,金钱才是这项技术的瓶颈。美国作家斯特布尔福特在《出世莫急》中,探讨了这项技术的经济问题。

主人公筹集巨资给自己的身体支付长达几千年的保管费。当他入眠后，管理者逐渐变得非常富有，不愿意让主人公醒来，结果让他长眠了一年又一年。

整形也是科幻题材，科幻作家让人物通过改变外形，获得全新的社会地位。别利亚耶夫创作的《找回自己脸面的人》，是这个题材的经典。主人公相貌丑陋，结果成为著名笑星。发财后，他邀请医学家为自己改变相貌，变成帅哥，却失去了影坛地位。他不得不通过演技而非丑态赢回位置。

在惊险电影《变脸》中，恐怖分子与警探互换面孔。他们在现实中顶替对方的位置，并在新位置上开始新较量。

正权在《最后一个丑女人》中，描写科学家发明"推移法手术"，所有人都因此变美。结果，相貌平平的人反而更受关注。

神奇药物也是重要的科幻题材。金涛在《月光岛》里，描写从蚂蟥中提取的"生命复原素"。叶永烈在《最后一个癌症死者》中，描写从鲨鱼体内寻找到抗癌良药。这些设想都来自现实中的医学。

七章：
空间新开拓

2023年，《瞬息全宇宙》获得好莱坞七项大奖，这标志着科幻与文艺已经彻底分化。它的一部分发展为成熟的文艺表现手法，通过陌生化，揭示现实背景中难以呈现的人性侧面。这种手法已经为文艺圈所接受。而另一部分则是在探讨科技进步如何影响社会和人性。

前一编介绍过科幻里面奇异环境类的题材，《瞬息全宇宙》就使用了"平行空间"的构思。不过，它与科学没什么关系，更像是哲学探讨。本章介绍的奇异环境虽然远离人世，但却都来自前沿科学。它们描绘出人类空间拓展的各个目标。看完这些作品你会想：也许人类应该去那里，也许你能为人类到达那里做点事情。

上天、入地、下海！这是二十世纪五十年代中国科学界提出的目标，今天，它仍然指导着科学界在物理空间上的开拓。本章主要沿着这个脉络梳理相关科幻题材，作品对新奇环境的描写来自科学，甚至有些作品就以历史上的科学考察为线索。

元宇宙则相反，它代表着人类对虚拟空间的深入。但它也不同于"平行世界""高维宇宙"这些带有玄学色彩的幻想，仍然有技术背景来支持。沉浸式幻境则来自艺术界对演艺技术的设想。

一节：地面再探险

即使在人造卫星彻底终结地理新发现的今天，仍然有人描写地表上的探险。在《刚果惊魂》中，迈克尔·克莱顿描写了对刚果雨林的冒险之旅。那是全球第二大雨林，小说中，当地古人训练大猩猩保卫红宝石矿，这些猩猩的后代直到今天还在执行使命，袭击接近的人类冒险家。

无独有偶，黄易在《上帝之谜》中也以同一处雨林为背景。小说描写了不少神奇植物，有解除疲劳的"阿达里斯树"，分泌香脑油的"醉草"，可以对外部刺激做出反应的"握手花"。探险类科幻少不了对新奇物种的叙述。

韩建国在《天坑魔音》中，描写一种典型的中国地貌——天坑，它在国际地质学界的名称就是汉语拼音化的"Tiankeng"。小说中的天坑自然形成声波焦点，可以震晕误入其中的人。小说所描写的重庆小寒天坑是全球容量最大的天坑，现在是旅游点。前些年我曾经下到过坑底，一边走，一边回味着这篇小说的情节。

刘兴诗创作了两篇地理发现题材的科幻小说。《美洲来的哥伦布》设想在远古时代，印第安人曾经到达过英国。《扶桑木下的小屋》取材于阿拉斯加土著传说，描写曾经有中国人从日落处来教他们耕作。作者在小说里介绍了大量南美洲与亚洲古文化有关的遗迹。

南北极远离人间，可能要算地表最后的秘境。除了坎贝尔的代表作《谁赴彼方》外，苏联作家也描写了许多开发北极的科幻小说,譬如别利亚耶夫的《在北极》。

2002年获雨果奖的布兰达·克劳的《可能要一会儿》,以南极探险史上倒霉的斯科特团队为素材。小说里,考察队陷入绝境。有个队员在神志恍惚间起身往外走,口里说:"我出去一下,可能得要一会儿。"结果他被封在雪地里,到2045年才被科学家复活。

金涛的《冰原迷踪》也以南极为背景。金涛曾经作为跑记者随中国南极科考队踏上冰原,小说里的南极景色被还原得真实可信。

在今天,发现新大陆,甚至发现新海岛,都已经不再是地表探险的任务。科学家主要关注地表资源。新中国成立后直到二十世纪七八十年代,中国科幻热衷写"找矿题材"。《山神庙里的故事》寻找锗矿,《神秘的七彩山》寻找巨型水晶矿,《金牛洞奇遇》描写生物探矿。这些题材今天已经不能算是非常严格意义上的科幻,但它们在当年寄托了人们的梦想。

改造沙漠也是科幻作家的梦想。凡尔纳曾经创作《大海入侵》,描写冒险家从加贝斯海湾开挖运河,把海水灌入四个干涸的内陆湖,制造出"撒哈拉海"。

1980年,刘兴诗在《死城的传说》中描写改造沙漠的新方法。科学家发明乳化剂,让沙子呈现疏松多孔的形态,把植物种下去立刻就能生长。塔克拉玛干沙漠被乳化剂变成了绿洲。星河则在《山山水水》中,把传说已久的大西线调水工程作为素材,设想从雅鲁藏布江调水,将西北荒漠变成良田。

二节:深入地下

同样由凡尔纳创作,同样以地下为背景,《地心游记》大名鼎鼎,《地下之城》则无人问津,而后者更符合科学。小说描写的由废煤矿改造成的地下城位于苏格兰阿帕福伊尔。它被矿主放弃后,工头带着妻儿和工人住进矿井。他们在溶洞里建设住宅、商店和各种基础设施,形成了地下社区,新生儿出生后就没去过地面。

据说,凡尔纳曾想描写一座宏伟的"地下英国"。大量煤矿被采空后,英国穷人纷纷迁居进矿井,建起完整的地下国度。这个构思被出版商拒绝,他才写了一本缩小版的《地下之城》。

若干年后,威尔斯在《时间旅行》里设想出类似的背景。未来人类有一部分生活在地下,退化成半人半兽的"莫洛克族"。相对而言,凡尔纳在《地下之城》中列举了地下环境的很多优势:廉价、恒温、低污染。他认为人类早晚会开发地下空间。

1980年,任志勇在《大洋深处的城堡》里描写了一个人造地下世界。"二战"中,有些美国人和日本人为逃避战火,登上同一座荒岛。他们用超合金钻头打造地下世界,从此割据一方。十几年后,地下世界里已经有工厂、街道、商店和楼宇,成为独立王国。

黄海在《鼠城记》中,描写富人们集资修筑防御核战的铁堡。它具备完整的生态系统,可以在不依赖地表物资的情况下运转。核战爆发后,"铁堡"成为人类在地球上的最后根据地。

在系列科幻电影《黑客帝国》中，观众也可以看到宏伟的地下城锡安，它位于地下两千多米的深处。从"母体"里解放出来的人类聚集在这里，制造武器对抗"母体"派出的机械乌贼大军。

2004年，美国作家琴娜·杜洛普创作的《微光城市》出版，后来被改编成电影。就"地下城"题材而言，《微光城市》达到了高峰。故事中，地面被辐射尘埃笼罩，科学家打造地下城，将幸存者迁去避难。建筑师留下密码箱，设定在200年后开启，他们预计届时地面环境将恢复正常。密码箱在代代相传中被当成旧物埋在角落里，没人知道它的价值。而地下城只消耗不建设，文明和技术都逐渐退化。

如今，勘探专家已经发明出能在地下朝各方向穿行的钻头，科幻作家在此基础上设想了各种地行器。1979年，聂波和侯佐澜就在《喷火的穿山甲》里描写了可以喷出火焰融化岩石的地行器。1980年，叶永烈在《碧岛谍影》里将这些简陋的设想发展成为"潜地艇"。由刘慈欣创作的《带上她的眼睛》是地下题材的顶峰之作。小说着重描写了地心环境，以及宏观的"落日系列"地行器。

1988年，苏联作家布雷切夫出版了一部畅销书，名字就叫《入地艇》。小说中描述了一个封闭的地下生态圈，深入其中的科学家试图统治所有地下生命。

科幻电影《地心毁灭》则是地下题材在银幕上的代表。由于地核停转，"范艾伦带"消失，宇宙辐射贯穿大气层，所有生命都将被毁灭。美国政府派出抢救组，驾驶地行器进入地幔，用十亿吨级的核弹重启地核。电影精彩之处便是向观众呈现了地狱般的地下环境，影片近半数情节在熔岩中展开。

地行器的终极设想就是地心隧道。1957年，中国作家丁江便创作了《地心隧洞》，描写科学家在中国和阿根廷之间钻出通过地心的隧道，人类乘坐特制车厢作无动力穿行。2003年，刘慈欣在《地球大炮》中也使用了类似设定。科学家用核爆炸将金属物质压缩成超密状态沉入地心，制造出地球隧道，从中国到南极大陆只需要四十二分钟。

在现实科学中，科学家关注地下，主要是研究地质结构，而在科幻里，通常用人造地震来反映地质结构。在科幻电影《007之雷霆杀机》中，大反派用炸药引发地震毁灭了位于旧金山的硒矿。在《潜伏者的阴谋》中，作者高炜宾和孙洪威描写了一场未遂的地震武器攻击。

更多的科幻作品描写如何开发地下资源。1962年，刘兴诗发表了《地下水电站》，以利用地下水电资源为题材。后来，他将这个构思发展成为《海眼》，描写人类在地下洪流中建成梯级水坝和电站，进而发展出一整套地下产业的故事。

地下世界除了化石能源和水利，还有一种更强大的能源，就是地热能。科幻电影《灾难地带：纽约火山》便以提取地热能的实验为素材。纽约下面并没有火山，电影里导致岩浆喷发的是一次失败的地热实验。

与科幻作品中提及的各种地下怪兽相比,电影《魔窟》对地下生态环境的描写更接近科学。二十世纪八十年代末,罗马尼亚政府派地质学家克里斯蒂带队前往密林之中研究地质环境。他深入古建筑下面的洞窟,发现上百种新类型的生命。它们在洞穴里已生存了数百万年,完全不依靠阳光,有些生物还能分泌毒液以自卫。

三节:幽幽深海

很少有人知道,在月面上降落的飞船比在马里亚纳海沟探底的深潜器还多。海底虽然就在地球上,人类对它的了解却很少。于是,深海就成为重要的科幻题材。

深海科幻的源头是凡尔纳名著《海底两万里》。作者在文中提出了开发深海资源的各种可能性。"鹦鹉螺"号不仅是航行工具,还是完整的深海资源加工厂。主人公更通过养殖珍珠为各殖民地反抗斗争提供经费。

别利亚耶夫的《种海人》也是这方面的佳作。在小说里,苏联渔民在浅海区建立海下住宅,种植海藻,创造出了巨大的财富。正因如此,苏联与日本因为争夺海底资源发生冲突。

在丁彩霞的《海底捕猎》中,小说背景被设定在水下八千米的深海,巨大压强与无边黑暗里,生存着巨型龙虾、章鱼和火蛟。黄易在《浮沉之主》里,描写科技公司在海底发现奇异海生植物火藻,其每百克释放的能量相当于二十五桶石油。

电影《深渊》也是深海题材的佳作。美国海军核潜艇在加勒比海失事,附近的石油勘测船"探险者"号受命前去搭救。他们使用水下勘测设备深入海底,却遇到了潜伏的外星生命。不过,影片中天外来客的戏份很少,大部分情节都围绕人类在深海中的探险展开。

法国作家菲利普·克拉梅在《大海沟》中,描写大反派在几千米深的海下建立基地,试图引导深海潜流改变运动方向, 以破坏陆地气候,最终达到消灭人类的目的。他还拥有快速潜艇部队,能抵抗美俄两国的联合潜艇部队。

迈克尔·克莱顿的《神秘之球》也是深海题材佳作,后来被改编成同名科幻电影。它的大部分情节都发生在深海。作者充分展示了海底环境的特殊性:与世隔绝,环境狭小,神秘力量环伺周围。小说中有个重要道具就是《海底两万里》这本书。"神秘之球"根据人的潜意识,复制出许多本《海底两万里》。但它只能复制出那个人读过的内容,余下都是空白。克莱顿通过这种方式向描写深海的前辈凡尔纳致敬。

中国人在改革开放初期看到的美剧《大西洋底来的人》,更是深海题材代表作。主人公麦克能在深海生存,参加深海探险,绝大部分故事发生在海底,甚至是万米深的海沟。

四节:仰望星空

近代科学开始于天文学,这催生出不少描写太空的作品,开普勒的《梦》就是代表。作者已经设想到必须挑身体强壮的人去月球,他们得吃压缩食品;发射时身体要固定成某种形状,以防冲击力导致的伤害;到月球上空还要实施软着陆。整个过程相当接近后来真实的登月,不过,数百年前的开普勒只能设想让巫师完成这一切。

法国作家贝热拉克在《月球之旅》中设想了各种宇航技术,包括像万户那样将爆竹绑在飞翼机上。1650年,德伯杰勒在《月球邦国的世界》里,直接提到用火箭作为太空探险的工具。

1783 年,法国蒙戈尔费兄弟驾驶热气球成功升空,从此产生了一批以气球作工具的宇航科幻作品。爱伦·坡在《汉斯·普法尔历险记》中,让主人公驾驶气球飞向月亮,不过不是做科学考察,而是躲债!

俄国作家契诃夫也创作过气球宇航的故事,名叫《飞岛》。冒险家用十八个气球牵引铜制立方体吊舱飞向月球,着陆在月球旁边的小行星上,却在那里发现了俄国商人的广告。

凡尔纳作品《从地球到月球》是航天科幻的经典。小说中,军火商制造大炮,将三个人发射进太空。三年后,凡尔纳补写了《环月旅行》,描写三名英雄出发后的故事。前作主题是宇航技术,续作则着重描写太空环境。在小说中,炮弹穿越大气层时与空气摩擦,产生大量的热量。他们差点与流星相撞,真空中一片寂静,八十八个小时后进入环月轨道,还成功观察到月球背面。

这些描写在今天看来平淡无奇，但是在当年，却需要丰富的知识才能构想出来。

1904 年连载于杂志上的《月球殖民地小说》，成为有案可查的中国早期现代科幻小说。它并未完成，仅发表的三十五回情节都在地球上展开。但从篇名和结尾来看，作者是要描写人类用热气球飞向月球。

几乎同一时代，苏联火箭专家齐奥尔科夫斯基写下《在地球之外》，用小说形式宣传他的航天技术思想。在书中，他设想了"空间站"等一系列发明。

别利亚耶夫深受齐奥尔科夫斯基的影响，他在创作《跃入苍穹》时，多次与齐奥尔科夫斯基通信讨教技术细节。后者去世前也曾公开盛赞这篇小说，说它在航天科幻中最为科学。小说描写德国人制造宇宙火箭，吸引各国富翁离开地球以逃避革命。后来，全世界建成联邦，人类建造了太空站，并在太阳系里到处飞行。《跃入苍穹》写于 1933 年，书中几乎所有航天技术都十分贴近后来真实的航天活动，包括火箭应在接近赤道的地方发射，人在飞船里要穿宇航服，通过离心力制造模拟重力等。

1929 年，德国导演弗里茨·朗格拍摄《月亮上的女人》，邀请火箭科学家奥伯特设计道具，还在影片中设计了"倒计时"程序。后来，倒计时被航天界普遍采用。

科幻作家阿瑟·克拉克热爱航天，早年创作过《太空序曲》。这部小说里，飞船要通过导轨进入太空，但在狭小的英国无法搭建，于是克拉克想到了广漠的澳大利亚。

《黑暗里的洞穴》发表于太空时代到来前两年。詹姆斯·冈恩描写美国政府试图抢在苏联之前把人送上太空，但由于技术不到位，他们只能发射无人飞船，再通过播放录音伪装载人航天成功。这不得不说是对日后的"星球大战计划"的预言与讽刺。

郑文光于 1954 年创作的《从地球到火星》，一发表便引起轰动。后来，他又创作出《飞向人马座》，把视线深入到太阳系之外。

找一颗宜居星球，拖家带口去移民？这种科幻故事可能只是欧洲人海外殖民史的翻版。未来数百年内，人类只能在太阳系里游走，这里尚未发现可供人类整体移民的天体。人类到那些天体上更多是去开发资源，类似于在地球上搭建海洋钻井平台。

电影《钢铁苍穹》便以月球为背景。德国纳粹分子从南极飞上月球，在那里建立了庞大的基地并计划反攻地球。而电影《月球》则以人类采集氦 3 为背景，描写月球采矿业的前景。

2023 年，国产电影《独行月球》将月球背景推到了科幻电影的新水平。影片中不仅有密封的月球车，遍布各处的月球基地，主人公还借助月球自转规律来逃生。

地球周围存在着引力平衡点，即拉格朗日点，王晋康的《拉格朗日墓场》就以这些平衡点为背景。人类给它们派的用场是倾倒核废料，任何物体被扔到这里就不再飞离，也不会给航天带来威胁。

航天时代到来后，只有《火星叔叔马丁》这类搞笑片还在写火星人。更多的科幻作品转而描写真实火星环境，阿瑟·克拉克创作的《地球凌日》就是代表。当人类站在火星表面时，会看到地球从日面上掠过，这就是"地球凌日"。小说主人公是一名失事的航天员，注定得不到人类救援，唯一心愿就是目睹"地球凌日"后再死去。

改造火星的故事也有很多。在美国电影《火星计划》中，人类只花了十多年的时间对火星进行改造，就让宇航员能在火星表面摘掉头盔呼吸。而在《全面回忆》里，外星人在火星地下设置机器，加工火星深处的冰，释放氧气，因而能让火星的红色天空变成蓝色。在电影《全面失控》中，人类也已经能局部地改造火星。

郑文光在《火星建设者》中，描写了宏伟的"星体改造"工程。二十多年后，他将这个短篇发展为长篇《战神的后裔》。美国作家罗宾逊也创作了《火星三部曲》，包括《红火星》《绿火星》《蓝火星》三部。这两套作品的走向非常相似，作者都基于科技现实，认真构思了火星移民的技术细节，无论主线情节还是具体细节都非常硬核。然而，移民英雄们艰苦卓绝的努力最终都归于失败。与浪漫主义的科幻描写相比，这两部作品更能反映真实的科学。大部分科研项目都会失败，只有少数项目能成功并在媒体上与公众见面。正是这极少数公开的项目，给公众造成了科学无往不胜的错觉。

金星是地球的姐妹行星，别利亚耶夫在《跃入虚空》中，把很多情节背景放在金星。那里有几百度的高温、浓厚的云层，令逃难者最终无法忍受而返航。

1930 年，英国作家斯特普尔顿在《最后和最初的人》中，也描述人类把金星海洋进行电解，释放氧气，让它变得宜居。当然，后来发现金星上并没有海洋。科幻作家安德森在小说《豪雨》中，也描述了改造金星的过程。

水星也没有被科幻作家遗忘。早在 1956 年，杨志汉创作的《到太阳附近去探险》，就以水星为题材。当代作家里，凌晨创作的《水星的黎明》也把目光转向水星。

在英国电影《太阳浩劫》中，宇航员们利用水星来通讯。水星有一个巨大的铁质核心，令整个星球成为巨型天线，能反射无线电信号。

就在阿波罗登月的前一年，航天科幻巨作《2001太空漫游》诞生，讲述了人类远征木星的故事。影片里的在轨组装飞船，人工重力等技术设想，到今天仍未实现。1984 年，日本电影《再见朱庇特》也以木星为题材。2019 年上映的《流浪地球》，主要情节就是如何摆脱木星引力。

格利戈里·本福德则在《木星计划》中，设想人类"改造"木星的卫星伽尼美。而在《2001 太空漫游》的续篇《2010 太空漫游》中，外星人改造了木星的卫星，让它成为生命的下一个摇篮。

太阳本身也成为航天科幻作品的主题。1953 年，布雷德伯里便描写了一艘结构复杂的太空船被派往太阳，从中取走其表面成分进行研究的情节。1955 年，郑文光创作《太阳历险记》，是中国科幻史上第一篇以太阳为目标的航天科幻。

在银幕上,《太阳浩劫》是太阳题材的代表作。影片中,太阳提前进入衰竭期,地球由于缺乏太阳能而陷入冰封。科学家派出巨型飞船,载着巨型核弹试图重新点燃太阳。影片中,飞船前端顶着遮光伞挡住太阳的烈焰。观察窗设置有调节装置以减少透光量。

杨道永在《与烈日擦肩而过》中,让遇险的航天员借彗星运动脱离险境。那是一颗"掠日彗星",当它飞临太阳时,最近处离太阳表面只有十三万公里。只是因为速度极快,几个小时就能飞过太阳,人不会粉身碎骨。当彗星非常接近太阳时,在彗星表面根本看不到太阳,只有一片亮得无法直视的光幕,白里泛青,占据大半个天际。

太阳系里还有一个神秘所在,长期吸引着科幻作家的目光,那就是"行星 X",远在冥王星轨道外的未知大行星。在冥王星降级前,很多人便描写这颗"第十大行星",中国作家周宇坤就以《会合第十行星》为篇名写过科幻小说。

绿杨也在长篇小说《双子星号历险记》中,让太空英雄来到第十大行星。那是一块半径四百八十五千米、山峦起伏的巨大岩石。现在看来,那只是位于柯依伯带的一颗普通天体。

离开太阳系,科幻会奔向更远的宇宙。在《双子星号历险记》里,绿杨描写名叫"MW24"的奇异空间。它是银河系和大、小麦哲伦星云构成的三角形中心,多方引力构成平衡,导致光线射到这里便会绕过去,形成没有任何光线的封闭空间。

在短篇小说《鸡尾酒》中,绿杨更让太空英雄航行到宇宙边缘。当然,他们并不知道自己到了哪里,只是发现周围不再有星体。接着,一切发生过的事情都倒退回来,甚至死人也重新活转回来。因为他们不能再前进,只有从宇宙边缘倒退,一同倒退回来的还有时间本身!

绿杨还在《失落的影子》里,让天文学家再次看到宇宙大爆炸。爆炸形成的光子在太空中流动,科学家研制出仪器去捕捉到它们。

恒星到了暮年,氢聚变结束,氦聚变开始。这时的星体会膨胀几百倍,成为"巨星"。在电影《超人》里,氪行星的母星就是红巨星,它的躯体占据小半个天空,非常不稳定。超人的生父预测到红巨星即将爆炸,于是将刚出生的孩子送上太空船,送往远方。

也有少数巨星是蓝巨星。在电影《超时空危机》中,蓝巨星便是主要背景。影片大部分情节在一颗蓝巨星的神秘光芒中展开,冥府般的蓝光与反派精神变态的杀人行为极好地配合在一起。

黑洞也是科幻题材之一。1980 年,迪士尼便投入巨资拍摄了《黑洞》,但是票房惨败。2014 年诺兰导演的《星际穿越》再次把黑洞形象展示给观众。当时,黑洞从近距离看去会有怎样的外观,仍然出自天文学家的计算。即使 2019 年人类第一次拍摄到黑洞照片,也只是一团模糊的影子。现在提到黑洞,人们往往首先联想到它在《星际穿越》中的形象。

太阳是单恒星星系，而在银河系，大部分星系是多星系统。阿西莫夫的名篇《日暮》就塑造了由六个恒星组成的多星系统。有颗行星上生活着智慧物种，而这颗行星不管怎么转，总会有至少一个太阳在天空。每隔两千年才有一次日全食光临。届时，从未见到过黑暗的人类都会疯掉。黑暗过后，恢复到原始状态的人又在废墟上重启文明，但是还没等发展到有人找出解决办法，黑暗就会再次降临。

地球每天都有昼夜，而宇宙中不乏被潮汐锁定的天体，它们总是以同一面朝着公转核心的天体。柳文扬在《解咒人》里就设想了潮汐锁定的行星，永不停息的大风把白昼面的热量吹到黑夜面。对着太阳的半球上只有一些孤岛，生活着"白昼人"，拥有人类二十世纪的科学技术，但没有天文学，因为他们以为宇宙里只有太阳；行星背面生活着"黑夜人"，尚未开始工业革命，但是有大量矿产资源和"白昼人"交易。

五节：元宇宙

进入 2021 年，"元宇宙"概念突然火爆，其英文"Metaverse"来自 1992 年美国作家尼尔·斯蒂芬森的《雪崩》。当年，这本书只是"赛博朋克"流派中的一部，名声并不突出。"Metaverse"在最早的译本里面被翻译成"超元域"。而在技术界，相关技术又被称为"全息互联网"或者"Web3.0"。

不管哪个名字，都没有通俗到能出圈的程度。"元宇宙"是个新鲜词,但不是新鲜事物,它只是更具备流行可能。早就有很多科幻作品描写用信息技术建立的虚拟世界,它们都可以被称为元宇宙题材。

1982年出品的科幻电影 Tron,便已经有元宇宙的影子。它被译成《电子世界争霸战》或者《地牢霸主》。续集 Tron2 被译为《创:战纪》。其实,"创"是"Tron"的音译,一个虚拟世界里的数字人。主人公研发出一款游戏,并通过物体变信息的传输术进入游戏空间,变成数字人"弗林"。他与主控电脑"考尔"和离线数字人"创"展开了三方较量。

当年,私人电脑在美国都没普及,人们不清楚什么是电脑病毒和网络,更没有数字人的概念,《电子世界争霸战》的想象十分超前。在科幻题材上,影片很少能走在小说前面,但元宇宙题材却是由这部电影开创的。科幻文学中的赛博朋克流派都出现在它之后,很难说没受到它的影响。

1984年,《神经漫游者》开创了赛博朋克流派。作者威廉·吉布森描写主人公通过脑机接口进入网络世界,盗窃技术机密。小说详细描写了人的意识进入网络后的情形,场面光怪陆离。

苏联作家伊果里则在《足球迷奇遇》中提出类似混合现实的设想。在小说中,南美足球市场衰退。俱乐部老板用计算机把比赛资料转化成影像,向电视观众播放假比赛;还在球场外布置假象,使路人以为里面还在进行真比赛。

在电影《杀人硬件6.7》中，科学家用一百多个真实杀手的性格和能力整合成虚拟杀手，让警员们用它作VR（虚拟现实）训练。有人改造了虚拟杀手的进化程序，让它自主发展出新型杀人技巧，进而拥有硅制身体，入侵现实。

王晋康在《七重外壳》里，描写了多达七重的虚拟世界。主人公逃脱一层，又发现自己被困在下一层，始终没有回到真实世界。当他成功地辨认出现实世界时，已经变得焦虑多疑，怀疑自己仍在虚拟世界。

接下来就出现了《黑客帝国》，元宇宙题材的集大成者。几十亿人活在虚拟世界中，只有一小批觉醒者回到现实世界，组织反抗。现在回过头来，你会发现《黑客帝国》拥有元宇宙概念中的许多内容，包括沉浸式、低延时、互动性、共享性，甚至脑机接口。

几乎在同时，小成本电影《十三度凶间》也与观众见面了。影片中，二十世纪九十年代末的高科技企业家在服务器中生成了1937年的洛杉矶，控制里面的数字人。后来他才发现，自己生活的空间也是虚拟世界，由2024年的人类制造出来。电影中的元宇宙生活着很多数字人。它们并非完全是真人的马甲。真人不操作时，它们仍然在过自己的生活。

有人指出，电子游戏可能是最接近元宇宙的产业，电影《感官游戏》便以电子游戏为题材。玩家通过脑机接口进入游戏世界，操作角色。游戏里面有一群自称"现实派"的人，想通过各种方法把人送回现实。而在电影《战争游戏》里，主人公以为自己在玩电子游戏，实际上却能控制现实中的核武器。

电影《恶梦之城2035》设想了增强现实技术。影片背景似乎是一座超现代化城市，到处是高楼大厦，技术水平远胜今天。然而这只是统治者制造的幻象，真实的城市破败不堪，食物也都生了蛆。当局为维持统治，向人脑中的芯片发射信号来制造幻觉。

《恶梦之城2035》不同于《黑客帝国》，人们并未生活在虚拟空间，就生活在物理现实中，只不过看到的东西被AR（增强现实）技术所加工，将虚假信号与真实信息混在一起。

元宇宙如果不影响现实世界，就会成为纯粹的游戏。如何描写虚实两个世界的关系，成为这类作品的重要内容。小说《亚里士多德操作系统》就以此为主题。有人向主人公推荐亚里士多德操作系统，它能够观察现实世界本身，判断其中存在的问题。很快，这个系统就开始给主人公挑毛病。它通过键盘、扫描仪和网络接触各种信息，推导出主人公该干什么，不该干什么。最后，系统在数字世界里设计出美好的理想世界，可惜它无法在现实中落地。如果你觉得亚里士多德系统很像刚流行的"ChatGPT"，那就对了，科幻在这里再次领先于现实技术。

六节：沉浸式幻境

上面这些幻境都来自数字技术，有些科幻作品则描写人们在物理世界中制造幻境,其技术源头是现实中的影视制作和沉浸式表演。在这些行业里,演员要在模拟现实的人造空间里活动。

沉浸式幻境题材可以追溯到二十世纪六十年代的美国电影《三十六个小时谍报战》。1944年诺曼底登陆前,盟军军官杰弗逊被德国人俘虏。为了从他嘴里得到盟军的登陆地点,德国人制造出一个1950年的世界,周围都是美军,报纸上是各种战后重建消息。德国人的目的是让杰弗逊误以为自己得了失忆症,而盟军已经赢得"二战",他则住在美军疗养院中。当他放松警惕后,德国人便引诱他讲出真实的登陆地点。

电影《楚门的世界》是这个题材的代表作。楚门从小到大都生活在巨型摄影棚内,里面有漂亮的街道和房屋,能看到太阳从海平面升起,空中飘着彩云。但这些都是电影道具师搭建的,楚门身边的亲人也都是演员,只有他自己不知道这是个人造空间。

电影《纽约提喻法》里,一名话剧导演出资,要把自己的生活原封不动搬上舞台。他在巨型仓库里搭建缩微版纽约,里面有高楼、街道和商店,有熙熙攘攘的人群,完全是活动着的社区。演员们要在剧中复制他的生活,而他的现实生活就是导演这个剧。这出宏大戏剧排练了几十年,成了半实半虚的世界。

韩松在《嗨,不过是电影》里,描写了一个被电影制作所改变的世界。为解决产能过剩问题,人们把大量实物用于拍电影,制造出整座城市,雇用无数人当群演。

很多年以后，人们已经分不清周围哪里是真实世界，哪里是电影布景。

　　有时候，沉浸式幻境不限于文艺行业。在电影《灵异村》中，一群当代隐居者在自然保护区中建造了十九世纪的村落，穿上十九世纪的服装。他们还集体向后代说谎，让孩子们认为自己真的生活在十九世纪。

八章：
科技新发明

　　我曾经受邀参加一部科幻电影的开机仪式。在主创名单上，除了"编剧""导演""主演"这些传统分工外，还出现了"世界观架构师"。据说是从游戏行业里移植来的职位，负责建构科幻电影的背景。

　　外有漫威和 DC（Detective Comics）两家动漫公司的成功，内有《三体》和《流浪地球》等影视剧的火爆，如今人们谈到科幻，都要先搞一个完全不同于现实的背景。其实大可不必，很多优秀科幻作品就以现实为背景。背景不变，把力气用在描写新技术对人类生活的改变上，也完全能够成功。

　　千里眼算不算雷达？顺风耳算不算声呐？拔根毫毛变成悟空算不算克隆技术？一个跟斗翻十万八千里算不算虫洞旅行？因为表面上的类似，很多人把《西游记》当成科幻小说。

　　它当然不是科幻，上述想象都是从功能出发的想象。情节需要某种功能，作者就想一种方法达成这种功能。桌游《龙与地下城》以中世纪为背景，英雄们自然不会有手机，但他们有魔法支持的"传音器"，这就是典型的功能想象。

　　科学家要做相反的事，为已有的发现和发明寻找应用场景。发现电离层后，人们用它做短波通讯；发明感光材料后，人们用它来摄影。下面我就梳理科幻中那些对应用场景的想象。

相信你看到下面这些内容后，会发现有很多技术点子仍然为公众陌生。

一节：民以食为天

新中国成立后，人们还处于相对贫困状态，很多科幻作品便涉足农业题材。

二十世纪五十年代，迟书昌在《割掉鼻子的大象》里，描写了重达二万五千斤的肥猪，它是通过电波刺激脑垂体的方法育肥的。在《大鲸牧场》中，他设想了对鲸鱼的人工饲养。在《奇妙的生发油》里，他描写了可以让动物毛发自动着色的化学物质。

《奇妙的金字塔》最有远见，迟书昌描写水果、庄稼和蔬菜经过人工诱变，光合作用率大增，可以立体生长；把它们间种起来，就会形成一座金字塔。现实中人们已经发展出立体农业，不过不是用基因手段，而是直接搭建玻璃外墙的种植大楼。

迟书昌可能是中国写农业题材最多的科幻作家，食物缺乏也是科幻前辈的普遍记忆。萧建亨在《蔬菜工厂》中描写自动化"种菜厂"：在传送带上把土壤和肥料拌在一起，撒入种子，用红外线照射来催生。今天的立体农业恰恰以此为基础。

叶永烈在《石油蛋白》中，设想用脱蜡菌将石油中的蜡质转化成廉价蛋白。在《小灵通漫游未来》中，"未来市"的居民通过基因技术进行反季节栽培。

近代西方的科幻作家可能很少体验到饥饿，因此偶尔才会写农业题材的科幻小说。美国作家雷斯尼克在《老麦克唐纳的农场》里，描写通过基因技术培养"肉球"，以便为一百一十亿人提供食物。美国作家贝尔则在《关于贝尼》中，描写主人公寻找药用植物的过程。

畜牧业是农业的重要组成部分，它的基础就是控制动物行为。传统牧民就以此为生，但科幻作家希望用技术手段进行更好的行为控制。王国忠在《海洋渔场》中，描写用特种电磁波诱捕鲸鱼并进行圈养。在《奇怪的电波》中，作者邓冈州设想给棕熊戴上项圈，这样不仅能收集棕熊的生理信息，还能阻止棕熊袭击人。萧建亨在《钓鱼爱好者的唱片》中描写电诱鱼器和声诱鱼器；他还在《密林虎踪》里，描写人类驯服老虎的场面。而在现实中，生活在虎园中的老虎总量已经超过了野外的数量。

现在，地面上的农业已经不容易吸引科幻作家，他们把目光转向太空农业。1997年，日本导演佐藤纯弥拍摄了科幻电影《北京猿人》，其中就有太空育种的情节。在科幻电影《太阳浩劫》中，飞船拥有植物室，既能给整个飞船提供氧分，又能起到缓解精神压力的作用。俄罗斯作家切克马耶夫则认为，很少占用空间的蘑菇才是未来太空农业的主要产品。他为此专门写了一篇科幻小说，名字就叫《蘑菇》。

二节：城市与交通

现代人的生活主要在建筑中完成，而建筑则由交通工具连接，城市与交通题材在科幻小说中占比不小。

早在二十世纪六十年代，刘兴诗就在《游牧城》里设想先建造各种预制件，然后在某个地方拼装起来，形成随时可以移动的楼房。刘兴诗在晚年还创作了《恩戈博士的飞行小屋》，写的也是这类题材。

美国灾难小说《摩天大楼失火记》描写了高楼的隐患，出版不久便被搬上银幕。作品通过大量技术细节描写，揭示了超高层建筑存在的危险隐患。

多栖交通工具一直是科幻素材，凡尔纳在《世界主宰》中，描写了兼有汽车、飞机、船舶，甚至潜艇功能的交通工具。

俄罗斯科幻电影《黑色闪电》也以飞车为素材。苏联时代带回的月球标本被加工成超级能量，置入一辆飞车，它随着苏联解体被人遗忘，又在二十一世纪被一个俄罗斯青年得到。

如果你觉得汽车上路会面临拥堵，而且污染严重，美国作家海因莱因早就在《道路滚滚向前》中设想了替代品，那就是用传送带铺成的公路。它由许多条横向贴紧的平行传送带构成；由外到内，相邻两条传送带之间有每小时五公里的速度差，和普通人步行速度差不多。行人可以从静止的人行道安全地踏上最外层传送带，再跨上相邻的另一条，最后站到时速几十公里的核心传送带上。

三节：展翅高飞

古人"空""天"不分，现代科学则告诉我们，在大气层中飞行要以空气动力学为基础，太空飞行是另外一套技术体系。

科幻也是如此。十九世纪前，科幻作品经常描写同一种飞行器既可以在大气里飞行，也能直达外星球；直到十九世纪，航空科幻才与航天科幻分离出来，成为独立题材。凡尔纳的成名作《气球上的五星期》出版于1861年，便是航空科幻的杰作。

当时的气球已经能升空，但没有动力。凡尔纳有位亲戚想研制可以驾驶的气球，但以失败告终。凡尔纳就把这个构想写成小说，幻想可操控的气球载着冒险家航行了五个星期，飞进非洲大陆深处。故事中，热气球充分显示了相对于地面运输的优势——它速度快，不受道路和地形限制——飞行家常常在空中嘲笑峡谷中艰难跋涉的对手。

到了1886年，凡尔纳在《征服者罗伯尔》中又明确宣布航空的未来属于飞机，而不是飞艇。凡尔纳甚至直言，他出版这本书就是"等着听到气球支持者们的尖叫"。不过，凡尔纳在这本书中写的并非有翼飞机，而是直升机。

今天，与航天相比，航空已经不是热门题材，但不妨碍有些作家仍然在这里挖掘。余俊雄在《空中奇案》里设想了巨型客机。载客一千人，时速一万两千公里，同时有原子能发动机和太阳能发动机,可以切换使用。小说发表于二十世纪八十年代初,而今天,这些技术仍然遥不可及。

与把飞机想象得越来越大相反,单人飞行器也是不错的科幻素材,它可以让人物自由飞翔,而不是坐在狭窄的机舱里。科幻电影《火箭手》就是代表,它以二十世纪三十年代航空奇才霍华德·休斯为创作原型,描写一个小青年捡到他发明的单人火箭背包,从此成为火箭飞人的故事。不同于全身铠甲的"钢铁侠",火箭背包确实有很多人研究过。在中国,郑文光创作的《神翼》、王晋康的《步云履》都以单人飞行器为题材。

因为速度和灵活性无法与飞机相比,飞艇已经退出历史舞台,但科幻作家又把它请了回来。郑军在《决战同温层》里面,描写了长达两公里、宽数百米的同温层科研平台。它由许多浮空单元拼接而成,永远悬浮在同温层,搭载几十名科研人员在数万米高空工作。它很像宫歧俊创作的《天空之城》,不过更接近科技前沿。

四节:从"空"到"天"

下面,让我们从天空来到太空。

人类最早的航天员不是人类,而是实验动物。日本作家星新一的《蛇与火箭》、美国童话科幻电影《太空犬》和《太空黑猩猩》都以实验动物航天为题材。

有十几个国家能把航天器发射升空,但只有三个国家能让它着陆,这充分说明返回式技术的难度,1967

年出品的《007之雷霆谷》就以航天器回收为科幻点。这种技术属于大反派魔鬼党,他们派出飞船,劫掠苏美两国的在轨飞船,试图挑起世界大战。

《流浪地球2》和《三体》网剧版将"天梯"展示给了中国观众。在科学界,这个构想于1962年由苏联工程师阿尔楚丹诺夫提出。在科幻界,它最早出现于克拉克作品《天堂的喷泉》。小说以二十二世纪人类建造太空电梯为故事主线。当年还没有纳米材料,克拉克描述了一种性状差不多的材料用来制造天梯。无巧不成书,《天堂的喷泉》出版后,谢菲尔德也发表了《天网》,讲述了同一题材。

《世界末日》《天地大冲撞》和《独行月球》这些科幻电影都以阻止天体撞击地球为题材,这是对现实中"小行星防御系统"的艺术夸张。它和森林防火一样,是国际天文学界的日常工作,紫金山天文台便有一架近地天体探测望远镜参与这项工作。

人类到达近地空间已经不是问题,宇航科幻开始设想更远的飞行。1978年,人民文学出版社出版了郑文光的《飞向人马座》。这是学界认为的新中国成立后的首部长篇科幻小说,内容涉及亚光速飞船。亚光速飞船速度接近每秒四万公里,可深入遥远的太空。

王晋康在《新安魂曲》里描写的飞船能一直飞到宇宙尽头,任务是要证明宇宙是否像爱因斯坦预言的那样是个"超圆体"——朝一个方向飞下去,会从相反方向回到地球。飞船使用太阳帆、引力弹弓和冲压式发动机三种加速手段,这都是宇航专家提出的设想。

二十世纪五十年代,克拉克在《太阳风帆》中,第一次描写利用太阳系里无处不在的"光压"作为宇航动力。如果展开一张面积达几平方公里、厚度仅几微米的太阳风帆,阳光便会推动着它产生微弱的加速度,不需要燃料,经过积累可以获得每秒上千公里的速度。

在《流浪地球》里面,人类把地球变成飞船,这种把天体变成飞行器的设想,最初出现在美国作家埃里斯创作的《不灭的凤凰》。未来,人类把一颗直径几十公里的小行星内部掏空,构造出拥有自然风光的世界。再加上发动机,让它飞往相邻的恒星。小行星出发后,要经过几百代人才能到达目的地。不久,宇航员的后代退化到农业文明,把小行星内部当成世界本身,把仍在运转的机械当成神迹。

1988年,黄海在《地球逃亡》中,首次描写人类给地球装上发动机,逃避天文灾难。刘慈欣在发表于2000年的《流浪地球》中,施展工程师思维,铺陈技术细节,让它成为这类题材的经典。而在王晋康的《新安魂曲》中,一百多万年后的人类已经能将地球加速到亚光速,在宇宙中疾驰。

这些都还只是人类对天体的改造,早在二十世纪七十年代末,张扬创作的《第二次握手》中,天文学家苏凤麒就推测,火星的两颗卫星是外星人的飞船。可惜《第二次握手》不是科幻作品,没有展开这个构思。

当代作家苏学军在《天籁:星辰海岸》里,把月球描写成外星人创造的星体飞船。估计你不知道这篇小说，而是通过科幻电影《月球陨落》知道这个题材。在电影里，月球是远古外星人制造的飞船，内部有巨大的空间。

宇航技术的终极设想是光子火箭，通过向后喷出光子流来推进。查羽龙的《光明之箭》便以光子火箭为题材，里面的飞船名称就是"追光者"，它的使命则是突破"光障"，实现超光速飞行。

五节：新材料

一种前沿科技要想被科幻作家关注，光是本身先进还不行，还得给故事创作留出空间。新材料就是反面典型，现实中搞得风起云涌，却很少有科幻作品以新材料为题材。因为材料只有被加工成工具才能使用，把它摆在那里看不出有什么魔力。

好在古今中外科幻作品很多，加在一起视野足够宽大。南宋洪迈编写的文言志怪集《夷坚志》里就有个"万能染料"的故事，讲一家名叫"诸般染铺"的作坊，老板只有一坛混浊的液体，把绢和纱放到里面，要染什么颜色就能得到什么颜色，坛子里的液体还不会减少。

今天，在科幻电影《飞天法宝》中，超级弹力胶支撑起了整个故事。一名大学教授在业余时间研究出了一种弹力极强的材料，将其涂抹在任何物体表面，它们都能获得强大的弹性。他的学生中有一名"富二代"，派人盗走了这种"飞天法宝"，开始违法乱纪。仅仅拥有超强弹性，便足够支持起一部科幻电影。这部电影全部特技几乎都围绕着材料的弹性做文章。

2000 年前后，纳米技术成为媒体热点，也成为科幻题材热点。在 1997 年孔斌发表的《无"微"不至》里面，这个科学前沿还叫"毫微米技术"。小说里，"毫微米机器人"能将木炭直接加工成金刚石。

王晋康在《三人行》中揭示了纳米技术的本质特征。微型机器人只能"从上至下"加工制造，而真正的纳米技术追求"从下至上"，让原子团按照人类的需要生长成各种物体。作者以象牙为例，道出了纳米技术的神奇。人类要仿制象牙，必须建立高温高压环境，消耗巨大能量，而大象只用吃草喝水就能长出象牙。所以，物质"生长"的奥秘才值得人类学习。

白墨在《潘多拉纳米盒》中，描写了这种"生长"的可怕之处。纳米机器人失控后，能将遇到的一切物质都分解并加工成全营养素，也包括人体。

149

六节：信息技术

在今天的现实中，信息技术是带头学科。而在科幻的世界里，凡尔纳早在 1892 出版的《喀尔巴阡古堡》中便设想了电视；威尔斯 1936 年在《未来事物形态》中预言了移动通讯；1950 年，美国作家莱伯在《新时尚》里描写感觉传导，这些都算是早期的信息技术科幻。

后来，信息技术通常被科幻作家用来塑造虚拟世界，与现实中信息科技沾边的科幻作品并不多。叶永烈的《耳中人》算是一例，在这篇创作于二十世纪八十年代的作品里,叶永烈预言人们会使用微型通信设备在考试中作弊。根据新闻,1995年,用电子设备作弊在中国成为现实。

于向昀在小说《天规》中,以身份证为科幻点展开想象。未来社会使用名为"天规"的身份证,不仅储备了传统身份证里面那些信息,还存入了"脑纹"等资料,甚至能监测人体能量交换过程。

与它在现实中的火爆相比,智能穿戴在科幻小说里比较冷门。美国作家谢克里的《鞋子》算是一例。小说中的鞋拥有人工智能,能用摄影头记录主人的生活习惯,甚至会干涉主人的恋爱。

无独有偶,潘海天的《未来爱情故事》也描写了类似的故事。一对青年男女去相亲,他们身上的运动服、外套、帽子、手帕、腰带都拥有智能。两个真人彼此还能看对眼,他们的智能穿戴却瞧不上对方,集体设置障碍让他们分手。

美国作家斯帕霍克在《人靠衣装》中,描写智能家居为主人成就姻缘。在小说里,马桶可以监测人的饮食,冰箱会提醒人控制食欲,鞋子能测出体重并提醒主人增加运动。衣服每天都处理各种信息,还能与别人的衣服交换信息。

物联网也是信息技术的前沿。美国作家麦克唐纳在《失去与寻找》中,描写人们通过物联网,用失物搜寻机寻找一切东西。在小说《寻找波波》中,作者以宠物定位芯片为核心展开故事。

星河在《一则报道》中描写了有数学基础的信息技术奇迹。情报人员在遇难前留下一根金属柱,上面还有一道激光刻痕。原来,他把重要情报转换成一长串阿拉伯数字,再在前面加上零,成为纯小数。然后,他把金属柱的长度设成"1",在上面刻上划痕,精确到分子水平,使它的位置相对于整体正好等于这个纯小数。理论上,这个方法可以记载无限长的信息。

大自然造就出一种奇妙的信息载体,那就是基因。现在,人们已经能把一本书编辑成基因语言。有些科幻作家也以此为素材。韩松在《信使》里就描写了宇宙战争中,信使们把情报嵌入自身基因进行传递。

七节:把数学写成科幻

尽管数学排在六大基础学科之首,然而要在文艺作品里表现数学,那就难上加难了。科幻也不例外,电影《死亡密码》是少见的数学题材科幻。主人公作为数学家,坚信世间万物都可以付诸数学运算。"上帝"的真名由二百一十六个字母组成,他就想把"上帝"换算成一个二百一十六位的数字,借此找到自然界万物运行的终极规律。

阿西莫夫在《感觉得到的力量》中,描写人类计算能力的下降。未来的计算机不光先进,还能自己升级换代。许多代以后,人类已经不知道新式计算机的工作原理,甚至忘了数学。主人公从个位数乘法开始,一点点发明出除法、计算平方和平方根,虽然水平还不如今天的初中生,却被视为最伟大的发明家。

在《麦克斯韦方程》中,苏联作家德聂帕罗夫也以数学能力为题材。在小说创作的年代,计算机刚刚发明,尚未普及。前纳粹分子掌握了用特定脉冲诱发计算能力的技术,囚禁一批活人从事奴隶般的计算活动。

在小说《酷热的橡树》里,星河让两个数学家围绕国家命运进行对抗。他们都能通过数学模型预测出一个国家的灾变点,只不过一个人推动它到来,另一个阻止它到来。这是以博弈论为素材的科幻想象。

你可能不知道拓扑学,但一定知道莫比乌斯环。这个简单的拓扑图形出现在无数科幻作品里。中国首部三维动画科幻电影就以它为题材,电影名字就叫《莫比乌斯环》。在电影里,宇宙空间就是一个无比巨大的莫比乌斯环,遥远的星际可以通过它来连接。

克拉克的《黑暗之墙》也以莫比乌斯环为题材。他还写下《莫比乌斯地铁站》,将波士顿地铁线路设想为莫比乌斯环。中国作家长铗则在《水月镜花》中,描写莫比乌斯环如何改变了一个人的人生。

阎安在小说《魔瓶》中,使用了另一个拓扑学素材——克莱因瓶。一个外星球本身就处于克莱因瓶空间里,飞船来到这里后总是忽而出现,忽而失踪,出现地点也毫无规律。

八节:军事畅想

科幻作品对战争的预言主要表现于战争技术。早在十九世纪,凡尔纳在《机器房子》里就提出了坦克的构想。不过,他设计的坦克更像《帝国反击战》中的"驼形坦克"。在《征服者罗比尔》中,凡尔纳预言了空中轰炸和空战。在《海底两万里》中,巨型潜艇"鹦鹉螺号"撞沉了一艘军舰。

在晚清科幻小说《空中战争未来记》中,笔名"包天笑"的作者预言了空降兵的出现。1902年,日本押川春浪创作出《海底舰队》,不仅描写了潜艇战,更预言了日俄战争会发生。

威尔斯以《空战》为名描写了全面空战,这个预言在"一战"中被实现。1903年,威尔斯在《铁甲世界》提到的大型金属坦克,已经是靠履带运行的坦克。当坦克于1916年出现在弗勒尔科索莱特战役后,威尔斯甚至找英国政府打了一场专利官司,声称他才是坦克的发明者。1936年,他编剧的影片《未来的面貌》设想伦敦遭受"大规模空袭"。几年后,德军发动"海狮计划",让幻想成为了现实。

以光线为武器,这个构想出现在威尔斯小说《两个世界的战争》中,不过它属于火星人。二十世纪三十年代,苏联作家阿·托尔斯泰创作出《加林工程师的双曲面体》,描写了一种聚光镜式的武器,能将一支普通火柴燃烧发出的能量聚焦起来切割人体!1978年,童恩正发表了《珊瑚岛上的死光》,作品还被改编成电影,是中国科幻影片里描写激光武器的代表作。

"特工007"的系列故事,同样呈现出不少太空武器:《天上的钻石》——阴谋家用钻石透镜卫星聚集太阳能，烧穿地面上的核弹发射井;《勇破太空城》——阴谋家以太空城为基地袭击地面;《黄金眼》——描写了电磁脉冲武器的威力。

巨舰大炮是钢铁年代的追求，武器微型化才是未来。王麟在长篇科幻《纳米杀手》中，设想了恐怖分子用看不见的微型武器发动袭击。中国作家余东征在小说《魔瓶》中，则写到恐怖分子用病毒袭击印度孟买。

1913年，威尔斯在《使世界获得自由》中预言了原子弹的诞生。此书影响到物理学家西拉德。1934年，他计算出可控链式反应方程式，这成为原子弹技术的基础。1944年，美国作家卡特米尔在《生死界线》里，逼真地叙述了原子弹的技术环节。

地震武器也是科幻作品中的超级武器,《地心毁灭》《007之雷霆杀机》等影片都以地震武器为题材。倪匡则在《地心熔炉》里，讲述了外星人在地球上暗设地震武器的故事。

不过，要让我说出科幻中最有创意的武器，我选叶言都在《高卡档案》中设想的MB-19。它的功能是让成年女性服用后提高生育男婴的比例。小说中，东南亚某国境内有个名叫高卡的民族长期叛乱,于是政府情报人员向该地区贩卖MB-19。一代人以后，高卡族青年男性比例达到百分之九十,社会秩序随之崩溃。

与战争技术相比，科幻作品对战术的预言乏善可陈。《星球大战》《星河战队》《银河英雄传说》这些故事中的战术都是"二战""一战"甚至冷兵器时期的水平。刘慈欣在《全频道阻塞干扰》中还设置了条件，让信息战退化成传统作战。相比之下，《高卡档案》从瓦解敌方社会的角度发动"总体战"，才是科幻作家应该有的创见。

和高精尖武器组合在一起，人成了战争技术中的薄弱环节。科幻电影《兵人》《克隆人的反击》等作品都从战士着眼进行畅想。二十世纪八十年代初，电影《机器战将》中，死亡士兵被安置在机器里面，成为丛林战武器。

为什么而战？这更是科幻作家需要回答的问题。早期军事科幻充满民族主义色彩，各国作家都描写本国英雄如何使用先进武器战胜敌人。美国作家杰克伦敦甚至在《空前的毁灭》中，描写欧洲国家联手投放细菌，杀死黄种人，占领东方的土地，种族灭绝思想达到毫不避讳的程度。

威尔斯的《获得自由的世界》或许是第一部反战科幻小说，描写了未来的核武器核查机制。主要情节就是一个地区性小国为隐藏核弹，与这个国际核查机制周旋，最终失败。

当蘑菇云升起来后，科幻作家转而宣示核武器的危害，创作了大量末日作品。二十世纪六十年代的英国电视剧《核冬天》、美国的电影《奇爱博士》和《中国综合征》，都直接描写了核战威胁。小说方面则有美国作家斯平拉德发表于1969年的《大闪光》等。

九节：冷门科幻点

环保意识诞生得很晚。1960年，鲁克在《海上的黑牡丹》里描写了开采海底原油。勘探失败后，原油浮上海面，被路过此处的客轮乘客视为"黑牡丹花"。文章把污染用诗意的手法进行描写。

到了二十世纪九十年代末，新一代中国科幻作家普遍建立起环保意识。不过，科幻的新套路却是环境污染很严重，人类不得不移民外星球。这类故事你可能在无数科幻作品里面看过，它们并没有认真思考环境问题，只是用它做由头，设置一个架空背景。

在现实的科学界，科学家正在研究如何用技术手段解决污染问题。无论如何，它比让人类集体跑路的成本小得多。可惜，渲染环境污染的科幻作品很多，描写环保技术的科幻作品却很少。

星河的短篇《喷薄欲出》算是一例。小说以碳捕获和碳封存为素材，介绍了人们已经提出的各种设想，比如用洞穴封存二氧化碳。小说的科幻点则是将二氧化碳排入上层大气，使其飞散到宇宙空间。由于二氧化碳比重大于大气，会被大气排异，星河的设想可谓十分超前。

刘慈欣在《地火》里描写了气化采煤法——把煤矿变成煤气发生器，使煤层中的煤在地下变成可燃气体，然后导向地面。这样，矿井巷道都将消失，煤炭工业将变成低污染和低死亡率的现代工业，而不再是夕阳产业。将环保与开发结合起来，而非简单粗暴地抵制工业发展，《地火》给我们提供了新的思路。

力场也是冷门科幻点。引力波最早出现在凡尔纳作品《流星追逐记》当中，主人公用引力波让一颗含金小行星降落在大海上。吴岩在《引力的深渊》中，将引力波设定为阴谋家的恐怖袭击武器。

经典美剧《大西洋底来的人》中，有一集提到了大洋深处的无形力场。它屏蔽了海水，在下面发展出了一个不同于人类的种族。

美国作家布利殊在《恐怖的黑屏》中，描写了一道无形屏蔽，它笼罩以纽约曼哈顿岛为中心的地区上，困住一千多万人。只有五十分之一的无线电波和可见光线能够通过这道屏蔽，里面昏暗一片，不仅固体无法通过，空气都无法渗透。

1895 年，凡尔纳的《机器岛》出版，描写富翁们将二十七万只钢箱连接成岛，表面铺腐殖土，种值花草树木，建设城市。全岛由两台各五百万马力的发动机驱动，终年航行在赤道附近。这部小说很出名，却没有什么作家跟进，人造岛成了科幻作品中的冷门。其实，现实中海洋工程专家已经开始研究超大型浮体，规模接近于凡尔纳的设想。

自古以来，人们就追求天气控制。科幻中出现过《龙卷风警报》《维纳斯的忧郁》《气候公司的故事》《北方的云》等作品。电影《全球风暴》描写的"卫星网络"，也是人类为应对气候异常而建立的。由于遭到电脑病毒入侵，这个网络反而开始制造异常天气。

如今，很少有人写天气控制，反而是气象武器写得比较多。别利亚耶夫在《空气贩子》里，最早描写了世界范围的气象战。顾均正则在《伦敦奇疫》里，描写大反派用酸雨袭击伦敦。金涛在《台风行动》中，描写敌对国政府制造气象武器，从而控制台风发动袭击。

《复仇者》是比较系统的气象武器科幻电影。影片里，英国已经研制成功天气控制体系"普罗斯珀瑞"，可覆盖英伦三岛。它的设计者名叫"八月"，为报复政府发展出更高级的天气控制技术，可制造范围不足一平方公里的微型气候，八月计划用恶劣天气袭击伦敦。

十节：全景看未来

这些年，经常有影视项目邀请我作顾问。他们已经写好了剧本，搭建了故事主线，我的工作则是设想未来社会的全景。

科幻小说可以只写一个科幻点，科幻电影就不同了。五十年后的家居肯定不同于今天，一百年后的城市也不能空空如也。除了作为故事主线的科幻点，还需要一堆科幻点来填充背景。

这需要一种从全景看未来的能力，历史上确实有这样的科幻小说。雨果·根斯巴克就写过一部全景式科幻小说，名叫《大科学家拉尔夫124C·41+》。小说以未来为背景，用拉尔夫的眼睛展示了一系列科技成果，包括电视、海底电磁隧道、运动力撬、杆菌疗养所、助长农场、自动包扎机、远望直播场与合成杂交农作物。

二十世纪三十年代，苏联作家别利亚耶夫以瓦格纳为主人公创作了系列短篇。瓦格纳不分专业，什么都能发明，这个系列科幻就成了一张新发明的菜单。

1939年，中国人拍摄出第一部科幻电影，名叫《六十年后上海滩》，它是一部全景式科幻作品。公司职员韩某和刘某沉睡六十年后，在未来的上海苏醒。未来人已经不用姓名，改用编号。两人误坐飞车，误用自动家具，误操作气候管理设备，总之，他们因为时代差异而一误再误，未来世界的各种发明便通过他们的失误展现给观众。

1969年，日本作家小松左京创作了《空中都市008》，它还被改编成二百三十集的特摄片。这座城市像一株巨树，家家户户都把房子吊在上面。故事通过大原一家的经历，展开对二十一世纪的全景想象，覆盖了二十世纪六十年代前沿科技的方方面面。

说到全景式科幻作品，叶永烈的《小灵通漫游未来》堪称代表作，它影响了整整一代中国儿童，基本就都是我的同龄人。在叶永烈纪念研讨会上，作家杨平指出，《小灵通漫游未来》的特点就是它的科幻点离人们很近，都是日常的衣食住行。只可惜，《小灵通漫游未来》里所述内容在今天已经大量成为现实，而下一本类似的全景科幻作品尚未问世。

九章：
灾难新挑战

与上一编介绍的世界末日相比，下面这些灾难科幻的素材来自科学研究。当然，科幻毕竟是文艺创作，需要对科学素材进行艺术夸张处理。就灾难题材而言，这种夸张主要有三招。

一是"时间压缩法"。自然界永远在变化，如果变化时间足够长，人类就能够慢慢适应。科幻作家会把某种自然变化压缩到极短时间里，让人类猝不及防，形成灾难情节。

电影《后天》就是这一类的代表作。它描写北极冰层大面积融化，冷水侵入北大西洋暖流，改变暖流所到之处的气候。这种变化在地质年代里经常发生，只不过要长达数千到上万年才能完成。电影就像片名那样，把这种变化压缩在两天内，才形成惊心动魄的灾难景观。

《日本沉没》描写日本列岛滑入海洋，这是地质学界普遍推测会出现的前景，只不过要发生在百万年以后。小松左京掌握到这个科学素材后，把它压缩在几年内，写出了日本科幻的一个经典 IP（Intellectual Property）。《流浪地球》也使用同样方式，把几十亿年后才会发生的太阳衰变提前到几百年后。

二是程度夸张法，把经常出现的灾难夸大到触目惊心的程度。比如，因为搞地下工程造成塌方，这种事件经常有,但是损害有限。《地陷危机》则把塌方范围夸大到一座城市,就成了科幻电影。

三是"旧灾重提法",把地质历史上发生过的灾难放到今天,推演它对现代社会的损害。BBC(英国广播公司)的《超级火山》和韩国的《白头山》都是如此。人类上次面对超级火山爆发还是七万年前,白头山则是在一千多年前喷发过,当时还没有现代文明。

无论哪种手法,故事中的灾难都有大量科学素材可以借鉴。创作这些灾难科幻并非要引发什么哲学思辨或者宗教情怀,而是为了提升人们对现实灾难的警惕性。

一节:地下的祸端

1973 年,被称为"日本科幻界的推土机"的小松左京出版了《日本沉没》,发行量高达四百万册,该书先后被改编成两版电影。小说中的灾变过程基本取材于地质学,也是地质灾难题材的经典。在小说中,日本海沟出现大量泥团,关东大地震造成二百多万人死亡,富士山重新爆发。地质学家田所博士认为,两年内日本列岛将沉入地下。日本政府接受他的看法,制定"D 计划",组织日本人民撤离本土,流亡世界各地。故事通过田所博士之口解释了日本沉没的原因: 地球内部在膨胀,挤压地幔,改变了地壳的缓慢运动状态,让数百万年间发生的变化集中在几年内。

2004 年,美国电影《10.5》把超级地震会造成的毁灭效果摆在观众面前,片名就是地震的里氏震级。人类尚未记录到 10.5 级大地震,历史最大地震震级是 9.5 级,那就是 1960 年智利大地震。电影里描写的断裂带是美国卡斯凯迪亚断裂带,从美国加利福尼亚经华盛顿州延伸到加拿大。它曾经在 1700 年发生 9 级大地震。现实中,美国地震学家用电脑作模拟研究,也认为这个断裂带不久会发生超级地震。

地震破坏如此严重,而地震预报直到今天仍然没有被攻克,不少科幻作品便以地震预报为题材。1976 年唐山大地震后仅两年,就有中国作家写下《2001 年唐山大地震报告》,设想地震预报能在 2001 年实现。可惜预言中的时间点已过,地震预报至今仍未实现。

王晋康在《临界》中,描写了地震预报的艰难历程。主人公决定发明计算方法,演算地震规律,进而做出预报。小说介绍了地震灾难的严重程度:据不完全统计,因地震造成的死亡人数一直位于自然灾难之首。正是在这种强烈损失的刺激下,地震预报在中国一直备受关注。

地震预报即使完成,也免不了失败。詹姆斯·冈恩在《过失难免》中探讨了这种悲剧性的结果。在小说中,地质学家发出地震预报,导致社会混乱,地震却没有来。而在大家放松警惕返回住所后,大地震终于光临。电影《10.5》中,地震专家和州长之间的矛盾也体现在地震预报是否准确上。

火山爆发是另一种地质灾难,且经常诱发大地震。灾难电影《活火溶城》中,洛杉矶遭遇火山爆发,紧急事务部、地质学家和工人联手抵抗灾难。虽然影片中伤亡惨重、场面触目惊心，但是这场灾难从规模上只能算小型火山喷发。BBC 和 Discovery（探索频道）合拍的《超级火山》揭示了火山爆发能产生的最大危害。影片描写美国黄石火山再次喷发后的场面，情节几乎完全采用地质学的推测。整个黄石公园就坐落在火山口上。地质学家认为，黄石火山爆发周期在六十万到八十万年之间，现在随时可能再喷发。两百万年前黄石火山爆发时，纽约地区的火山灰厚达二十米。由此可见，如果黄石火山再次爆发，完全能毁灭美国，灾难效应可辐射全球。

中朝边境的长白山是一座休眠火山，曾于一千多年前大爆发。当时，长白山周围有个"渤海国"，在那次火山爆发后就衰败了。在遥远的地质年代里，长白山爆发后，覆盖周围地区的火山灰达六十米厚！如今长白山也有爆发迹象，"天池"周围岩壁上已经出现龟裂和坍塌。2019 年，韩国灾难电影《白头山》就以此为题材，描写它再度喷发后对半岛造成的灾难。

地质灾难释放的能量远远大于人类掌控的能量，但在有些科幻作品里，人们不愿意只是被动挨打。在《10.5》中，政府使用核武器制造人工地震，以抵消天然地震的能量。2008 年翻拍的《日本沉没》中，人们用核武器引发海底地层断裂，保住了一半日本领土。韩国电影《白头山》的主要情节，更是寻找核武器释放火山下面熔岩的压力。

星河在《动如脱兔》中，也将爆破消震当成题材。小说中，唐山大地震已经过了七十多年，中国进入地震高发期。专家们计划在地震发生时，在它的传播路径上引爆一系列炸点，将振动迭加到最高，提前释放能量，保护重要地区免受其害。

每隔一段时间，地球南北磁极会突然消失，然后彻底倒转。上次磁极倒转时，人类文明尚未产生；今后发生磁极倒转，会给人类文明带来怎样的打击？星河在长篇科幻《残缺的磁痕》里描写了这种灾难。小说中的科学家估计，磁极倒转不会让人类死亡，但他们却会失去记忆，文明也会因此中断。他们要寻找能抵御磁极倒转影响的人，让他在灾难后唤醒名单上的社会精英，重建文明。

克莱夫·卡斯勒在小说《倒转地极》中，描写阴谋家试图提前引发地磁倒转，让全人类必须依赖他们建造的防磁设备才能通讯。阴谋家将一艘邮轮改造成电磁攻击船，科学家为阻止这场阴谋，也将电磁感应装置搬上波音 747 客机，飞到目标海域抵消地磁倒转。

地下空洞会造成塌陷，灾难电影《地陷危机》讲的就是这个题材。在新奥尔良市地下的大片泥炭出现闷烧现象，雨水灌入后带走烧过的灰烬，使地下出现空洞。当地正在举办狂欢节，震动导致了大规模塌陷。

据统计，八成的地表塌陷由人为因素造成。德国电影《地陷》就描写了矿井塌陷事故，导致湖底裂开大洞，将游人卷入地下的情节。影片中，地质专家发现城市下面有一个巨坑，将在二十四小时内坍塌，而它来自于多年前的一次矿难。像电影里这样由于矿井导致的地表塌陷，在现实中也出现在许多矿业城市里。

2005年，美国灾难电影《地魔》把视线转向遍布城市的燃气管线。某市地下水管道接二连三发生爆炸，造成大量损失。工程师调查爆炸原因，发现是由于石油开采商违规开采废旧矿井导致燃气外泄。于是，一方面市政府在疏散居民，抢险救灾；另一方面，开采商偷偷把天然气抽回油田，掩盖证据，保住油井。双方在地下管道中展开较量。

刘慈欣在《地火》中，也描写了地下烈火造成的灾难。虽然小说中的地火来自人为事故，但小说描写的地火救援队却真实存在。地火的学名叫"地下煤燃烧"，既有自然现象，也有人为灾难。现实中的地火曾经每年烧掉五千万吨煤，过火面积达数百平方公里。

二节：来自身边

人类与万物并存，彼此已经达成了平衡。一旦平衡被破坏，生物本身就会给人类带来灾难。有些作品正面描写了生物灾难，而不是把生物设想成怪物。

希区柯克拍摄的《鸟》就是代表。由于人类不断侵蚀海鸥领地，海鸥集体自卫，袭击了小镇。在科幻电影《蝙蝠》和《人鼠大战》中，与人类为敌的动物也都是原模原样。这些电影更多地在描写人与环境的冲突。

二十世纪八十年代，叶永烈发表了两篇以传染病为题材的科幻小说。在《演出照常进行》里，他描写人类发明通用流感疫苗，注射一次可以受益终生，从此结束流感侵袭。看到有关艾滋病的报道，叶永烈就在《爱之病》中设想艾滋病在中国出现流行的未来。尽管作者着笔严谨，当时仍然招来一部分人"不合国情"的指责。

在美国电影《死亡地带》里，类似埃博拉病毒的致命病毒生存在非洲的猴子身上。偷猎者将一只染病的猴子带入美国，结果不仅自己得到报应，还牵连了一个小镇的居民。成百上千的人感染病毒并且死亡，以致束手无策的美国官方计划用炸弹将小镇和它的居民一同抹去。后来，还是从猴子身上提取病原体培养的疫苗挽救人类。

2011年上映的美国电影《传染病》，完整地虚构了一场呼吸道传染病大流行的灾难场面。病毒由动物传染人体，再逐渐扩散，并导致社会恐慌，假药骗子随之出现。电影最后，美国在这场流行病中死亡数千万人，社会秩序崩溃。这是把灾难程度放大许多倍的艺术夸张，但是大部分情节完全忠实于科学。

值得一提的是，这部电影汇集了马特·达蒙、裘德·洛、格温妮丝·帕特洛、凯特·温丝莱特、何超仪等一批大腕，并由史蒂文·索德伯格导演。阵容豪华的背后，明星们在影片中往往只有几段情节，谁都没有主角光环，反而自毁形象，模拟病容。

我推荐大家看看这部电影，它体现了电影人的社会责任感。

三节：天上的灾难

年轻读者看到气候灾难，立刻会想到"气候变暖"。几十年前的科幻小说完全相反，往往要描写冰川再临，导致全球气候变冷。在《天堂的喷泉》中，阿瑟·克拉克之所以让人类消耗巨资建造太空电梯，就是为了在下一个冰川期来临前撤出地球。

自有人类文明至今，太阳从未发生大规模变化，但科幻作品经常描写太阳变异。刘慈欣的《流浪地球》就是代表。作品中，太阳在几世纪后就会变为红巨星。人类为了在四百年时间里挽救文明，开启了"流浪地球"计划。

刘慈欣在《超新星纪元》中描写的超新星爆发，是科幻作品中少见的天文灾难。小说中那颗超新星离太阳系只有八光年。由于中间隔着暗星云，天文学家从未发现它。超新星爆发前是红巨星，质量是太阳的六十七倍。当它爆发后，巨大光流经过八年到达太阳系，蒸发了冥王星上的固态氮，摧毁了太空中的所有航天器。在地球上，夜空变成白昼，而在白昼区，超新星的亮度超过太阳。

现实中有科学家推测，八百万年前，一颗超新星在距离地球一百六十光年远处爆发，导致森林大火，我们的祖先被迫到草原生活，进化成人类。

2009年上映的《神秘代码》把另一种天文灾难带到观众面前，它叫日冕物质抛射。太阳在几分钟到几小时内抛射出大量等离子体，横扫附近宇宙空间。直到

1857年，人类才有能力观测到这种现象，它对人类的实际影响是摧毁电力系统和无线电通讯。发达国家的电网系统会为应对日冕物质抛射进行演习。当然，电影对这种灾难进行了夸张。

美国作家迈克尔·克莱顿的早期作品《死城》，曾在中国广为流传，它是天文灾难与生物灾难的叠加。小说中，一颗人造卫星坠落前不慎携带了宇宙中的微生物，结果造成坠毁点附近小城居民大量死亡。阻止灾难蔓延的并不是人类，而是地球生态圈本身。外来病毒同样不适应地球环境，被氧化后转变为无害物。后来，叶永烈在《腐蚀》中也使用了类似题材。

十章:
展望新世界

经常有人问我,哲学家或者算命先生都在预测未来,未来学有什么不同?答案是,未来学以"技术决定论"为基础。这并不是说技术能决定社会的方方面面,而是说,以几十年到几百年为观察尺度,新技术会从根本上决定社会走向。

铁器普及后,大规模的国家军队得以建立。蒸汽机发明后,农民纷纷离开家庭到工厂做工。网络普及后,人们又开始在家办公。

类似的例子数不胜数。如果在这些现象发生前就将其纳入文艺作品,那便是科幻。只不过它是"从科到幻"的科幻,从现实中的科技进步出发,用故事来模拟它们对人类社会的影响。科学家只关注"从0到1",科幻作家则要关注"从1到N"。

一节:从新技术到新制度

1904年,英国首位诺贝尔文学奖获得者基普林创作出《夜班邮船》,设想了航空管理体系。小说虽然以2000年为背景,描写的航空器却仍然是飞艇。它设想的重点不是新式飞行器,而是人类如何建立航空管理,调动成百上千架飞艇进行空运。这比凡尔纳只描写一种新机器要前进了一大步,可能也是科幻史中首篇从新技术写到新型管理制度的作品。

《夜班邮船》中飞艇众多,每个飞艇拥有五千英尺宽的航道,互不干扰。两艘飞艇相遇时,会打出各种方向和各种颜色的灯光来显示不同意思,类似于船舶上的旗语。还有巨大的母飞船给各种飞艇提供补给和维修。空中则飘浮着指挥艇和气象观测艇,发现有巨大气旋就停留在上空,用灯光进行指示,像是大海里的灯塔。

1904 年无线电刚刚诞生,尚未普及,作者设想了这种笨办法来解决问题。与这些技术细节相比,作品最重要的设计是成立了"航空控制委员会"。它半是选举,半是任命,有权指挥所有飞艇。没有它的协调,众多飞艇便无法运转。

1912 年,基普林创作了《夜班邮船》的续集《易如ABC》,全面设想了未来的航空管理体系。在小说中的2065 年,"航空控制委员会"不仅可以管理天空,也控制了地面上的各种公共事务,甚至有权修改国际关系,成了统治世界的寡头机构。一个技术管理部门逐步向全社会扩张权力,这种描写很有预见。

1919 年,英国飞艇 R34 号首次成功飞越大西洋。机组人员随身携带着《夜间邮船》;飞行员降落后便在书上签名,并将书送给基普林本人。虽然飞机很快就代替了飞艇,但世界上确实形成了空管体系。从新技术写到新制度,再写到它对社会的全面影响,基普林完成了这个"三部曲",这是我推荐这两篇小说的原因。

星河创作的《车流如织》则以城市交通管理为题

材。主人公负责某座城市的交通管理系统。这座城市有空中飞车，因为其要在三维空间中行驶，管理难度远远超过只能在平面上行驶的传统车辆。交通管理系统不仅能检查违章、管理车号，还能在必要时接管各种车辆的控制权，通过电脑调度来疏导交通。

后来，科幻作品不仅从具体技术出发描写新型管理制度，更直接以管理学本身为素材。二十世纪七十年代末有篇中文科幻小说，名叫《奇葩怒放的沃土》，描写了一次发明创新奖的评奖过程。一个个发明家带着新发明向评委和听众介绍，有珠穆朗玛索道、步行机、思维传感等等，最后获大奖的却是发明"系统化管理方法"的老学者。评委会给出的理由是：没有他的这套管理方法，人们的工作效率就不能大幅提高，所有这些物质上的发明都无法投入生产。虽然从氏族部落时代就有管理，但管理学却是科技和工业的产物。可惜在这篇科幻作品之后，我还没有看到直接用管理学作为题材的作品。

知人知面不知心，社会管理的一个难题就是不清楚人们都在想什么。美国作家哈普林以《测谎仪》为名创作了长篇科幻小说，描写了建立在测谎技术上的社会。主人公目睹弟弟被害，便努力发明测谎仪，要鉴别出生活中潜在的罪犯。成功后，这种技术被政府用来查验全部人口。任何人申办各种手续时，政府人员只要问一句"你是否有尚未交代的罪行？"便可以查出潜在罪犯，社会犯罪率迅速下降为零。由于商业谈判中人们不能说谎，信用大增，成交率暴涨，经济繁荣。各国政府官员之间也必须先测谎再谈判，国家之间的利益矛盾很容易调协。一片大好形势下，只有主人公隐藏着能骗过测谎仪的技术，成了唯一可以说谎而不被发现的人。

经济是社会的重要方面。1997年，《科幻大王》杂志发表了我的处女作《资产评估》。小说中被评估的并不是传统意义上的资产，而是一个人的各种行为。不慎说错一句话便有可能被降分，做件好事又可能被提级。当时，这只是个粗糙的点子。很久后我才意识到，这是在设想"通证经济"的未来。

工业革命后，科技与工业成为混合体，很难在描写科技进步时不提到经济。凡尔纳的《大炮俱乐部》可谓描写两者关系的先驱。评论家只注意到这部作品对航天技术做了精确设想，其实，凡尔纳还首次描写了大规模商业运作对科研项目的支持。

大炮项目的推动者巴比康是一位军火商。南北战争结束后，政府不再重视火炮，他的"大炮俱乐部"要吸引社会注意力，进而融资，这才是推出大炮发射计划的背景。它能付诸实施，完全是一次商业运作。凡尔纳细致地描写了巴比康等人怎么建立筹款机构，介绍了一笔笔资金来源，还描写了得克萨斯与佛罗里达两州争夺发射场的斗争。大炮在佛罗里达坦帕小镇开始铸造时，凡尔纳又描写了这个小镇怎样被这一壮举所改变。铁路被修到这里，大量观光客使小镇成为旅游城市，经济繁荣，城市扩大。一个世纪后，卡纳维拉尔角发射场确实也成为了旅游观光区。

二十世纪后半叶，科技成果转化为商业成果的时间越来越短，效益越来越惊人。科幻作品大量描写企业界主导的科技发明。美国作家迈克尔·克莱顿在《侏罗纪公园》里设想的利用基因工程复活恐龙，便是由投资商哈罗德推动的。

在中国，二十世纪九十年代后的科幻作品开始尝试把科学与商业写到一处。王晋康在《美容陷阱》里虚构了"赛思与莫尼公司"，直接点出了两者的关系。在《异域》里，何宏伟设想了以解决粮食危机为目标的西麦农场，也是这方面的例子。

在《中国太阳》里，刘慈欣描写了经济对宇航事业的推动和限制。人类登月八十四年后就再也没有返回月球，是因为曾经推动登月的冷战不复存在。相反，经济价值推动着其他太空事业的发展，其中之一就是在近地轨道建立"人造太阳"。

二十世纪九十年代末，美国科幻电影《接触》甚至用五分之一篇幅讲述主人公到处化缘，以便让看不到收益的"外星监听"项目能够维持。这个项目最终取得成果，也是靠一个巨富在暗中支持。

二节：直面社会变化

现在提到凡尔纳，人们都只认为他提出了一系列技术假设，这完全低估了他的创作成就。凡尔纳去世前完成了《约拿旦号历险记》的初稿，去世后，该作品被他的儿子进行修改后发表。

这部作品没有任何科技奇观，完全建立在现实中的技术背景上；由于故事发生于小岛，也没有铁路和热气球这些当时的先进技术，更不乏小农社会劳动的描述。《约拿旦号历险记》的价值在于，它完全不像乌托邦小说或反乌托邦小说，先有理念，再通过架空背景陈述这些理念，而是认真地从环境压力和技术可能推演社会变化。

小说不使用架空背景，故事就发生在当时南美大陆最南端的火地岛。在各国瓜分陆地的最后阶段，这里还没有归属任何国家。由于巴拿马运河尚未开通，移民船"约拿旦号"从亚洲去美洲东海岸要绕过火地岛。人们在此遇险，一千多名拓荒者滞留荒岛。智利政府为防止这里被地缘政治对手占领，便邀请他们就地开荒，成立"奥斯特邦"来作为缓冲国。

小说主人公是隐居在当地的白人。根据暗示，他可能是俄罗斯王子，虽然有皇位继承权，却信仰无政府主义，厌恶人对人的统治，万里迢迢来到这个尚未有国家管理的地方隐居。他用现代医术帮助当地的印第安人，被他们称为"勒柯吉"，意思是"救星"。

"奥斯特邦"成立后，移民船上的法国政治家成为了领导人，但他只会政治鼓动，毫无治理能力。岛民陷入贫困，甚至互相杀戮，不得不邀请这位勒柯吉出面。为帮助移民，勒柯吉放弃信条，担任领袖，从无政府主义者变成绝对独裁者。他建立秩序，恢复货币流通，确定土地所有权,鼓励经商,发展对外贸易,还建立起法院、警察局和监狱这些他曾经十分反感的机构。

几年后,"奥斯特邦"成为富裕之邦,还能组织军队击败外敌入侵。但是,当某些移民因为不满冲击政府时,勒柯吉又不得不出动警察向他们射击。小说结尾,勒柯吉身心俱疲,交出领导人位置,登上荒岛上的灯塔终老一生。

《约拿旦号历险记》是第一部真正的社会流派科幻小说,而不再是政治寓言。"奥斯特邦"浓缩了当时各民族、各阶层和各种政治理念的人物,甚至还有三个当时清朝时期的中国人。像凡尔纳以前的作品那样,他用大量篇幅描写开荒、建房、造船、整军等这些技术细节。正是通过生产劳动细节展示的可操作性,读者才能了解哪种治国方案更有实际意义。

小说概括了十九世纪最风行的两种政治潮流,即空想社会主义和无政府主义,并通过沙盘推演般的模拟呈现出它们的根本缺陷。勒柯吉能够掌权,靠的不是新理念,而是他熟悉当地的地理、气候和资源,能够有效组织移民开发生产。小说中拥护他的人也都具有勤奋实干、不尚空谈的特点。"奥斯特邦"首任领袖也并没有被写成恶人,他真诚地希望建立平等社会,只是缺乏实际能力。最后,他为了让移民社区能够维系,和平让位给勒柯吉。不同于早期乌托邦小说,这部作品里不乏政治内斗和对外战争,但始终没出现大奸大恶之人,各方冲突的根本原因就是社会理想不同。

《约拿旦号历险记》诞生于二十世纪初，几乎预言了整个二十世纪的政治走向。可惜，二十世纪的亲历者却很少关注这部作品。

三节：后人类与新伦理

赛博格、克隆人、基因改造人……这一系列设想被统称为"后人类"，指利用科学技术，对人类个体进行设计、改造和美化后形成的新生命。技术专家只关注如何改造人体，而"后人类"一旦产生，必将与普通人有着不同的生活方式。最终，他们的伦理道德也将不同于普通人。

一部以"后人类"为题材的科幻作品只有写到这里，才算深入到位。能达到这个标准的科幻作品并不多，美国作家威尔森创作的《智能侵略》算是代表。威尔森本人拥有机器人专业博士学位，他在丰富的专业知识基础上，展开了对"后人类"社会的伦理想象。

小说中的科幻点是"神经自动汇聚器"，其被植入大脑后，能帮助患者提升注意力，适用于多动症和癫痫。最初，它只是一种修复型技术，把低常人群的行为水平提升到普通人群。因为这一技术能提升社会平等，公众是支持的，政府也愿意出资让患病儿童普遍植入"神经自动汇聚器"。

后来却发现，这些儿童变得比普通儿童更聪明。等这些孩子长大后，竞争力将超过普通人，社会因此开始分裂。一部分人成立"纯种主义委员会"，坚持要人类保持"纯天然"状态;支持这项技术的人则成立"自由人解放组织"。双方从法律斗争、舆论斗争上升到暴力斗争。

"神经自动汇聚器"需要植入人体才能起效,完成手术的人就成了赛博格。《智能侵略》中的赛博格没有什么形体上的明显变化,只是注意力更集中,能够封闭痛觉,更擅长分析问题和解决问题。

《阿丽塔:战斗天使》也属于赛博格题材,但它从我们周围的现实社会一步跨到数百年后,展示了一个人与赛博格混居的世界。《智能侵略》则描写了那个新世界如何起步。各种道德冲突乃至社会冲突,恰恰是在新世界的起步阶段表现得最激烈。

英国作家摩根在科幻小说《副本》中,设想了一种把意识上传到电脑的技术。意识可以贮存于电脑进行跨星际旅行,然后被下载于任何一个身体。男人的意识可以被下载到女人的身体里,老人的意识可以被下载于年轻人身体里。摩根在另一部小说《怒火重燃》中,甚至将人的意识下载到了动物身体里。

然而,这两篇小说的主旨并不是描写技术,而是它带来的各种社会后果。一个人被刺客杀死,但他的意识已经进入到别人身体里,并不在乎原来的肉身被杀。一名老人转生到年轻人身体里,他的亲朋好友都要重新适应,只有他不需要,因为别人都还待在原先的身体里。

理论上讲,改造人类基因的难度小于克隆人。科幻电影《变种异煞》里面,未来人类自愿接受基因改造,企业在雇用员工时要检验基因,自然出生的人被视为劣等人。

在华语世界里,王晋康的《豹人》是探讨"后人类"伦理的优秀作品。主人公被植入豹的基因,拥有超强短跑能力,并参加了田径比赛。被植入的基因在百分比上微不足道,但他是否因此便失去人的权利就成了故事的焦点。

看上去,"后人类"技术离我们还远,这些"后人类"作品有什么意义呢? 其实,所有"后人类"都是身体变形的人类,包括彻底放弃身体的"数字永生",讲的也是身体这个核心元素。它们和前面介绍的"具身认知"作品相辅相成,都确认了身体在人类文明中的底层意义。

四节:未来的方方面面

在科幻喜剧《回到未来》中,主人公回到 1955 年,在舞会上表演摇滚。观众瞠目结舌,乐师目瞪口呆,因为这是二十世纪五十年代完全不存在的文化娱乐形式。

娱乐和时尚区分了时代,科幻作品描写未来不能离开这些元素。在小说《神经漫游者》里,作者威廉·吉布森把许多东方消费品作为未来时尚的元素,中国产品就有青岛啤酒、颐和园香烟等。

王晋康在小说《类人》中设想了未来人类的取名习惯。由于两字姓名的重名率过高,到二十一世纪末,汉族人都习惯取四个字的名字。

与小说相比,电影作为视觉艺术更适合表现时尚。《2001 太空漫游》《第五元素》《星际特工:千星之城》等作品,都有丰富的时尚设计元素。

科幻小说仍然是语言艺术，科幻作家对语言艺术的未来提出设想并不少见。有些科幻小说直接设置了新语言作为故事背景。在《1984》中，以老大哥为首的"英社"统治了大洋国。为控制思想，他们改造传统英语，编定"新话"，删除大量词汇，以缩小人们的思考范围。在《发条橙》里面，伯吉斯设想了"纳查奇语"。它源自斯拉夫语言，同名电影照搬了这些词汇，甚至有美国粉丝专门整理出"纳查奇词汇表"供读者参考。张系国在《铜像城》系列中创造了"呼回语"，作为外星呼回世界的语言。他甚至还为呼回语创造了文字，并将其写在小说里。这些怪字与汉字夹杂在一起，我都没搞清出版社怎么排的版。

2023年年初，"ChatGPT"风潮骤起，我却一点不惊讶，机器处理文字在科幻作品中并不是新鲜话题。几百年前，英国作家斯威夫特在《格列佛游记》里就设想了写作机器。它是一个架子，横纵各23个轴，嵌有木块，贴着文字。人们转动这些轴，令木块随意翻动，再来观察组合出来的文字是否有意义。波兰科幻作家莱姆在《特鲁尔的电子诗人》中，让计算机学习写诗。写出的文字最初驴唇不对马嘴，逐渐似模似样，最后妙笔生花。当然，这篇小说还是人类写的，体现着莱姆本人的诗作功夫。作家北星在《未来诗歌大赛》中，也讲述了电脑写作的故事。在一场未来诗歌大赛中，印象派、颓废派和意识流争相上台，最终由电脑作的诗获奖。潘海天在《高烧290度》中，描写了一台本来是为数学难题而创造的计算机，由于数据过载而开始写诗。

历史上那些艺术大师如何生活，这也吸引了科幻作家。在《诗才》中，英国作家安东尼·伯吉斯设想了莎士比亚如何开始创作剧本。王晋康也在《时间旅行三题》中，描写了时间旅行家回到二十世纪四十年代，亲历盲人艺术家阿柄创作《二泉映月》的过程。

二十世纪六十年代，电脑尚未普及，阿西莫夫就写下短篇《他们那时多么快乐》。一个生活在三百年后的孩子偶然间看到一本用纸印刷的书，顿时产生惊讶、感慨和惆怅之情。就现实而言，这篇小说的预言可能提前两个世纪到来。

消费主义会有怎样的未来，西方作家也热衷于这个题材。美国作家波尔在《迈达斯瘟疫》中，完全颠倒了贫富定义。在未来社会，富人是严格按照票证购物的人，穷人则是购物狂。詹姆斯·冈恩在《日日如圣诞》里也描写了消费主义社会的疯狂。主人公为了挣钱，自愿到深空参加为期三年的宇航实验，返回后发现妻子已经花光了他挣来的钱，家里则堆满不需要的商品。原来，广告技术在这三年里大发展，已经能用催眠术培植全体民众的消费欲。在《小孤儿安德罗德》里，詹姆斯·冈恩更把消费主义夸大到荒诞的地步。机器人在未来已经可以从事所有工作，留给人类的事情就是消费。但由于人的消费能力有限，主管们制造出"安德罗德"型机器人，代替人类去消费。

新技术不仅能提升效率，还会带来垄断。十九世纪末,英国作家格里菲思在《垄断雷电》里,描写卡尔弗特试图通过控制北磁极来控制北半球的电力,最后导致大灾难。黄易在《浮沉之主》中,描写了石油公司收买黑社会分子,阻止科学家在大洋深处发现新燃料,以保护垄断地位。

二十世纪中叶,"人口危机"理论大流行,这也迅速成为科幻题材。1968年,英国作家布鲁纳创作的《立于桑给巴尔》,成为这类题材的经典。小说中,在不远的将来,人口爆炸席卷整个世界。小说诙谐地写道,如果每人只需要一平方英尺生活空间,全世界的人倒可以站满桑给巴尔岛。1973年,科幻电影《索伊伦特格林》上映,该片改编自哈里森的科幻小说《让开!让开!》。故事以拥有四千万人口的纽约为背景,房屋不够,很多人睡在马路或者走廊上,衰老后都选择安乐死。天然食物已经不够吃,大企业生产了名叫"索伊伦特格林"的食品供人们果腹。后来人们才发现,它的原料就是死人的肉。这种构思在今天看来十分粗糙,但在当年,这是一部很火爆的电影。在1976年上映的《洛根逃生记》中,每个人出生后就被装上"生命钟"。到了三十岁,"生命钟"就会发出闪光,提醒他去"旋转机"里自尽,给别人腾出生存空间;如果想逃跑,就会被特别警察抓住扔进旋转机。而主人公就是执行这种任务的警察,当他到三十岁时,他便依靠多年抓捕积累的经验展开逃亡。这部电影获得了当年的奥斯卡最佳视觉效果奖。

今天,越来越多的征兆表明人口出生率会自然下降,于是,科幻作品转而描写人口下降的局面,《人类之子》便是代表。影片中,社会由于没有新生儿而陷入崩溃。提到人口危机,人们往往只想到人口总数多还是少,而忽视人口的质量。现实中,高素质群体的生育愿望明显较低,2006 年上映的科幻电影《蠢蛋进化论》就把关注点放在这里。主人公是名资质平庸的士兵,他接受了人工冬眠实验,五百年后苏醒过来时,发现美国人的智商已经大大下降,他成了全美最聪明的人,还当上总统候选人。电影用对比的方式,展示了越聪明生育意愿越低的趋势。

在科技塑造的现代生活中,体育是重要组成部分。早在 1911 年,雨果·根斯巴克就在《大科学家拉尔夫 124C·41+》中预言了夜间比赛。在今天看来这根本不算什么,但是在电力尚未普及时,在电灯照耀下进行比赛是很超前的设想。现实中第一场夜间体育比赛出现在作品发表 27 年后的 1938 年。

1965 年,法国和意大利合拍了科幻电影《冒险的代价》。1983 年影片被引进到国内,红极一时。在影片的世界里,电视台掌控一切,为了收视率,他们组织杀人游戏,逃跑者要在规定时间内跑到终点,还要躲避猎杀。这部电影改编自影片编剧谢克利的短篇小说《第七个受害者》。它开创了一个题材类型,就是把古罗马角斗运动搬到现代背景下。后来,施瓦辛格主演的《过关斩将》,日本电影《大逃杀》,近年上映的《饥饿游戏》,都在重复这个题材。

1975年，美国科幻电影《滚球大战》上映。电影中的未来世界既没有国界也没有政府，而是由大公司控制一切。普通人无法反抗，只能把时间消磨在野蛮的"滚球"游戏上。这种游戏允许参赛者互相攻击，甚至杀戮。科幻电影《未来战赛》则设计出一种全新运动"Future Sport"，直译就是"未来运动"，它集滑板、手球和橄榄球于一体。电影中，美职篮（NBA）已经破产，"Future Sport"成为世界第一大运动。人们甚至用它来代替世界大战，相互敌对的国家只需派"Future Sport"运动员较量，而不用派出军队。

二十世纪八十年代初，郑文光创作的《泅渡东海》，描写一个男运动员不间断地游过东海。不过他并不是真正的运动员，而是在事故中"脑死亡"的人，其健全身躯则成为实验品。1986年，美国作家沃森在《大西洋游泳赛》中，描写了选手们横跨大西洋，其赛程长达2450英里。

新技术不仅会颠覆旧技术，更会颠覆建立在旧技术上的社会结构，单纯写技术的科幻通常不被认为是上乘之作。本章介绍的这些作品，要么对技术的社会后果进行了想象，要么把对社会前景的展望建立在技术基础上。不同于"乌托邦"或者"反乌托邦"的寓言，它们更具有现实意义。

三编：
在创作上
做提升

据说有个"一万小时定律"，意思是只要从事某个行业，并坚持工作一万小时以上，你就有了足够的经验值。前两编介绍的科幻题材是一本流水账，或许能帮助你在科幻这个行当里减少五百小时的工作量。

不过，它们只是介绍了科幻的内容，如果还能知道科幻的写法，你也许还会节省百八十个小时。

入行之初，像"文学概论"或者"编剧技巧"这类书我买了一大摞，但苦读之后收获甚微。后来，我意识到了问题出在哪里：这些书的作者对科幻类型研究甚少，自然也无法总结科幻创作的特殊规律。

其他同行也看出了这个问题。凌晨出版过《创意写作七堂课》，张凡在高校体系内搞科幻教育，都是想总结和传播特殊的科幻写作经验。

下面这一编介绍我自己在这方面的经验，供你参考。

十一章:
从全域看科幻

如果你只是科幻迷,能发表一篇科幻小说或出版一本科幻小说,已经可以庆祝了。但如果想搞职业写作,光写科幻可不行。很少有人只靠创作科幻就能维持生活,历史上以科幻著称的作家,同时都还写其他作品。

即使只为了解科幻创作规律本身,你也需要了解其他文学门类。学者马克斯·缪勒说过:"只知其一,就是一无所知!"文学也是如此,过去两百年间,科幻文学和许多门类一起发展,互相吸收融合,你只有在文学全域里观察科幻,才能对它认识得更深入。

下面这章,我就说说与科幻密切相关的文学门类。

一节:科幻的朋友

西方没有系统的科普概念,他们的"科学传播""科学写作"与中国的科普大体类似,科幻作家往往也兼写科普。

阿西莫夫鼎盛时,既被称为"世界上最好的科幻作家",又被称为"世界上最好的科学作家"。巧的是,阿瑟·克拉克也同时拥有这两个称号。一次笔会上两个人见面,开始讨论谁是最好中的最好。结果,阿西莫夫被称为"最好的科幻作家",克拉克被称为"最好的科学作家"。

这当然是个段子，但其背后反映的却是科幻与科普写作的密切关系。凡尔纳和威尔斯这两大宗师也从事过大量科学写作，阿西莫夫一生写了四百多本书，科幻只占三分之一。

中国的叶永烈也是典型。他最初走上创作道路，是参加《十万个为什么》写作小组，撰写第一版中四分之一词条，第一次获奖是因为在上海科教电影厂执导科教电影《红绿灯下》。叶永烈在《论科学文艺》中广泛考察各种科普形式，还出版过有关科学相声的书。

科幻在欧美是由面对市场的商业性出版社推动的，但在中国由于国情不同，给科幻提供最大扶持的是科协、科委和中科院等机构。很多人不明白新中国成立后的早期科幻为何强调科学的严谨性，原因就在于那些作品都由科普类杂志发表，而平台对科幻的内容是有硬性要求的。

那么，科普与科幻是一回事吗？答案很简单：科普写的是知识，文艺只是形式；科幻写的是人，本身就是文艺。所以科幻不是科普。把科普称为科幻的朋友，就在于它们本质上不同。

但是，科学性较强的科幻作品会有科普价值，可以用于科普实践，引起公众对科学的兴趣。中国科普作家协会下面有个"科普科幻教育工作委员会"，就负责向中小学推广科幻作品，提升孩子们的科学素养。

前面说过，西方的"科学写作"与中国的"科普"大体类似，但也有不同。科学写作不光是传播现成知识，更要阐述科学的意义、伦理和价值问题。卡尔·萨根以科幻小说《接触》而成名,但他还创作过《魔鬼出没的世界》,这是一本批判美国社会伪科学风潮的书,属于科学写作。

相反,《十万个为什么》则是纯粹的科普作品,只负责讲解科学知识。这套书每次出新版,都要根据科学的最新进展进行修改。

科幻作家当然可以同时写纯粹的科普,但我更希望他们搞科学写作,讲讲科学的未来、科学内部的运作、科学的善与恶,甚至讲一些科学趣闻,让人们更了解"科学人",而不仅仅是了解科学知识。当然,这样的作者要么出身于科学队伍,要么与科学共同体有紧密关系。

二节:科幻的兄弟

新中国成立后,给科幻小说提供发表阵地的不是科普报刊,就是少儿杂志,编辑对科学性有严格要求。很长时间里国内作者都不知道,科幻在西方其实是与奇幻一起成长的。

奇幻的源头是古代神话和宗教传说,但它本身是近代产生的文学类型。在国外,像美国的爱伦·坡、马克·吐温、苏联的布尔加科夫都创作过奇幻文学。很多科幻作家在早期就同时创作科幻和奇幻。

坎贝尔接手《惊奇故事》杂志时,最初也是同时发表科幻小说和奇幻小说。后来发现它们的读者群体不同。坎贝尔另外又创办了《未知》杂志，专门刊登奇幻小说。《惊奇故事》则改名为《惊奇科幻》，进一步明确了科幻的属性。不过，《未知》在几年后就倒闭了，《惊奇科幻》改名为《类似》以后，一直发行到今天。

像勒古恩这样的知名科幻作家，同时在科幻与奇幻方面都有代表作，分别是《黑暗的左手》和《地海传奇》。詹姆斯·冈恩回忆说，二十世纪七十年代他到罗马尼亚讲科幻课，收上来的学员习作都是奇幻作品。詹姆斯·冈恩自己也创作奇幻小说，他只是单纯希望不同类型之间要有明确界限。

早期好莱坞商业片中，奇幻曾经是重要题材，出现过《十戒》这样的代表作。二十世纪七十年代末到二十世纪九十年代初，科幻电影形成制作风潮，从资金到明星都向科幻题材倾斜。直到《哈利·波特》系列小说出版，《指环王》改编成电影上映，奇幻题材才又开始占据上风。

从这时起，以《哈利·波特》为代表的奇幻文学获得了雨果奖，给狭义的科幻文学以直接冲击。美国科幻有线电视台后来也改名为幻想电视台，将两者兼收并蓄。

这个影响也浸透到国内。2000年，二十一世纪出版社出版了以"大幻想文学"为副标题的系列图书，既有奇幻也有科幻。特约主编彭懿在日本选修过幻想文学。"大幻想"这个概念没有流行多久，很快被"幻想文学""玄幻文学"等细分新词取代，而"奇幻"则是英文"Fantasy"相对准确的翻译，日后特指西方舶来的该领域作品类别。

江南创作的《上海堡垒》在 2009 年出版时误注明是奇幻小说，改编电影时反而注重其科幻内核。奇幻（幻想）文学在国内另起炉灶后，分流了相当一批科幻读者。很多人也不喜欢科幻作品中的硬核元素，只想在幻想世界中畅游。从 2000 年起，科幻出版物出版量逐年下降，2004 年滑坡到较低水平，而这个时期则是中国奇幻（幻想）小说出版的高潮。

在文学类型中，科幻与奇幻最接近，但仍有本质区别，所以才把它们称为兄弟，而非一体。两者最大区别是采用科学还是神鬼巫术作为奇迹的解释。作品如果违背读者的预期，肯定会影响欣赏。

两者长期在一起发行，会产生各种擦边球作品。《捉鬼敢死队》是一部奇幻电影，却让捉鬼人用红外探测仪和激光枪等装备武装起来，是对科幻的戏仿。《火星幽灵》也是仿科幻的奇幻电影，电影中，火星矿山被不明生物袭击，结果这不明生物却不是外星人，而是火星上的鬼。这些作品会刻意营造科学气氛，控制观众预期，最后却让鬼神出场。

相反，以《生化危机》为代表，市面上出现了很多僵尸和吸血鬼题材的影片。这些素材明显来自中世纪的神话传说，但却把它们解释为某种实验产品，或者病毒泄漏的后果，去掉了魔法的外壳。

至于洛夫克拉夫特创造的"克苏鲁"世界体系，既可以算科幻，也可以算奇幻。为了平衡雨果奖，世界奇幻协会于1975年推出世界奇幻文学奖,最初的奖杯造型就是洛夫克拉夫特半身像。

更有罗杰·泽拉兹尼创作出《科魔大战》,直接把科幻和奇幻揉到一起,还衍生出了同名电子游戏。尽管该作品已经很难分清是什么类型,但仍然获得了商业成功。

在组织机构上,美国科幻协会现在已经改组为美国科幻奇幻协会。创立于1965年的星云奖也逐步演变成科幻与奇幻文学奖。把奇幻电影《龙与地下城》和科幻电影《沙丘》摆在一起,剔除后者的太空飞船,二者的其他情节连带画风都高度相似。

在国内,最初的一批奇幻(幻想)作者很多是从科幻圈出道的。2010年前后,华语科幻星云奖也曾经尝试颁发奇幻方向的奖项,但此时两者的作者和读者已经分开,很难弥合在一起了。

三节:科幻的影子

2009年,南非导演布洛姆坎普拍摄出科幻电影《第九区》,讲述了一个人类变成虫形外星人的故事。布洛姆坎普说,这部电影是向卡夫卡的《变形记》致敬。在他之前,英国作家奥尔迪斯就写过一篇《形变》来恶搞《变形记》。詹姆斯·冈恩则在《科幻之路》第六卷中,收录了卡夫卡的小说《猎人格雷奇》。

这些例子都说明科幻圈很重视卡夫卡,但他从来没被标注为"科幻作家",而是被称为"超现实主义"作家。类似的还有阿根廷人博尔赫斯,他的《巴别图书馆》

和《交叉花园的小径》常被收录进科幻小说集，但他并不是严格意义上的科幻作家。

《科幻之路》同样收录过马尔克斯的作品，以他为代表的"拉美魔幻现实主义作家"和卡夫卡这些欧洲作家，他们的创作都可以归为"超现实主义"。每部作品都有幻想情节，但既不归于科学，也不归于巫术和魔法。别被"魔幻现实主义"这个名称混淆，它们和《指环王》完全不是一类小说。

《变形记》能充分说明科幻与超现实主义的区别。格里高尔一觉醒来变成大甲虫。如果这是科幻小说，他和亲人肯定万分吃惊，马上报警，科学家会赶来研究这个奇迹，新闻界会发大量报道。而在《变形记》里，所有人对此熟视无睹，人变成甲虫这种事似乎司空见惯。这些反应完全不符合常理，但这恰恰是作者要形成的艺术效果。

把超现实主义比喻成"科幻的影子"，是因为那些作家几乎不接触科幻圈，也没发现他们有什么公开言论提及科幻。但是，不少科幻作家在借鉴他们的素材。

科幻与超现实主义的关系正在发生变化。一方面，双方都有"陌生化表达"的特点：制造一个异常背景，呈现正常背景下难以呈现的人性隐秘之处。可如果只是以"陌生化表达"为目标，为什么还要那个科学外壳？所以，很多科幻作品越来越淡化科学解释，也并不转向奇幻，而是直接向超现实主义靠拢。

《瞬息全宇宙》就是典型。"平行宇宙"概念显然来自科幻，但在这部电影里，平行宇宙间穿行的原理已经被荒诞化和戏谑化，电影本身也不再打"科幻电影"的标签，完全可以看成超现实主义作品。

又比如时间旅行，也曾经是科幻题材，现在演变成"穿越"，出现了以《你好，李焕英》为代表的一大批作品。如何"穿越"已经不需要任何科学铺垫，随便设定一个元素，观众都能接受。

另一方面，因为不需要冠以科学解释或者魔法解释，只描写奇迹本身，所以能省去很多铺垫。超现实主义已经从难以理解的前卫文学手法，变成了流行的商业文化。穿越、变形、附身、永生、重启这些题材便于制造惊险、恐怖或者奇情类故事，它们纷纷从科幻或奇幻中分离出来，不再使用任何背景解释。

现在已经出现了《傀儡人生》和《羞羞的铁拳》(附身题材)，还有《挑战者》和《永生守卫》(永生题材)，范伟也在《有完没完》(重启题材)中扮演了生活在时间循环里的大叔。如果你发现自己想写的只是幻想本身，我建议你多关注这个潮流，也许这里才是你的阵地。

我之所以强调"从科到幻"的创作路径，就在于"从幻到科"而产生的构思会离开科幻，成为超现实主义作品。从现实出发进行未来展望和"陌生化表达"完全是两个路子，前者会一直留在科幻当中。

四节：科幻的镜子

有"科学幻想小说"，就应该有"科学现实小说"；有

"科学幻想电影"，就应该有"科学现实电影"。逻辑上是这样，不过，后者往往会混入一般的现实主义作品。文艺界很少把它们单独拿出来分析、研究和推广。

当然，也有人不希望这样。四川绵阳作家汪志从二十世纪六十年代便开始宣传"科学小说"。他出版《论科学小说》，策划"科学小说集"，举办"蜀道杯科学小说"大赛，创办"科学小说网"。几乎凭一己之力让"科学小说"这个词还能被人听到。

二十世纪初，鲁迅等人曾把科幻小说叫成"科学小说"。"Science Fiction"这个词进入中国后，最初也被译成"科学小说"。但本节讲的此科学小说不是彼科幻小说，而是指描写现实科学题材的小说。它也不是科学家传记，人物和背景也都要求虚构，在创作手法上完全使用现实主义手法。

科学小说领域一直有佳作。张扬的《第二次握手》于二十世纪七十年代末出版，发行四百多万册。它就是典型的科学小说，几乎所有主要人物都是科学家，背景是"长江观象台"和美国原子弹实验基地这类科研机构。

《诺贝尔的囚徒》是国外科学小说的范例，作者杰拉西是口服避孕药的发明人，小说描写了几个科学家为争夺诺贝尔奖，背地里明争暗斗的故事。杰拉西把科学共同体当成一个部落，写了不少小说和戏剧来反映科学部落的文化，艺术水平很高。

有"科学幻想影视剧"，就有"科学现实影视剧"，《生活大爆炸》便是代表。它的背景是理工科高校，几乎所有主要人物都以科研为职业。"艾米"在剧中的人设是"神经生理学家",扮演她的演员拜力克本人就学习这个专业。《生活大爆炸》作为一部室内情景剧不仅风靡美国,在中国也有巨大的收视群体。还有印度电影《三个傻瓜》及其原著,不仅背景和人物取材于科学,故事主题也体现了科学精神。

有科幻作家同时写作奇幻小说,就有另一些科幻作家同时写作科学小说。迈克尔·克莱顿就写过惊险样式的《旭日东升》,取材于高科技公司的现实题材。

1983年,中国银幕上出现过优秀的科学伦理电影,名叫《天骄》。一名德高望重的老科学家在专业判断上发生失误,弟子出于利益考虑帮他过关。2000年上映的《超导》,描写了一群不被主流科学界认同的科研人员,为超导研发寻找资金。中国影视界还推出了《万物生长》和《峰爆》,票房都有不错表现。

现在,工信部推出"工业文学",中国自然资源作家协会主推"自然资源文学",医学界推动"卫生文学",它们在广义上都属于科学小说。

其实,凡尔纳的《八十天环游地球》就没有任何幻想成分,但因为他是科幻作家,这部杰作一直被当成科幻小说。在中国,许地山于二十世纪四十年代创作的《铁鱼底鳃》《生活大爆炸》,八十年代叶永烈创作的《腐蚀》,新世纪前后何夕写的《伤心者》,本质上都是科学小说,只是加上了科幻外壳,拿到了主要发表科幻文学的杂志上发表。

科学小说是科幻小说的镜子,它能照出很多科幻小说的共同短板,就是不擅长描写科学工作者和科学共同体。作者总是在科学圈外给科幻点建立故事线,而这些故事线又往往与科幻点无关。两条线被硬拧到一起,导致作品主题不清,主线不明,有科学知识而没有"科学人"。

在这个问题上,科幻小说要从科学小说中汲取很多营养。

五节:科幻的小伙伴

学者范伯群和孔庆东主编过《通俗文学十五讲》,其中第十二讲是关于科幻文学,名为"亦科亦幻的科幻小说"。其他则是武侠、侦探和言情等通俗文学。我在前文提到的奇幻小说,其实也是通俗文学。

最近几年,科幻文学备受重视。包括我在内的一些科幻作者的作品能刊登在《人民文学》和《中国作家》这些主流文学期刊上。但是,我们不能忘记其他"支流"中的小伙伴。同样是靠商业出版起家,科幻文学从那些类型中可以学到不少东西。

倒退几十年,科幻文学因为发表在科普平台上,还能保留一点探索空间,有其他创作兴趣的作者便来借用科幻作外壳。《王府怪影》本质上是个鬼故事,《温柔之乡的梦》有言情小说的成分,考古专家童恩正写过盗墓故事《古峡迷雾》,当年这些都是广为流传的科幻小说。

2000年前后,各类通俗文学在中国大发展,作者们逐渐放弃科幻外壳,专攻自己喜欢的类型。江南和蔡骏,还有南派三叔,他们都有创作科幻作品的经历。

除了科学小说、奇幻小说这些近亲,科幻小说还与不少通俗文学有关系,侦探推理小说便是其一,它们都是工业文明和城市文明的产物。有不少作家交叉创作两个类型的作品。

爱伦·坡被公认为侦探推理小说的创始人,他也写过科幻小说。柯南道尔创作的《福尔摩斯探案集》,成为侦探推理小说的里程碑,他的《失落的世界》《有毒地带》《地球痛叫一声》等都是科幻小说。他在科幻界没有侦探推理界那种宗师地位,但仍然是重量级人物。

典型的侦探推理小说以"设谜—破谜—释谜"为线索,不少科幻小说也靠悬疑推动,只不过侦探推理小说的谜底是案情,科幻小说的谜底是科技发明或者科学发现。两者都讲究逻辑,讲求理性思维。

阿西莫夫是借用侦探推理风格的科幻行家,他有一篇科幻小说名字就叫《推理》。他的《钢窟》以机器人警察为主人公,是科幻侦探的代表作。

美剧《X档案》更是侦探推理科幻作品的代表,男女主人公都是FBI(美国联邦调查局)的探员,他们一行动必然是在破案。

日本是推理小说大国,不少推理作家喜欢借用科幻题材。夏淑静子的《风扉》和《重返人间》、佐野洋的《透明怀胎》和《金属音病事件》、东野圭吾的《天空之蜂》和《拉普拉斯的魔女》,都可以同时归入科幻小说。

在华语世界里,卫斯理科幻作品有很多都是侦探推理风格。1980年后，叶永烈创作了《科学福尔摩斯》系列，从书名到人物设定，都在向侦探推理小说鼻祖致敬。

探险文学是科幻文学的另一个小伙伴，它同样产生于近代科学背景下。探险小说体现的冒险精神也是科学精神的组成成分。英国作家斯蒂文森用《金银岛》开辟了现代探险小说类型，他也是经典科幻小说《化身博士》的作者。

凡尔纳的早期作品几乎都是探险作品，以地理发现为主，通过《地心游记》《海底两万里》《环月旅行》《太阳系历险记》等作品，一步步扩大人类视野。所以，他的小说在生前被统称为"在已知和未知世界的冒险"。今天，科幻中的探险故事主要发生在外星球，《地心引力》和《火星救援》就是太空版的"鲁滨孙漂流记"。

言情小说也不是科幻文学的禁区。这类作品通常要在恋人之间设置障碍，让他们可望而不可即，而科幻则有这方面的长处。

在《黑暗的左手》中，恋爱的一方是人类，另一方是"恒冬星球"上两性同体的人。获得奥斯卡最佳剧本奖的《她》，讲述了主人公和手机程序发生的恋爱。在法国作家巴尔雅维尔的《漫漫长夜》中，男女主角被几十万年时光永远隔开。《带上她的眼睛》里，男女主人公被六千多公里的距离永远分隔。

武侠也与科幻有关，这里不仅指中式武侠小说，也包括西方骑士小说和日本武士小说，格斗是其共同的情节要素。《星球大战》借鉴了黑泽明的武士电影，在三部后传和之后涌现的衍生剧集中，这个系列的武侠味道越来越重。而在漫改的超级英雄电影中，有很多草根人物获得超能力而逆袭的故事，类似情节也是武侠小说常用的套路。

武侠小说也以描写奇迹为主，但武侠小说中的奇迹发生在人物身上，而不是建立在特殊背景或者特殊工具上。借鉴武侠小说写科幻小说，故事线和科幻点能够统一，而不用再设两条线。从2014年开始，我用这个指导思想创作《人形武器》系列，已经出版了三部长篇，两获华语科幻星云奖。

六节：有关主流文学

能在专业的文学刊物上批量发表，能被大学里的文学专业作为样本讲授，能被文学评论界大量评论，能获得权威的文学奖项……无论国内外，科幻文学离这些标准都还很远。

黄金时代的科幻作家最初只能在科幻杂志上发表作品。1946年，《星期天晚邮报》发表了海因莱因的科幻小说，此事在科幻圈引起轰动，因为那是美国主流文学的重要阵地。1978年，《人民文学》发表《珊瑚岛上的死光》，这在中国科幻史上也是标志性事件。

个别诺贝尔文学奖获得者也曾创作过科幻作品，有德国的赫西、英国的基普林和多丽丝·莱辛等，但他们并未因为科幻创作而获任何奖项。很多国家的主流文学奖，如日本的直木奖、法国的龚古尔奖、中国的茅盾文学奖，也暂无科幻文学的影子。

诺贝尔文学奖在 1983 年授予戈尔丁的科幻小说《蝇王》，那一年被他击败的提名作家里面还有安东尼·伯吉斯，后者因写科幻小说《发条橙》而出名，那算是主流文学广纳科幻文学的年代。

从十九世纪开始，很多国家的主流文学家涉足科幻。斯蒂文森、爱伦坡、马克·吐温、杰克·伦敦、萧伯纳、老舍都写过科幻作品。玛丽·雪莱是第一个仅靠科幻创作留名青史的作家，但她其实写过大量散文、游记和诗歌。

凡尔纳是第一个职业科幻作家，也是第一个感受到来自法国主流文学冷遇的。他抱怨说，虽然他的小说发行量很大，但并没有什么评论家关注。

几十年后，坎贝尔作为主导黄金时代的科幻编者曾嘲笑说，欧美的主流文学就是失败文学，而科幻能引领人们走向美好的未来。他还骄傲地说，科幻文学的背景可以从今天延伸到宇宙热寂，主流文学却只能写其中微不足道的一段。

不过，坎贝尔作为文艺革新家会强调科幻的长处，他的老板则另有看法。出版社会塞给坎贝尔几个作家，强制他发表这些人的作品，理由是这些作家并非只写机器不写人。

中国科幻圈形成后，科幻作家也感受到了这种压力。郑文光在二十世纪八十年代初就说过："只要中国有文学，就有科幻小说，而中国的科幻小说，只有努力提高创作水平，使自己得以在严肃文学中占据一席地位，才有自己的生路。"（郑文光《当代美国科幻小说选序言》，摘自《郑文光70寿辰暨文学创作59周年纪念文集》）这句话反过来看，客观上说明科幻小说在严肃文学中还欠缺一席之地。

吴岩在《理论与中国科幻的发展》中指出了这条鸿沟的来源："只是在二十世纪六十年代年代之后，当'具有科学技术倾向的中产阶级'逐渐成为社会文化精英之后，少量科幻小说才在西方逐渐获得较高评价。而在中国，文化精英中具有科学技术倾向的知识分子上千年来从来没有成为过主流。"（《1997北京国际科幻大会论文集》）

科幻文学和主流文学的关系到底怎么发展？对此，科幻圈里大致有四种观点。有人认为科幻文学自有特殊属性，与主流文学全无关系。张系国甚至认为，科幻文学就应该自觉与主流文学划清界限。想混主流文学圈，对科幻作家来说反而是离经叛道。他尤其反感科幻作家为讨好主流文学评论家而更改写作风格。

另有一些人希望引入主流文学的创作手法来改造科幻创作，他们承认科幻在文学性上比较幼稚。科幻作家主要是理工科背景，在谋篇布局、人物刻画、环境描写，甚至遣词造句这些基本技巧上，需要向文学界学习的东西还有很多。

以坎贝尔和阿西莫夫为代表，还有一派认为科幻文学什么都不用变，一直写下去就能"谋朝夺位"，直接取代今天的主流文学。阿西莫夫甚至说过，科幻最难写，一个作家能写好科幻，那就什么都能写。中国作家韩松也在二十世纪九十年代末说过，下个世纪将是科幻的世纪，科幻将是文学的文学。这些愿景都很美好，可惜至今尚未实现。

最后一派认为，科幻文学以写科技为出发点，而这个题材又一向被主流作家所回避，科幻能提供经验来改造主流文学。不过，科幻文学既不能代替主流文学，也不需要融入主流文学，大家各说各话就行。李伟才、沈君山，以及郭建中和杨潇都是这个观点。

我属于哪一派，这不重要。我只是把这些观点摆出来，请你深入思考。

七节：借鉴哪些科学

中国雷达学会曾经要举办大型论坛，希望在里面增加一个科幻分论坛，他们让我邀请科幻作家与雷达专家同台交流。问题来了，我怎么也想不起来谁曾经以雷达为题材写过科幻小说。后来，他们把范围放宽到军事科幻，也没有凑齐论坛需要的人数。

如果要求科幻作家必须按照专业来创作，那么阿西莫夫只能写化学科幻，就读法律专业的凡尔纳则什么都不能写。情况当然不是这样，科幻作家要从整体上描写科学，什么领域的知识都能写一写。

但这并不等于科幻作家没有特殊的专业需要学习。在科学体系内，与科幻最相关的学科有三个，分别是科学学、科技伦理学和未来学。科幻小说要从整体上描写科学，这三门学科也是从整体上研究科学，双方在很多主题上高度融合。

科幻作家往往从经验出发搞创作，很少有人知道哪怕其中一门学科。缺乏理论指导总不免走偏。坎贝尔曾经主导过科幻文学的黄金时代，但他后来与哈伯德混在一起，深度参与后者的伪科学活动。这说明他缺乏有关"科学划界"的知识，不清楚科学与非科学的区别，而这就是科学学的主要课题。

科学学是以科学本身为研究对象的科学。1937年，波兰学者奥索斯基夫妇提出"科学学"概念。1939年，英国学者贝尔纳出版《科学的社会功能》，为科学学建立体系。1971年，国际科学政策研究委员会成立，从此，科学学成为世界公认的学科。

1982年，中国也成立了科学学与科技政策研究会。到现在，研究会里面仍然有一个科学文化专业委员会，研究与科学有关的文艺现象，也包括科幻。

科学学有很多和科幻有关的课题，"小科学与大科学"便是一例。1949年，英国学者普莱斯最先提出这对概念，认为过去那种个体户式的、小作坊式的科研形式已经被国家和大企业的科研形式所取代。早期科幻经常写"科学怪人"，这就是"小科学"模式，现在的科幻则以政府或者大企业为背景。

中国科学学专家刘益东创立了"致毁知识"概念，指那些可以导致灾难性后果的科技知识。翻开科幻作品,致毁知识数不胜数。2019 年,我创作的《临界》系列出版,讲的就是国家如何建立专门机构,对致毁知识进行监管。

"潜科学"也是中国科学学界提出的概念,指正在讨论、没付诸研究、尚未有具体结果的前沿科技概念。在科幻作品中,类似"土卫六外星生命""克隆人""微波火箭""引力发动机""朔天运河""卡尔达诺夫文明指数"和"费米悖论"等,都还是科学圈子里的创意。潜科学恰恰是科幻作品的重要素材库。

科幻中另一部分题材则是颠覆性技术,指颠覆了行业主流产品与应用方式的技术,如《海底两万里》或者《珊瑚岛上的死光》,写的都是当年的颠覆性技术。今天的科幻作家如果想创新,建议多留心今天的潜科学和颠覆性技术。

2019 年,中国社会科学出版社出版了刘晓华的专著《英美科幻小说科技伦理研究》。书中提到了我认为科幻作家都应该学习的另一个专业,那就是科技伦理学。

所有故事最终都要围绕是非善恶展开,科幻作品也在描写与科技相关的伦理道德。该不该用人做实验?能不能改造人体或者制造克隆人?如何对待人工智能的发展?这些科幻作品中热门的话题,无一不是科技伦理学的研究对象。

近代科学至今已经数百年,早期科技伦理主要调节科学共同体内部的事情,比如不能造假,学术评价要公正，排除种族和文化界限等。是否该做人体实验，是这个阶段科技伦理关注的重点。

当科技成果大规模进入工业，对社会各界都产生广泛影响后，对科技伦理的讨论也扩大为是否限制某些技术，围绕着核能、新医药或者人工智能这些前沿科技展开。

所有这些，无一不是曾经见过的科幻题材。不过，无论是科学家还是科幻作家，对科技伦理学往往只有经验认识，而无系统学习。当然，现实中的科技伦理学也才刚刚成熟，现在还主要以专业伦理为主，缺乏对科学整体的伦理研究。

其实，每篇科幻作品都是科技伦理的实验场。从这个角度来看，科幻界与科技伦理学界应该多多交流，互通有无。

科学学和科技伦理学都是在静态上研究科学的整体，把它们朝未来方向延展，就形成了未来学。这门学科与科幻的关系就更密切了。

国际公认的未来学创始人就是科幻作家威尔斯。1902年1月24日，他在英国皇家学会搞讲座，正式提出要建立关于未来的科学。两年后他发表论文，叫作《机器进步与科学进步对人类生活与思想的影响之展望》。威尔斯还创办了《明天未来》杂志，它既可发表未来学论文，也是英国科幻协会会刊。

1943年，德国学者弗莱希泰姆创造了未来学这个概念。1966年，世界未来学会在美国华盛顿成立；1969

年欧洲人又搞了一个世界未来研究联合会。如今,中国未来研究会属于后者的团体会员。

最初,未来学没什么影响,有关活动就拉科幻作家站台,凡尔纳、克拉克这些人都被奉为未来学先驱。有部科幻电影叫《未来学家大会》,根据波兰科幻作家莱姆的同名原著改编,说的就是1972年世界未来学会,只不过以它为背景写了个科幻故事。

二十世纪八十年代,未来学名著《大趋势》和《第三次浪潮》风行世界,在中国也有广泛影响。未来学有了独立的生命力,与科幻渐行渐远。二十世纪九十年代后未来学式微,而科幻却越来越火。现在的大部分中国人只知有科幻,而不知有未来学。

但是,经常阅读未来学著作的人便会发现,未来学就像没有人物和情节的科幻小说。随着中国在各领域走到世界前列,跟随和模仿向创新转化,展望未来成为刚需,未来学在中国也出现了复苏苗头。

非常建议科幻作家都接触一下未来学,让自己的作品更有洞察力。

十二章：
双线并行上百年

有位网名叫"图宾根木匠"的著名影评人。闲聊时他和我说，他很喜欢郑文光的作品。虽然这位前辈去世于2003年，但是早在二十世纪八十年代就因病封笔。我接触过很多影视圈的人，只有图宾根木匠和我提到过郑文光。接下来，他没提郑文光的代表作《飞向人马座》或者《战神的后裔》，而是说他喜欢《海豚之神》。这让我肃然起敬。那是一篇万把字的短篇，就连科幻评论家也很少有人读过。

之所以牢记这段对话，是因为目前影视圈里谈科幻的人很多，像他这样精通科幻历史的却没有几个。近些年科幻影响力破圈，赢得各界关注，这是好消息；坏消息是，太多的人并没有系统看过科幻电影，也叫不出几个科幻作家的名字。结果，围绕着科幻，各种一知半解甚至有知识错误的言论充斥舆论场。公众并不清楚科幻是怎么一路发展到今天的，没有对科幻的历史感，只能通过一个断面来得到碎片化的信息。

了解这一行的来龙去脉很重要，所以我辟出一章，给大家简单回顾一下科幻史。这类文字也已经出版过很多，我自己就有两本科幻史出版。下面这章我不准备写流水账，而是想用一条线索把史实串起来，那就是科幻文艺中两条路线的矛盾冲突。

一节：早期探索

从现有科技出发去展开想象，还是先去想象再用科技外壳进行包装？"从科到幻"和"从幻到科"之间存在着重大区别。早在远古时代，它们就有各自的源头。

两千多年前，东西方都出现了科幻的萌芽。当时，能工巧匠代表着最高技术水平。偃师制造活动人偶的故事，鲁班制造木头飞鸟的故事，代达罗斯借助人工翅膀飞行的故事，都是远古时代的技术想象。

相反，庄子写的很多寓言都带有科幻色彩。《桃花源记》明显接近科幻中"失落的世界"类型，"南柯一梦"与"黄粱美梦"和《盗梦空间》相去不远。它们都和技术无关，并且是先想象出概念再充实细节的典型。

近代科学诞生的同时，乌托邦小说继承了从想象出发的套路。而《鲁滨孙漂流记》或者开普勒的《梦》，则从当时的科技现实出发来建立情节。

从《弗兰肯斯坦》开始，十九世纪的科幻可以被称作"文人科幻"，巴尔扎克、陀思妥耶夫斯基、马克·吐温、斯蒂文森这些文坛巨匠都写过科幻作品，也都使用先想象后写实的路子。

不过，那时还没有"科幻"这个概念，他们也没认为自己在写一种全新的文学。只是后世评论家在挖掘科幻历史的时候，发现了他们的这些作品，并将其追认为科幻。

凡尔纳的成功改变了这个局面。他出身法官家庭，是典型的文学青年,只不过他非常热爱科学,不仅关注科技前沿,还参与设计飞行器。他一生制作过近两万张科技信息小卡片,从里面寻找科幻素材。

凡尔纳从冒险小说写起,一步步踏上科幻之路。最初的作品以游记类文体为主,只是人物在游历中使用了当时的高科技。后来他开始主动描写前沿技术,游历成为次要情节。

凡尔纳的笔触涉及当时前沿技术的方方面面。虽然直到他去世,科幻这个概念也没有诞生,但是出版界公认他开创了一种新的文学样式。长达二三十年间,凡尔纳无论写什么,怎么写,他的作品都代表着科幻本身。

1902年,法国人梅里爱推出的世界上第一部科幻电影《月球旅行记》,就取材于凡尔纳的《从地球到月球》和威尔斯的《首批登上月球的人们》。这说明在当时的人们眼里,这两位作家已经齐名,科幻历史上两条道路的区别也从此开始。

凡尔纳比威尔斯年长三十八岁,他们并不是一代人,只是威尔斯年少成名。当时凡尔纳就认为,他的作品更符合科学,而威尔斯的小说则是异想天开。许多年后有英美评论家认为,现代科幻开始于威尔斯,凡尔纳则是古典科幻作家。

至于他们之间创作上的区别,后代评论家有技术派对社会派、乐观派对悲观派等各种分析。反正大家公认他们有区别,但到底区别在哪里,都没说到点子上。

其实，他们只是早期作品有明显不同。凡尔纳越到晚年越放飞自我，威尔斯则转向描写现实科技，最终成为未来学的缔造者。

通读他们的早期作品便会发现，两种创作方向的真正区别就是"从科到幻"，还是"从幻到科"。凡尔纳要先花精力研究前沿科技，挑选素材再将其发展为小说。早期的威尔斯则是天马行空，创造出时间旅行、外星人入侵、平行世界等一批科幻点，看似科学，实则与科学相距千里。

二节：进入黄金时代

像凡尔纳这样写科幻，得先去研究前沿科技，费力但不一定能讨好，一时半会儿没有多少后继者肯学习这条道路。但他和威尔斯的成功，吸引了一些商业作家投入科幻创作。美国拥有当时世界上最大的纸浆杂志市场，也培养出了史密斯、伯勒斯这样的畅销科幻作家。他们没时间钻研科技，而是把精力用于编织故事，都在走"从幻到科"的路线。

在科幻诞生之初，便有人批评它是"遁世文学"，吸引涉世不深的青少年逃避现实。另一些人却认为科幻能揭示科技变化的影响，在积极地干预现实。

其实，他们都犯了盲人摸象的错误，像伯勒斯创作的《火星公主》和《人猿泰山》这些作品才是遁世文学。它们既不以现实社会为背景，也没有多少前沿科技，读起来很热闹，合上书本后你会发觉与现实毫无关系。

1900 年后，以凡尔纳作品为代表的一批国外科幻被大量译介到中国，在国内激发了持续十年之久的科幻创作潮。然而，当时中国还没有科技共同体，作家群体以文人为主，除了《空中战争未来记》和《电世界》等极少数作品外，基本都走"从幻到科"的路子，《新中国未来记》更是早期乌托邦文学的翻版。

1908 年，卢森堡移民雨果·根斯巴克在美国创办了《现代电工学》杂志。杂志后来改名为《科学与发明》，既刊登科学文章，也发表科幻小说。最初，他只是想用科幻小说为自己的电工业务拉客户。1923 年 8 月，根斯巴克尝试出版科幻专刊，大受欢迎。受此鼓舞，他在 1926 年创办了世界上第一份专业科幻小说杂志《惊异故事》，并在一篇名叫《火星传心术》的小说里把这个文学类型定名为"Science Fiction"。

从此，科幻有了全球统一的名称，但是到今天也没有统一的定义。根斯巴克本人是技术出身，专注于写未来科技。当时科幻迷很少，他编这本杂志赚不了多少钱，他的作者也不是为了商业目标而创作。大家把杂志当成平台，畅谈自己对未来的期待。

根斯巴克很有开创精神，编辑和经营能力却平平，《惊异故事》三年后就停刊了。但是，他开创了由科技人员书写科幻的先例，题材和写法完全有别于以前的"文人科幻"。专业科幻杂志作为媒体，也起到了串联组织科幻迷的作用。由于根斯巴克的划时代贡献，他的名字被用于世界科幻协会年度大奖的命名。

1930年，克莱顿出版社创办的《超级科学惊奇故事》杂志，于1933年被卖给史密斯出版社，改名为《惊奇故事》，由二十七岁的约翰·坎贝尔任主编。在他的组织下，科幻开始成为有自觉意识的文学运动。

是否知晓坎贝尔这个名字，一直是我片面判断某人是否科幻内行的标准。很多人只知道阿西莫夫、海因莱因这些作家，或者《基地》这些科幻名作，内行才知道他们或者由坎贝尔培养，或者被他拉入科幻写作圈，很多经典科幻也出自他的创意。坎贝尔曾写过《黄昏》《谁在彼方》等科幻小说，担任主编后，他主要给作者出点子，让大家依自己的个性进行创作。事实证明这些点子很对读者口味，像《日暮》《冷酷的平衡》等作品更是成为了科幻经典。

珍珠港事件把美国卷入战火后，坎贝尔不满足于当杂志主编，非常想到军事科研部门当一个主管，可惜到处碰壁。于是他就干了一件事来证明科幻在科学上的前瞻性。凭借自己的知识，坎贝尔估计美国正在秘密研究原子弹，并且推测出它的起爆原理。他授意一个名叫卡特米尔的作者将这个推测发展成科幻小说。卡特米尔并不精通核物理，完全照抄坎贝尔勾勒的技术轮廓，再加上背景、人物和情节，写出《生死界线》，于1944年2月发表。果然，政府特工注意到这篇小说，开始调查相关人物，想看看是否有人把曼哈顿工程泄密。结论当然是无稽之谈，于是，这篇小说成为科幻在技术上有预见性的案例。

在坎贝尔的指挥下，《惊奇科幻》无论是销量还是开出的稿费，在同类杂志中都是"领头羊"。由于很多作品是按照他的思路去创作，其风格影响了一代作者与读者。正是坎贝尔把"从科到幻"这条路线发展成群体运动，形成了一个流派。它证明，描写科技的未来更能吸引社会关注，科幻后来能有破圈的影响力，也主要来源于这一派科幻。

与此同时，欧洲科幻除了威尔斯的新作品，仍然以《美丽新世界》《1984》或者《鲵鱼之乱》这类社会寓言小说为主。老舍在二十世纪三十年代创作的《猫城记》也是类似作品，无论猫人还是技术都不是重点。老舍回忆说，他写这部小说就是受到《美丽新世界》的启发。

阿西莫夫把"从科到幻"派称为"好科幻"，而把"从幻到科"派称为"坏科幻"。这种评价当然有个人情绪色彩，不能用于客观的分析研究。但他的说法证明两种科幻当时已经有了明显分野。

与此同时，类似苏联的阿·托尔斯泰和别利亚耶夫等作者，虽然和坎贝尔没有交集，也都采用"从科到幻"的写法。

电影从诞生起就从小说中吸收营养，由于有改编和制作的时间，题材上相较小说总会晚一些。科幻文学黄金时代开始后，银幕上主要是德国的《卡里加里博士》《大都会》和苏联的《阿埃里塔》。它们更具有象征色彩，而不反映现实科技。

1927年开始，有声电影迅速占领银幕，涌现出了大量廉价恐怖电影。有些早期科幻小说如《弗兰肯斯坦》《化身博士》和《隐身人》，因为适合改编成恐怖电影而被搬上银幕，在电影界延续着早期作品"从幻到科"的风格。

1933年上映的《金刚》改变了低成本恐怖科幻电影占据银幕的潮流。它使用定格摄影，拍摄出的和楼房一样高的"金刚"成为视觉奇观。《金刚》是原创故事，也是第一个演化成经典IP的银幕科幻原创形象。它还引发了一波怪兽科幻电影潮流，巨蚁、巨鼠、巨蜥蜴充斥银幕。但除了"金刚"，其他电影已经被人遗忘。

把动物放大几万倍，让它们造成房倒屋塌，拍这种故事不需要创造新形象，取巧成分很大。近几年国内涌现的科幻网络大电影，怪兽题材也占比不低，重复着美国科幻电影早期的发展规律。它们全部都是概念先行、"从幻到科"的作品。

于1936年上映的《未来的面貌》，是很少能够走"从科到幻"道路的电影。影片开头大规模轰炸伦敦的画面几年后就变成现实。不过，影片主要情节是战后重建，一直讲到二十一世纪，科技派与反科技派的斗争成为主线。电影改编自威尔斯的同名小说，剧本也由威尔斯亲自改编。这时的威尔斯一反早年路线，大量从科技前沿吸取素材。但他这个阶段写的小说文学性差，说教性强，一直不如他的早期作品更受欢迎。或许正是这个原因，造成了威尔斯与凡尔纳分属两个流派的印象。

三节:开始转型

"二战"前后,一方面科幻在美国破圈,为公众所接受;另一方面,美国科幻杂志行销世界,造就了一批科幻迷。二十世纪三十年代末,中国作家顾均正便受黄金时代科幻启发,创作出《在北极底下》《伦敦奇疫》《和平的梦》等作品。作家肖建亨也回忆说,他的科幻启蒙读物就是二十世纪四十年代的美国科幻杂志。

"二战"后,海因莱因的《终点站月球》、坎贝尔的《谁赴彼方》、威尔斯的《星际战争》相继被搬上银幕,为经典科幻作品吸引了更多的受众群体。受此影响,电影人也开始制作原创故事,《地球停转之日》就是代表。1951年该片的第一版以反战为主题,2008年,基努·里维斯主演了它的翻拍版,主题则变成了生态环保。

1953年,观众涌进影院,观看世界首部立体电影《来自宇宙的威胁》,不用问,它也是科幻电影,改编自布拉德伯里的小说《陨石》。可惜,立体电影后来的发展起起落落,到今天仍然无法取代平面电影。

1954年,日本东映公司制作出《哥斯拉》,这是日本第一部科幻电影,主角是一只放大无数倍的蜥蜴,重复着美国怪兽科幻电影的历史。但日本电影把它设置为遭受人类核武器侵害,以此提升了主题。

科幻作家很少写怪兽,一来它与科学没什么关系,二来用文字描写怪兽很难达到画面的冲击力。所以,怪兽故事基本来自电影人。如果他们不知道科幻电影该拍什么,就把熟悉的小动物放大成千上万倍。有趣的是，"金刚"和"哥斯拉"是怪兽科幻电影浪潮的头和尾，虽然这个亚类型不绝如缕，但是再没有什么巨兽形象能让全世界周知。

在当时，和科幻电影相比，科幻文学明显偏重于"从科到幻"。苏联以《仙女座星云》为代表的科幻小说，对科学的尊重不亚于美国同行。

那时，苏联有卡赞采夫，波兰有莱姆，法国有皮埃尔·布尔，意大利有卡尔维诺，西班牙有多明戈·桑托斯，日本有小松左京、星新一和眉村卓，德国更有众多作家参与创作了"彼利·罗丹系列故事"。这个名单能开很长，我衷心希望今天的新作者能够全面吸收科幻营养，而不是只读美国科幻小说，看好莱坞科幻大片。

然而，"从科到幻"这条路线也有其先天的弱点。一是题材容易过时，凡尔纳的科幻点今天没什么人会写，"时间旅行"和"外星人"却能写到现在。二来，这类作品能承载的主题有限，不是所有作者和读者都对科技进步如何影响社会变化感兴趣。

厌倦了高科技，有些作家开始写复古科幻，赫伯特在 1963 出版的《沙丘》系列就是代表。作家刻意设置了外太空背景下的宫斗戏与冷兵器作战，事实证明它也很受欢迎，还影响到《星球大战》系列，其影响力一直延续至今。

二十世纪六十年代末，新浪潮运动逆"黄金时代"而行。它主要由英国《新世界》杂志主编迈克尔·莫考克推动。他希望科幻少写高科技，多写心理学、社会学、政治学乃至神学。通过巴拉德、奥尔迪斯这些英国科幻作家，新浪潮形成了自己的风格，也出现了《灾难三部曲》《温室》《瞧这个人！》等佳作。

在英国之外，没有形成集中的新浪潮运动，但是不乏这种风格的科幻作家。在苏联，斯特鲁格斯特兄弟也开始放弃高科技，转而把科幻当成社会寓言。在美国，菲利普·迪克也被归为新浪潮式的作家。

既然两派科幻已能分庭抗礼，那么，它们应该叫什么呢？于是一些媒体便炮制了"软科幻"和"硬科幻"的叫法。"硬科幻"指以物理、化学、生物、天文这些自然科学为素材的作品，"软科幻"指以社会学、历史学、哲学和心理学为素材的作品。

当时，西方科学界习惯于把自然科学称为"坚硬"的科学，把社会科学和人文学术称为"柔软"的科学，意思是前者的成果比后者经得起考验。这种称呼看似平等，其实仍较有歧视的意味。科学界的分野引申到科幻界，才出现了"软科幻"和"硬科幻"这两个名称。

其实，这种划分本身就存在问题。硬科幻确实以自然科学为素材，但软科幻写的往往不是社会科学，而只是社会题材。只有像《高卡档案》《奇葩怒放的沃土》这样的科幻才算严格引用社会科学的成果，或者模仿社会科学的模式，但它们在科幻史上的影响力微乎其微。

今天，随着大数据、物联网、生物识别和人工智能技术的发展，社会科学成果比当年"硬"了很多。据说，已经有八成以上的人类行为可以被预测，却并没有什么人以这些新成果为素材创作科幻。"软科幻"与"硬科幻"的原始命名已经失去了意义。

回到新浪潮科幻,它在当时被视为"软科幻"的代表。受欧洲主流文学阴暗、晦涩的表现风格影响,新浪潮作品往往背景宏大,但故事欠佳,难以吸引读者,《新世界》杂志撑到二十世纪六十年代末就停刊了。像《温室》这类作品,作者主要精力也都放在设置奇异而宏大的背景上。新浪潮运动的最大贡献是把"从幻到科"这个模式在科幻圈内发扬光大。

有趣的是,虽然当时与美国流行文化隔绝,但从二十世纪五十年代起步的新中国科幻服务于工业发展与科技进步,篇篇都是"从科到幻"的思路。很多作品如《三用飞车》《地下水电站》《海底渔场》《白钢》等,技术术语比比皆是。

1963 年,著名笑星陈强参演的少儿科幻电影《小太阳》,描写了中国人在太空轨道上建造反射镜,提高阳光利用率。这是新中国第一部完整的科幻电影,也是取材于前沿科技。

在中国的港台地区,科幻都诞生于二十世纪六十年代,也完全没受新浪潮的影响,都在写宇航、克隆人这些科技题材。张系国这样的代表性作家还明确表示反感新浪潮式科幻。

四节:科幻电影再定沉浮

即使在科幻圈里也很少有人注意到,科幻文学和科幻电影往往走的不是一条路径,甚至还在舆论场上争夺着科幻的话语权。

1963年,库布里克凭借《奇爱博士》进入科幻电影领域。它和《战争游戏》等科幻电影一起传递了对核战的恐惧,体现着电影人的社会责任。几年后,库布里克还拍出了划时代的《2001太空漫游》,改编自阿瑟·克拉克的同名小说。

然而,它们都叫好不叫座。直到1977年,事先不被看好的《星球大战:新希望》票房爆发,才打开科幻电影市场。从这年开始,一方面,科幻电影压倒科幻小说成为主要的科幻媒体。今天,普通中国人对科幻的印象更多来自好莱坞的科幻电影,而不是欧美的科幻小说。另一方面,科幻在美国电影界很长时间压倒其他类型,成为最卖座的电影类型。

《星球大战》的理念很传统,不仅不是新浪潮,也非黄金时代,而是二十世纪早期史密斯写的那种太空剧,还借鉴了日本的武士电影。当然,其中也有《沙丘》的影子。这些大杂烩加上高科技,在卢卡斯手里却形成了很好的完成度。

《星球大战》一举把科幻电影推到第一类型电影的位置上,压制了西部、战争、历史等其他曾经卖座的类型。好莱坞大厂纷纷给科幻电影掏腰包,并且有许多年远离历史题材和神话题材,直到2000年《角斗士》之后,那些类型才恢复拍摄。

受《星球大战》成功的刺激,大量科幻电影项目纷纷上马,其中不少也获得了成功,说明这不是偶然现象,而是一个时代潮流。包括科幻连续剧《星际迷航》的电影版、《超人》的漫改电影、《第三类接触》《E.T.外星人》《异形》《终结者》《银翼杀手》《回到未来》《机械战警》等,今天中国影迷所熟悉的科幻电影系列,有很多都开启于那个年代。

科幻电影能在二十世纪七十年代末开始流行,除了影视技术发展到一定程度,还因为受到"高概念电影"模式的推动。"高概念电影"起源于二十世纪七十年代初美国广播电视网(ABC)节目总监巴比·迪勒,他开创了电视电影行业。这种影片制作费少,巴比·迪勒转而强调故事有创意、情节高度提炼、点子与众不同。

在高概念电影创作中,制片方先开策划会,讨论新点子,再用几句梗概打动投资人,拿到钱后大家再把它发展成完整的影视作品。卢卡斯就是拿着提纲融到了《星球大战》第一笔投资。高概念电影可以覆盖任何题材,但科幻特别符合它的要求。经过先前上百年的发展,科幻文学已经积累起不少创意;当年开创科幻电影大潮的那批年轻导演都是科幻迷,也愿意在画面上进行呈现。等他们成功后,高概念电影便向着卖衍生品、搞主题公园方面发展,越做越大,开始具有垄断性。

问题是,天马行空的想象更适用于高概念电影,坚实的科技展望则不行。由于科幻电影的流行,"从幻到科"的路线彻底压倒了另一派。这种科幻电影取得成功后,反过来也刺激科幻作家放弃关注现实去写"由幻到科"的作品。由于各种点子大多被前人写过，后人越写越困难，以至于《遗落的南境》这种叙事较为缓慢但还能提供新奇点子的科幻小说都已罕见。如果仅仅是挖脑洞、拼点子，那么奇幻也可以。二十世纪九十年代后，历史题材和奇幻题材借高概念模式在美国电影界重新占位，并在一段时间里压倒了科幻。

《星球大战》走红时，中国刚迎来改革开放，立刻关注到这波科幻电影的影响，《人民日报》都为《星球大战》发过影评。《未来世界》《大西洋底来的人》和《铁臂阿童木》都是中国科幻迷的启蒙影片。

不过，这时的中国科幻与美国科幻仍然有代差。1978年《飞向人马座》和1979年《小灵通漫游未来》相继出版，开始了中国科幻自己的黄金时代，不仅作品数量大增，"从科到幻"的思路也与坎贝尔时代非常相似。当时，中国涌现出郑文光、刘兴诗、童恩正、叶永烈、金涛、魏雅华等一大批作者，出现了《战神的后裔》《腐蚀》《金明戈亮系列》《祸匣打开之后》等佳作。童恩正《珊瑚岛上的死光》改编成电影，成为第一部在大银幕上与观众见面的科幻作品，极大扩展了科幻的影响。

那个年代不仅外国科幻作品被大量引进，西方未来学著作也被大量引进，《第三次浪潮》和《大趋势》在中国都有数百到上千万册销量。未来学认为技术能从根本上驱动社会变化，与黄金时代科幻主题一脉相承。很多中国科幻作家同时也阅读未来学作品，两种力量叠加，导致当时的中国科幻主要描写技术如何推动社会发展,很少使用架空背景,不是写当时的中国,就是写近未来,故事主线总是某种新发明。

1981 年,"硬科幻"和"软科幻"这对概念出现在中国媒体上,很快被重新注入内涵。在这之前,中国的科幻界曾经有"重科学流派"和"重文学流派"的提法,文字不那么简洁。这组新概念引进后,旧一组概念几乎没人再使用,其内涵直接被灌入新一组。

如今中国科幻界提到"软科幻",就是指"重文学的流派","硬科幻"指的是"重科学的流派"。这与"硬科幻"和"软科幻"的西方定义已经不同,当然,这个中式定义也反映了一部分科幻的现实。你可以用量子力学写一个爱情故事,虽然取材于自然科学,但它只是淡淡的一层背景。

不过,这个中式定义也有致命缺陷。科学是素材,文学是手段,它们并不构成对立,但科幻小说就是科学与文学融合的产物,缺少哪一样都不算好作品。不少文科出身的作家非常重视科技,凡尔纳、别利亚耶夫、小松左京和迈克尔·克莱顿都是典型。

1980 年前后,中国作家也开始学习写高概念式的科幻小说。机器人造反、外星人入侵、时空穿越这些典型的高概念题材,都是那时候才出现在中国科幻小说当中的。高概念手法特别适合创作社会寓言。二十世纪八十年代,郑文光的《地球的镜像》《海豚之神》和《命运夜总会》,以及魏雅华《温柔之乡的梦》,都是社会寓言类的科幻佳作。

二十世纪八十年代后期，中国银幕上开始批量出现国产科幻。由于不熟悉科学界，也缺乏科学知识，那时候中国科幻电影都走"从幻到科"的路线。《错位》《合成人》《异想天开》《霹雳贝贝》等，都具有典型的高概念色彩。

1983 年，《文艺理论研究》发表文章《科幻小说的不良倾向》。文章称，统计表明，从 1977 年到 1979 年上半年，国产科幻中表现科学技术主题的超过九成；到 1981 年，这类主题下降到四成；而惊险和爱情主题却占到了六成，并且往往能够畅销。文章作者认为这是不良倾向，我倒认为没什么。惊险和爱情主题在科幻中要借"从幻到科"的方式来表达，这是这种模式在中国科幻里发展壮大的结果。

细心的读者会发现，本书从一开始就在叙述科幻中的两条路线，到现在也没给它们命名。原因就在于我觉得以前的命名都有严重缺陷，并不能客观中立地反映这两种不同的科幻亚类型，但我也起不出更好的名字。

最近，中国电影人开始关注科幻，并且重新定义了"硬科幻"和"软科幻"。他们把使用电影特效较多的科幻电影称为"硬科幻"，把没有特效或是较少使用特效的称为"软科幻"。在他们看来，《星球大战》是典型的"硬科幻"，而在科幻文学界看来，《星球大战》没有把故事核架设在科学上，是典型的软科幻作品。

影视界这么划分自然有他们的道理。特效越多，使用的制作技术越多，搭建的场景越多，岂不是更为硬核？科幻文学界的划分也有他们的道理。写小说并不需要什么技术,无论描写千军万马还是描写一个人,都只是几行字而已,差别在于故事主线是否架构在科学知识上。

虽然这种电影圈的定义没有明确落在文字上,但是很多电影人都在用。有时候我们和电影人谈科幻,说到"软科幻"和"硬科幻",讲了半天才知道双方的定义都不一致。如果你在媒体上看到这两个概念,也得注意它们到底是指什么。

现实中间,更有人认为自己喜欢的科幻才是"真科幻",不喜欢的就是"伪科幻"。类似言论不绝于网络,除了增加争吵,无助于我们分析问题和解决问题。

五节:否定之否定

人口爆炸、资源危机、生态崩溃……

今天的科幻迷打开屏幕,看到的都是这种故事。很多新作者上来就模仿它们,甚至不知道科幻曾经还有过另外的题材和写法。

未来学在二十世纪六十年代分化成乐观派和悲观派。1972年,罗马俱乐部(一个研究未来学的国际组织)出版了《增长的极限》,把上面那三大危机集中展示给社会。这三大危机的关键在于科学技术,它让人类有更多力量掠夺自然。

在那之前,科幻如果写到科学的负面作用,都集中在科学家个人身上。从那以后,反对科学共同体几乎成为科幻的新主题。在国外科幻作品中,科学家要么就是坏人,要么是好心办坏事,发展科学的最终结果则是让人类文明崩溃。

主题反转的第一个迹象就是赛博朋克流派，它开始于 1984 年的《神经漫游者》，一直延续至今。赛博朋克小说以信息技术为题材，表面看上去和黄金时代一样重视科技，但是科研机构和科学家在这类作品中被推到远景，或者模糊不清，或者根本不出场。

赛博朋克作品总是以社会边缘人为主人公，他们不是当黑客就是贩卖电子毒品，生活环境也是窄街陋巷，而那些高大上的建筑都是远景。这类故事可以用"高科技、低生活"来概括。

进入二十世纪九十年代，以《未来水世界》为代表的末世题材开始流行。后来，很多国内网络文学模拟这类作品，大型文学网站上通常直接开出一个"科幻末世"类型，它还有个新名字叫作"废土文"。

假设人类因为自作自受而毁灭，就可以顺势搭建出不同于现实的架空背景。悲观的未来观念与高概念表现手法很容易结合，这是它成为科幻新宠的主要原因。系列科幻电影《疯狂的麦克斯》就是代表，它的故事核便是石油枯竭导致人类文明毁灭。这个系列诞生于二十世纪七十年代，当时，西方国家刚经历第一次石油危机，《疯狂的麦克斯》算是银幕上的先觉者。但是到了2015 年，该系列的第四部仍然使用这个素材，而在现实中，燃油汽车正在向充电汽车转化。电影中的未来可以肯定不会发生，注定要沦为游戏化的末世背景。

两部《阿凡达》电影把这种模式发挥到极致：第一

部创造过中国电影市场的票房纪录,到了第二部,中国观众已经不再买账。而高概念科幻的开山之作《星球大战》,它的后续作品正式登陆中国银幕,但无论怎么打强心针,市场表现都无法再造辉煌。

人类到底应该如何看待未来?苏联作家叶菲列莫夫做过分析。他既是科幻作家,也是苏联科学院院士;既有文学造诣,也有科学素养。叶菲列莫夫认为,乌托邦小说总是写得很蠢,反乌托邦小说则是一片黑暗。他希望走第三条道路,既看到现实中的问题,又努力追求光明的未来。

几十年后,这种分析不仅不过时,还有可能是科幻文学再度振兴的良药。悲观未来并非不可以写,也并非不能出佳作,但是如果作家和读者觉得科技会导致文明灭绝,他就不会花费精力关注科技本身。落实到文本上,就是悲观未来往往只有轮廓而缺乏细节。

二十世纪九十年代以后,悲观未来也影响了中国内地影视人。1990 年,冯小宁导演的儿童科幻电影《大气层消失》,1992 年西安电影制片厂拍摄的《毒吻》,都是这种悲观主题与高概念手法的组合。当年,这些作品都有很大反响。三十年后,冯小宁投入更多的资金和技术,拍摄了题材相仿的《动物出击》,关注度远远不复当年。

1997 年,我发表了科幻处女作,打进了科幻圈。彼时,悲观未来加高概念模式已经逐渐成为潮流,很多高中生在科幻征文里都这样写,颇有"为赋新诗强说愁"的意味。然而,王晋康和刘慈欣这样的作者反倒更具有黄金时代特点，而他们的作品恰恰因此大受欢迎。

虽然"从幻到科"这一派写法可以用于制作社会寓言，但有能力提炼社会问题并进行创作的人并不多，大部分这类作品都被写成了遁世文学。一个发生在非现实中的故事有可能很精彩，吸引读者沉浸其中。2000年后出现了网络文学，网络作者更倾向于建构自己的宇宙，动辄鸿篇巨制，其中不乏科幻题材，加剧了这种靠阅读来遁世的倾向。

与此同时，主流文学中的现实主义也好像进入了死胡同。由于社会变化过快，现实主义小说被锁定在一个很短的时间点上。无论是二十世纪八十年代初的《沉重的翅膀》，还是二十世纪九十年代末的《抉择》，都得过茅盾文学奖。今天，小说的时代背景已经消失，它们的现实意义也已经不如当年那么强。

正是由于有时代局限性，一些作家借鉴魔幻现实主义手法，希望用主观创意来立足，但是又犯了脱离现实的毛病。能不能既关注现实，又不被现实所局限？大约在2010年前后，中国科幻界出现了"科幻现实主义"的提法，大体延续了关怀现实科技的老传统，但又能展望现实的未来走向。当中国科协、国防科工委、北京市政府这些部门扶助科幻时，他们也希望看到反映现实科技发展的作品。现在这个潮流刚刚开始，在科幻界、文学界乃至社会上有什么影响还有待关注。

2019年，《流浪地球》打破了科幻电影的市场天花板；2022年的《独行月球》，2023年的《流浪地球2》再次巩固了科幻市场；2022 年的《三体》也证明了国产科幻剧的能力。中国科协等部门参与了这些影视的制作，指导影视创作保持在"从科到幻"的道路上。

科幻界内部流派消长的同时，世界科幻市场中心也在变化，它从美国转移到中国的势头十分明显。很多好莱坞科幻电影最大的票房出现于中国。2021 年，中国出版了五百多种科幻小说，已经接近美国的水平。中国科幻大会的规模和组织水平也都高于同期的世界科幻大会。

科幻中心转移的标志性事件，就是刘慈欣的《三体》在 2015 年获得雨果奖。在那之后，《三体》在日文、西班牙文等许多科幻市场上都保持领先。相比之下，美国本土科幻已经失去了黄金时代的朝气，作家和读者群都在衰老中，科幻在社会上的影响力也大不如从前。2015 年后历届雨果奖得主的作品销量，加起来也不如《三体》。

表面上看，这只是市场份额的转移。然而，当代中国科幻是否会与当代美国科幻走截然不同的路？黄金时代科幻强调"从科到幻"，但是后来受到奇幻的强烈影响，美国科幻协会也已经改成科幻与奇幻协会。而在主题方面，他们也放弃了黄金时代积极向上的基调。

科幻曾经的优点，我们能不能再次发扬光大？

十三章：
主题与众不同

"这故事不错，可是你为什么要写它？你想表达什么思想？"

对于刚入门的新手来说，题材最重要。但如果你已经发表了几篇作品，就会有人提上述这个问题。很多人把写科幻当游戏，就是为了好玩。但如果你想把科幻创作当成事业来做，你得知道它们能讲出哪些道理。仅仅能写让人拍案叫绝的故事，你的职业生涯走不远。

过去有句话叫"主题先行"，意思是要作者先定好主题再创作。评论家分析一篇作品，往往也是先从主题着手。我在本书里没有这么做，是因为作者和读者都要把故事放在头一位。现在，前面已经介绍了那么多新故事，总要开始提炼新主题了。

爱情、亲情或者善恶报应这些传统主题经常出现在科幻作品里，但是严格来说，它们并不适用科幻来表现。新故事当然更应该表现新主题，下面这章就介绍科幻中那些与众不同的新主题。

一节：科技精英主义

"为什么科幻作品里面总是美国人在拯救世界？"

我经常听到这种报怨，答案是他们没看过苏联科幻。早在二十世纪拍摄的电影《阿爱里塔》中，苏联人就去拯救火星文明,这个主题在《做神难》和《太空神曲》里面也反复出现。二十世纪八十年代,小松左京坚持让日本科幻电影《再见朱庇特》表现日本人拯救世界,为此还拒绝过好莱坞的投资。现在,中国有了《流浪地球》和《独行月球》。在这些影片里,中国人也开始拯救世界。

所以,关键不是哪个国家拯救了世界,而是哪群人拯救了世界。科幻里拯救世界的其实都是科技精英!

这种写法间接反映了真实的科技史。如果把人类科技史浓缩为一部两小时的电影,瓦特、爱迪生和弗莱明就是拯救世界的英雄。没有他们,我们还生活在贫困、黑暗和疾病当中。现实的戏剧性不会那么强,科幻作品只是把这个规律提炼出来,浓缩在极端事件当中。

凡尔纳的作品就洋溢着科技精英主义倾向。在《神秘岛》中,一群南北战争中的北军俘虏抢夺气球,逃出南军地盘。他们中间什么身份都有,出发时很平等,但一旦漂流到神秘岛上,工程师史密斯就成为领袖,因为只有他具备开发荒岛资源、帮助大家求生的知识。

有人批评说,凡尔纳作品里的主人公都是白人男性。因为"宣传种族主义",他的书曾经饱受争议。其实,凡尔纳写的是科学家和工程师,而在十九世纪,这个群体主要是白人男性。一百多年过去,凡尔纳的科学构想基本已经过时,但他的书仍在畅销,字里行间那种科技精英主义才是根本。

晚清时期,《电世界》把科技精英主义引入中国。这次,主人公"电王"是中国人。他在电气技术上取得突破,进而建立政权、干预战争、统治全球。小说主题很鲜明:科学能带来根本的权力。在电王面前,政治家和军事家这些传统精英都要靠边站。

1926年以后,美国科幻迷通过科幻杂志聚集起来,他们大多具有精英主义思想,当时的科幻小说主要也是在写白人男性科学家。说这些科幻迷有精英主义倾向,并非因为他们腰缠万贯,或者权倾朝野。他们当时大多是穷学生,因为沉迷于外星世界或者人类未来,在青少年同辈群体中被嘲笑、被排斥,却在科幻的精英主义理想中找到了寄托。

2015年,自发的科技精英主义已经衰落,但在当年上映的《明日世界》还能看到它的遗存。电影中,未来的人类发现文明在衰退,便穿越到过去,通过测试,寻找有可能成为大科学家的孩子提前进行培养。这部电影被讽刺为学霸对学渣的蔑视,确实如此,如果只靠聚集学霸就能改变世界,未来社会也不缺少学霸,不用大费周章跑到落后的过去来寻找。但是,影片中那种科技精英主义梦想,仍然是早期科幻精神的投射。

新中国成立后,整整四十年间,科幻小说都在写科技发明,不管出了什么问题,总是由某个科学家出来解决。可以说,它们都具有隐蔽的科技精英主义思想。2010年前后,《三体》则道出了真正的精英主义思想。需要指明的是,科幻中的科技精英主义不是体现在角色的权力上,不是让他们耀武扬威,而是体现在责任心上。关键时刻,科技人员要挺身而出,解决问题,引导人类前行。

科幻中的精英主义影响甚远。以马斯克为代表，很多人在少年时代是科幻迷，深受科技精英主义熏陶；成年后，他们认为自己有必要引领人类未来，并把创办科技企业当成精英主义的实践。在中国高科技企业群体里，这样的人也不少。个别人会写写科幻小说，大部分人没精力搞创作，但是会动手实现脑子里根深蒂固的科技精英主义。

二节：远视主义

如果说精英主义体现于科幻中的具体人物，远视主义（Ultravisionary Socialist）则描写由精英引领的社会应该是什么样子。这个概念出现在乌托时科幻游戏《钢铁雄心》当中，这款游戏以"二战"末期为背景，允许玩家从该阶段出发去创建不同的未来。

结果，一些玩家在游戏中创建出新国家综合体，并将"远视主义"作为它的意识形态。这种思想要求国家集中资源发展重大科技项目，人们之间再无种族、性别和阶层的划分，人人都重视科学，为科学目标而努力，人类文明从此提升到宇宙水平。

虽然这个概念很新鲜，但远视主义可以追溯到弗朗西斯·培根的遗作《新大西岛》。因为培根死于实验事故，这本书也没写完，但是给出了宏大设定。新大西岛上有个叫作"所罗门宫"的科学团体。他们在山洞里建设实验室，研发机器人和机器兽，制作燃烧弹，发展各种生产技术和军事技术。新大西岛上也有国王和神甫，但"所罗门宫"才掌握实权。

到了近代，俄国的"宇宙主义"是远视主义的先驱，齐奥尔科夫斯基就是源头。他的思想远不限于提出具体的火箭技术，而是希望人类脱离地球，发展成宇宙文明，他还为此设想了很多具体步骤。

沙俄时代剧作家苏霍沃·柯贝林创作的话剧《全球教义》，是最早拥有远视主义的文学作品。话剧描写人类发展要经历三个阶段：最初是生活在各个国家的地球人，以后将扩展到太阳系，最后扩张到整个宇宙。

1964 年，苏联科学家卡尔达舍夫提出文明等级理论，给柯贝林定性的文明等级理论提供了定量基础。卡尔达舍夫本人则被远视主义者当成宗师来崇拜，有些以宇宙开发为背景的科幻作品都从他这套理论出发进行设定。

虽然在真实历史中并没出现"远视主义"一词，但是美国科幻黄金时代很多作品都有远视主义的影子。最典型的就是《基地》，小说中的银河文明崩溃后，只有科学家建立的基地才能引领人类走出黑暗。基地里的科学家不光要搞科研，还要组建军队和情报组织，完全是一方势力集团。

从二十世纪五十年代开始，很多苏联科幻都体现着远视主义思想，叶菲列莫夫的《仙女座星云》就是代表。小说背景是公元 3000 年，人类已经实现大同，平均寿命长达一百五十岁，一生有大把时间学习多种知识，从事不同专业。故事中所有人物无论来自哪个民族，职业都是科学家，几乎没有别的阶层。小说不厌其烦地描写公元 3000 年的科技如何先进，但是还有一个遗憾——人类已经与外星文明建立无线电联系，却无法突破光速障碍。有些科学家计划超越它，与外星文明实现直接接触，这成为小说的核心情节。

1973 年，苏联作家卡赞采夫创作的《比时间更坚毅》（又译《太空神曲》），也是远视主义代表作。人类在未来实现大同，能够集全球资源实施跨恒星系探险，小说描写了三代宇航员分别探索三个外星文明的故事。《太空神曲》对于跨恒星系飞行的描写与今天的流行模式不同，把它写得无比艰巨，单一国家或者单个企业都无法完成，必须有一个全球组织集中全人类的智力和物力才能办到。小说中的人类也总是比外星文明高级，是我们主动去到外星，引导当地人进步。

与《大科学家拉尔夫 124C·41+》这些盲目乐观的早期科幻相比，《太空神曲》把描写重点从科学知识转到科学背景下的人。尽管科技高度发达，主人公仍然有重重困难需要克服，并且在奋斗中体现自身价值，作品也因此显示出更丰富的文学价值。但是，他们的磨难并不来自人际矛盾，而是现有技术无法完成他们的远大任务，小说重点是描写这些人为技术进步所做的付出。

三节：超人本主义

2016 年，谁当选了美国总统？这是个送分题。但是，即使关注时政的朋友也未必听说过佐尔坦·伊斯特凡这个人。他在那年代表超人本主义党参加竞选，票数在美国所有第三方候选人里排名第三。

超人本主义的英文是"Transhumanism"，它还有个缩写叫作"H+"，意思是对"Human"，也就是"人类"的提升。"Transhumanism"又译为"超人类主义"，你把它译成"超人主义"，并且联想到尼采也没什么问题，它基本就是那个意思。

超人本主义是比科技精英主义和远视主义更为激进的思想。后两者要求把权力交给科技专家，但他们还是凡人，和你我在肉体上并无不同；超人本主义希望寻找到或者干脆创造超人，他们从身体机能上就要超过普通人。

刘慈欣在《三体》中设置情节，把人类命运交给科技精英，有的情节里甚至只交给几个人，但他们还是普通人。王晋康在《灵童》等一系列作品里，直接描写改造人体，提升智力，再把决定权交给他们。这就是精英主义和超人本主义的区别。

最早体现超人本主义的文化是中国道家，他们希望通过修炼长命百岁、白日飞升、拥有各种超能力。虽然这些想法不可能成功，但是我接触的国内超人本主义者介绍说，中国道家"正一派"就是他们的思想源头。他们认为，道家实践失败归失败，大方向却很正确。

1939年，范沃格特的《斯兰》开始在《惊奇科幻》上连载，可能是超人本主义在科幻中的源头。小说描写了一群天生拥有特异功能的人，由于比例稀少，被普通人所畏惧忌惮，到处遭到追杀。描写有超级功能的人并不新鲜，但是描写他们与普通人之间的紧张关系，这是第一篇成功之作，很受当时科幻迷喜欢。他们喊出口号："科幻迷就是斯兰！"把自己当成被同辈群体歧视的超人。你可能没读过《斯兰》，但一定知道《X战警》系列，它把这个主题发扬光大，变种人与普通人的冲突始终是矛盾主线。

最初，科幻中的超人本主义思想主要由特异功能题材承担。很多科幻迷不光爱读这类作品，而且真相信它的存在，甚至就连坎贝尔都认为可以通过训练挖掘神秘的精神潜能。

后来，现实中的科学发现此路不通，超人本主义转而支持人机合体，也称赛博格。佐尔坦·伊斯特凡参加竞选的主要纲领，就是广泛在人群中植入芯片。

再往后，有些科幻作品不再描写给人体增加功能，而是让人放弃肉体，进入数字世界获得永生。以元宇宙题材为例，这类作品中必须有数字人，它们或以真人为模版，或者以历史文化名人为模版。而在现实中，我已经见过苏东坡和邓丽君的数字人，它们当然并非严格意义上的生命，但这不妨碍超人本主义者把自己的期待投射在上面。

很多科学家虽然没听说过"超人本主义"这个概念，但他们早就拥有类似想法。对于各种改造人体、延伸功能的技术手段，科学家知道它们的后果，不仅不抗拒，反而主动欢迎。

有个从事信息专业的朋友对我说，她遇到监控镜头就会向它们打招呼，因为镜头背后有计算机。一旦她将来成为数字生命，进入数字空间，这些粗糙而原始的计算机就是原住民。她作为新移民，要事先和它们搞好关系。这种视角完全抽离掉人类立场，但这位朋友是科幻迷，她的视角就来自数不清的科幻作品。

四节：工程师思维

打开凡尔纳的部分作品，情节里面总会插入大段技术描写，包括机器的结构、尺寸、性能、材料，甚至花费。这在他早期的科幻小说中是看不到的，而后期改编成电影时也要被过滤掉。

他的孙子让·儒勒·凡尔纳在《凡尔纳传》里，把这种写法归因于凡尔纳有糖尿病，总是关注食物储存。这显然是低估了他的爷爷。凡尔纳作品是工程师思维在文学中的集中体现，这种思维由来已久，但这个概念很晚才产生，也还没有准确定义。下面我就结合作品，揭示什么叫工程师思维。

最早体现这种思维的作品是《鲁滨孙漂流记》。主人公发现自己被困荒岛后，没有悲观、感慨、怨天尤人，而是动手解决问题。这段荒岛求生情节占了全书的二分之一，除了后半段有个土著人"星期五"，鲁滨孙面对的只有大自然。

这是文学史上从未有过的形象。过往的人物必须和他人在一起,通过各种人际互动来展示其性格。在荒岛求生情节的前后,作者笛福也用将近一半篇幅描写鲁滨孙和各色人等打交道,但没人记得那些情节,荒岛求生是这本书成为名著的基础。而人类培养出工程师这个群体,就是在代表整个人类与自然环境作斗争。

《鲁滨孙漂流记》极大影响了后世的科幻创作,《神秘岛》《地心引力》《火星救援》《独行月球》这些科幻作品都是变相的《鲁滨孙漂流记》。它们专注人与天斗,到处寻找或者创造必要的手法来达成目标,忽视或者完全无视人与人的斗争。

这也是工程师思维的特点。现实中的工程师不同于科学家,他们要和很多人打交道,但他们原则上更重视完成任务,而不是人际关系。

在《神秘岛》中,工程师史密斯成为难民领袖,系统的知识训练让他知道如何在荒岛上生存。这些情节也体现了工程师思维的另一方面,就是乐观主义。《地心引力》中的莱恩·斯通,《火星救援》中的马克·沃特尼,都在绝境中体现着乐观主义。《独行月球》中反复表现独孤月的痛苦绝望,但是他很快就会因为找到解决方法而变得乐观自信。

将这些科幻作品与杜甫的《茅屋为秋风所破歌》对比,就窥见现代工程师思维和古代文人思维的一些区别。这首诗里经常有"老无力""少睡眠""长夜沾湿"之类的悲观描写,全诗最后两句是"何时眼前突兀见此屋,吾庐独破受冻死亦足",可见,诗人完全不知道怎么解决问题,只能将一切寄托于奇迹。无论东西方社会,都会有部分文人具有只会提出问题而不能解决问题的顽疾。坎贝尔嘲讽他们作为"失败文学",恐怕不无道理。

工程师恰恰是他们的对立面,社会供养了这个群体,就是让他们解决问题,而不是发牢骚的。上面那些科幻中的人物都不讲"鸡汤文",不读励志书,甚至沉默寡言,他们有主见却不啰唆。《独行月球》中的独孤月也是在受困后才显得话多,其实是因为孤独而自言自语。当他与地球上的同事恢复联系后,又恢复了"人狠话不多"的特点。

表现工程师思维,并非一定要有工程师角色。《飞向人马座》里面,三个孩子被出了故障的飞船带向外太空,救援飞船无法追上,他们必须在绝境中学习相关知识,完成自救。这个自救过程持续了很多年,他们也从少年成长为青年,严谨乐观的工程师思维一直体现在他们的行动上。

在更多科幻作品里,工程师思维不是体现于人物,而是体现于故事。人们发现问题,解决问题,而不是自怨自艾或者怨天尤人,这样的科幻数不胜数。故事中可能没有工程师,人物形象可能非常干瘪,作者也并非有意体现工程师思维,只是这种思维已经成为他们的习惯,不知不觉就写进情节里。

五节:资源视角

1954年,美国作家戈德温在《惊奇科幻》上发表了不朽名篇《冷酷的平衡》,又译《冷酷的方程式》。主人公是一名宇航员,驾驶应急飞船去解救陷入绝境的考察组。该组一名成员的妹妹为探望兄长,也混入这条船,在航行中才被宇航员发现。由于飞船上的供给只能维持一个人到达目的地,又不能返航,驾驶员只能将她抛入太空送死。而如果他选择自我牺牲,这个女孩也无法驾驶飞船,同样会走向死亡。

据说,这篇小说来自《惊奇科幻》主编坎贝尔的创意。戈德温曾经向他请示,能不能别把女孩写死。毕竟飞船里有什么生存条件,作者随便给几个设定就行。坎贝尔拒绝了,要求他必须这么写。于是,戈德温在小说里用很多笔墨渲染女孩的思兄之情,还有主人公的两难处境,但这一切都是铺垫。小说结尾,花季少女还是被扔进了太空。

果然,作品发表后激起了读者强烈反响。一些人非常支持这个结局,另一些人则完全无法接受。1969 年,美国哥伦比亚公司推出了科幻电影《被放逐的人》。三名美国宇航员乘坐的飞船遇险,救援却未及时到来。其中一个人以修理飞船为名出舱,然后自杀,把生还希望留给同伴。这部电影虽然并非改编自《冷酷的平衡》,但显然有后者的影子。该片获得了奥斯卡特效奖,即便今天已经没人记得它,但《冷酷的平衡》依然作为科幻思维的标杆,收录于各种科幻经典文集。这部作品跨越了民族文化界限,前几年还有中国团队将它改编成广播剧。

这篇小说影响到很多后来的科幻作品。在《独行月球》的开篇情节里,"月盾计划"成员要紧急撤离。总指挥马蓝星已经看到独孤月被遗留在月面上,但却仍然命令火箭启动。这种为集体利益放弃个人的做法,通过科幻背景显示出它的正确性。

科幻作家和编辑偏重实践,不会从理论上总结某篇小说反映了什么样的"科幻思维",它主要是指用资源视角考虑问题。

科幻之外的其他文学,也包括几乎所有的哲学和社会科学理论,都在谈论人类社会内部的事,背景是家庭、社区、机构、企业和政府。传统人文学者和作家在谈论这些群体内部的伦理和制度的同时,科技工作者却知道,所有人类群体要维持运转,都需要粮食、能源、材料、空间和交通这些资源。它们来自环境,依靠技术才能获得。

正常情况下,各种资源能维持现有社会的运转,人文学者往往会忽视它们如何生产,只关心资源在社会内部如何分配。科幻作品却能设置特殊环境,提醒人们,一旦资源供应下降,人类社会要面临什么。

在1998年的科幻电影《天地大冲撞》中,科学家发现彗星即将撞击地球,无法给全人类准备避灾资源,只能安排数百万人躲进掩体。这段情节是资源视角的典型体现,如果不理解彗星撞地球会带来什么结果,以及人类现有的技术条件,就不能理解精英的处置方法。

虽然情节很残酷,但《天地大冲撞》的情绪基调却很温馨,普通人更是平淡地接受了这种安排,显得缺乏合理性。到了《2012》中,这种资源视角得到彻底体现。科学家发现,地球将在 2012 年遭遇全球灾难。也就是说,环境将发生巨变,不再能给几十亿人提供现有的生存条件。接下来该怎么办? 把危机公开让大家投票决定? 当然不可能。他们在保密的前提下制造方舟,让一小批精英生存下去,延续文明,另外几十亿人则在无知和无助中面对灾难。这部电影无论从哪种道德体系来看,都是严重的不正确。但在剧中背景下,观众却能理解这个选择。

现实中的科技人员并不清楚人类社会内部的分野,他们专注于外部世界,埋头于如何从环境中获取人类需要的资源。这种思维方式进入科幻作品,作为一个根本原则而存在,甚至作者自己都未必能意识到。

六节:环境意识

社会运转建构在物质资源的基础上,而资源则要凭借技术从环境中获取,资源生产形成的废弃物又要被排放到环境中。很多科技工作者要解决资源问题,就得跋山涉水,天天面对大自然,他们也最早关注环境问题。类似"南极臭氧层空洞"这类环境问题,更是必须由科学家揭示,公众才能获悉。

所以,科幻作家触及环境问题是比较早的,其中资源枯竭就是重要题材。早在十九世纪末,凡尔纳便在《地下之城》中设想了英国煤炭资源枯竭的前景。当然,这在小说里只是副线,并且作家又让主人公找到了新的煤层。但是至少作者已经意识到了，环境中的资源不会取之不尽。

环境污染是另一种环境问题。1952年，伦敦发生烟雾事件，导致大量人员伤亡。早在1902年，美国作家罗伯特·巴尔就在《伦敦的毁灭》中，预言伦敦将会因为消耗大量烟煤，形成迷雾，造成大量死亡。

2013年出版的《荒潮》是陈楸帆的作品。它从现实主义视角选择了一个具体的环境问题，就是电子垃圾的处理问题。陈楸帆是广东汕头人，当地曾经以废旧电子电器拆解为业，被一些媒体称为"电子垃圾之都"。现实问题给作者提供了鲜活的素材。

如今，人类每年移动自然物的总质量超过四千亿吨，这个数字是1800年的七百多倍，并且还在以很快的速度增加。两到三个世纪后，人类会逼近"卡尔达舍夫文明指数"中的一级文明，这意味着要支配整个地球的能源，环境压力可想而知。越来越多的科幻作家意识到这一点，并且在作品中思考出路。

需要注意，环境意识和生态主义是两种不同的思想，它们经常被人们混为一谈。前者维护人类的现实利益和长远利益，比如，为了健康减少"三废"排放，为了子孙后代的利益减少资源开采；后者则是把人类权利降低到动物甚至所有生物的水平上，把所有生命构成的生态当成权利主体。

比如，冯小宁拍摄的《大气层消失》一直被称为环保电影，但它其实是生态主义作品。电影里面各种动物都能开口讲话,指责人类的贪婪。影片中的科学家面对灾难束手无策,最后是靠一只狗的自我牺牲解决了问题。这部电影并非童话,而是给出设定,让这一切具有合理性,所以它属于科幻电影,但体现的并非环保思想,而是生态主义思想。

1966年,"毒藤女"这个角色出现在蝙蝠侠的系列动画中,她是生态主义者的代表,可以为了植物的利益而攻击人类。至少在当时,创作者还是把"毒藤女"设定为反派,间接否定了她所代表的思想。1997年出品的《蝙蝠侠与罗宾》中,蝙蝠侠以企业家韦恩的身份与"毒藤女"辩论,认为虽然制冷剂污染空气,但为了不让人类遭受饥饿,还需要使用它。他们后来的较量就是这段文戏的延展。

迈克尔·克莱顿大部分作品都在描写科技失控导致的危害,但其平生最后一部作品《恐惧状态》却把生态主义者当成反派,描写媒体公司阴谋制造南极冰层大断裂,引发气候危机来刺激舆论。有评论家认为他的思想方向发生了一百八十度大转变,其实不然,克莱顿在《恐惧状态》中写得很清楚:环保问题才是真实的,生态危机则是一些人散布的谎言,试图让公众处于恐惧状态。

七节:逆熵主义

最初,我对科幻的系统了解主要来自作家李伟才的一本书,名叫《超人的孤寂》,书中介绍了各种科幻题材。李伟才是香港天文馆助理馆长、香港科幻协会会长。他有个笔名叫作"李逆熵",体现着我要在本节中介绍的"逆熵主义"。

要说明什么是逆熵主义,不妨参考一篇气势磅礴的作品,阿西莫夫的短篇杰作《最后的问题》。小说中,2061年人类制造出"地球电脑",能解决各种难题。一天,操纵它的程序员们喝醉酒,讨论能量会不会有永远用完的一天,用热力学第二定律描述就是:当宇宙间熵达到最大时,可不可以逆转该过程,无中生有地创造出能量?程序员们争论不出结果,便去问"地球电脑"。"地球电脑"耗了半天时间,告诉他们资料不足,无法回答。随着时间流逝,人类逐渐散布到银河系乃至整个宇宙,"地球电脑"也升级为"恒星电脑""银河电脑"和"宇宙电脑"。但是,每次有人提这个问题,电脑都表示资料不足,无法回答。最后,宇宙中的能量接近耗尽,熵接近最大值,人类已经消亡。升级到最后的"终极电脑"终于找到了足够资料解决这个问题。它飘浮在虚空中说:"要有光。"于是就有了光。

这篇小说和《冷酷的平衡》一样有阅读门槛。它被科幻界称为史上最佳科幻短篇,但如果不知道什么叫"熵",会完全不知所云。

热力学第二定律告诉我们,热量只能从高温物体传向低温物体,一旦完成,它们会变得温度相同,再没有能量流动。这个定律可以用"熵"来表示,指系统的混乱程度。消耗能量就是熵增加的过程。

如果没有人类,宇宙永远按照熵增方向演化。婴儿出生就开始变老，新产品下线就开始变旧，这都是熵增的表现。由于熵增，宇宙会慢慢冷却，变成没有任何能量传递的混沌，这个结局叫作宇宙热寂。

文明则是在宇宙这个熵增环境里制造出熵减的孤岛。我们加工矿石制造产品，我们在旷野里开辟街道，修建房屋。我们不断维修旧产品，或者用新产品代替旧产品。我们清理垃圾，发展出整洁的人工环境。所有这些司空见惯的活动，本质上都是在熵减。

大自然则通过各种灾难维持熵增。一场地震或者海啸能毁灭几十年的建设成果，太阳爆炸能毁灭地球，宇宙热寂将毁灭一切。早在1850年，这个规律就由威廉·汤姆森提出，理工科学生都熟识它，在他们眼里，这是文明最终都会面对的事情。它会发生在亿万年之后，但早晚要发生。

理工科的历史观在很多方面不同于传统人文历史观，熵增就是一例。如何逆转宇宙热寂？这就是小说中那个最后的问题。阿西莫夫当然没有答案，只好让终极电脑成为下一代上帝。宇宙热寂出现在许多科幻作品里，《三体》也以它为结局。

英国作家约翰·莱克汗在《高效更新溶剂》里，描写了可以逆熵的法宝。它由某个科学怪人发明，可以让任何物体恢复到以前的样子，于是被当成翻新剂出售。然而使用者总是掌握不好时间，汽车抹上后变成零件，家具抹上后变成木材，妇人抹上后变成女婴。逆熵剂当然不可能被发明出来，这个寓言般的科幻向我们展示着万事万物都在走向破旧和衰老。

2020年,诺兰导演的《信条》用画面描述了逆熵的场景。影片中,正行和倒行的两个世界互相穿插。这个设定是为了突出电影"倒放"技巧,大框架还是时间旅行题材。但如果真有一个倒退的世界,那么电视机会变成零件,再变成材料,最后变成矿石;家具会变回树木,而人会变回胎儿。这结果和《高效更新溶剂》大同小异。

虽然还不知道怎么阻止宇宙热寂,但是,人类每时每刻都在努力保持熵减,从无序中创造有序。发展科学技术就是最重要的反熵过程。这种追求不光在科幻里经常出现,甚至王小波的作品里也会提到"反熵"。

八节:未来意识

在《小灵通漫游未来》的结尾,"小灵通"找到一本《未来市的历史》。书的前七页提纲挈领地概括了从十几万年前开始的"未来市简史",接下来全是空白,"甚至连书角的页码也没有"。如果没有这个情节,《小灵通漫游未来》只能算技术预言的汇编,而这本留出无数空白的"历史"将作品境界提高了一大块,它用艺术手法描绘了未来意识。

今天强于过去,明天好于今天,这种意识直到工业革命前后才普遍形成,并反映到科幻小说里。马克·吐温在《亚瑟王朝的美国佬》中,让主人公穿越到六世纪的英国亚瑟王朝。他先是通过"预言未来"保得性命,又利用火药技术确立在王宫中的地位,进而搞产业革命、建工厂、培养科学家和工程人员、制造蒸汽船、发行周刊、兴办电讯电话、铺设铁路。教会视穿越者为死敌，派三万大军前来攻打。这位穿越者只有五十三名追随者，他们凭借地雷、高压电网和机关枪，把敌人打得落花流水。科学带来进步，愚昧造成落后，小说主题就是这么简单粗暴。

不仅在小说中倡导面向未来，科幻作家在小说之外也表达着这种观念，并且中外科幻界，甚至中国内地和港台科幻作家在这方面都保持着高度一致。

著名作家阿来在《锋线科幻系列》的前言里写道：他们（科幻迷）对于主流文学中太多的回顾，太多的内省多少有些厌倦了。他们知道，不管是个人还是个人所在的国家或民族，最最重要的不是过去，甚至也不是当下，而是未来。而我们走向未来的基石，除了通常意义上的道德人文和伦理精神，科学知识与精神是一个更重要的基石。科学把人们的眼光引导向未知世界。

作家李伟才认为，科幻小说亦大大地提高了人们的"未来重识"，使人们认识到，明日的世界将不会是今天世界的简单延期；要保证明天不会步向灾难，必须今天便作出努力。（李伟才《发扬科幻小说的批判功能》）

作家黄凡则在一次座谈会上表示：我们的投资意愿非常非常低落。但是我们看看我们对寺庙的投资反而发展到非常可怕的地步，加上武侠小说盛行，大家都很想逃避在那种不可思议的境界里。我们目前解决经济问题，工业无法突破的问题，跟我们缺乏科幻精神有关——我们没有前瞻的精神。我们从小学生、中学生到大学生，没有人想到未来，就只想逃避、发牢骚，这可能是我们科幻小说家的责任。（黄凡，《科幻小说座谈会发言》，转引自《台湾科幻小说大全》473页）

这些言论分别发表在二十世纪七十年代到二十一世纪初，各地作家之间没有事先通过气，他们只是通过科幻本身获得了同样的未来意识。

有趣的是，当科幻界强调未来意识时，总要有一面镜子。作家姜云生就指出：人类社会生活中已经发生过或正在经历过的具体事件，由于其本身已经鲜有幻想成分，读者无须借助科幻作家独特、神奇的想象，完全可以通过历史教科书、通过主流文学作品来认识。（姜云生《科幻写作杂说》转引自《科幻时空》1999年2期）

科幻是描写变化的文学。而在世界上当下变化规模最大的地方，也就是中国，肯定会产生最关注未来的文学。

九节：全球化文化

其他文学都在描写个人命运、家庭命运，如果偶有描写国家民族命运的，就算格局比较大的。但是，很多科幻作品都在描写人类命运！也正是因为如此，优秀科幻容易打破国家民族界限，为世界各国科幻迷所接受。

这也是科幻与其他文学在主题上的一个重要区别，这种区别可能来源于自然科学本身，它从不关注人类内部的群体分割。万有引力能吸引所有人，每种新药物也都在治疗所有人。科学无国界，任何一种科学发现或技术发明都能传播到全球每个角落。

科学家眼里没有阶层和种族分野。当科幻作家用科学知识来写作时，就把这种视野带入作品，不管他们对此有没有自觉意识。

近代较早提倡全球文化的是歌德，他认为：民族文学在现代算不了很大的一回事，世界文学的时代已快来临了。现在每个人都应该出力促使它早日来临。（爱克曼《歌德谈话录》，112页。人民文学出版社1982年版）不过，直到歌德去世后将近一百年，真正的世界文学才初露萌芽，科幻就是其中代表。

全球化在科幻中的表现可分为三个层次。最初，它表现在背景和人物上。故事背景往往超越作者的祖国，主要人物会是外族人。凡尔纳经常描写全球范围的探险，主人公往往并不是法国人。

早就有外国科幻作家描写中国。1987年，国产电影《少爷的磨难》上映，鲜有人关注其改编自凡尔纳的小说。美国作家布雷德伯里在《飞行器》中描写东晋元帝杀死发明飞行器的民间匠人，以防止他的发明带来危险。日本作家丰田有恒在《蒙古的残阳》中，描写元帝国成功建立世界政权，到了成吉思汗纪元8110年，深受压迫的白人乘坐时间机器飞回公元1301年，试图改变历史。

二十世纪七十年代末，中国向世界敞开大门时，科幻成为中国作家描写异国他乡最多的文学类型。《珊瑚岛上的死光》就是例子，其全部情节都发生在海外。

在第二个层次里，科幻故事会有普适性，背景和人物可以替换。发生在哪个国家，主要人物是哪个民族都不影响故事本身。威尔斯的《大战火星人》便是一例。小说原作以英国为背景，后来在美国被改编成广播剧和电影，火星人就"入侵"了美国，而情节脉络基本不受影响。

由于这种可替代性，科幻作家并非只能在本国语言背景下成功。二十世纪九十年代，有位名叫大卫·赫尔的美国科幻迷在《科幻世界》杂志上发表了《天幕坠落》，该文后被选入《读者》杂志，拥有百万受众。赫尔成功地"出口转内销"，获得美国科幻协会"星云奖"。他承认自己创作生涯的成功是在中国获得的。最近的例子就是《三体》，它在许多国家的译本销量碾压了该国科幻作家的原创作品。

在第三个层次上，科幻作品会明确地把人类当成一个主体来描写。斯特普尔顿在《最后和最初的人》中，把人类进化史当成描写对象，根本没有提到国家和民族。

描写人类在科技上的合作，也是这个层次的作品。1970 年，第四十二届奥斯卡奖把最佳视觉效果奖授予《被放逐的人》，其实它不光有优秀的视效，也有很好的故事核。电影中，美国空间站发生故障，幸存者乘坐苏联飞船返回地面。几十年后在《地心引力》中，主人公于危难中搭乘中国飞船返回地面。在《火星救援》里，中国飞船也助予一臂之力。《流浪地球 2》则全面描写人类如何搁置分歧，共同解决地球面临的危机，是全球化思想的巅峰之作。

"人类一体"这个理想固然美好，现实中的人类毕竟还是分属不同国家，《流浪地球2》在这方面进行了有益的尝试。面对灭顶之灾，各国之间意见并不统一。但是，人类最终还是朝着同一个目标前进。电影并没有用简单的几句口号解决矛盾，而是用三个小时篇幅讲述冲突、磨合、斗争与妥协的过程。这是它对"人类一体"主题的大胆突破。

十节：警惕致毁知识

在很多科幻作品里，科学家要么一开始就没安好心，要么是好心办了坏事。总之，他们用技术给社会带来了各种危害。虽然此类作品很早就有，但对这种危害的理论概括却很晚。

1999年，中科院自然科学史研究员刘益东提出"致毁知识"的概念，包括可制造毁灭性武器或导致毁灭性灾难的各种科学技术，比如链式反应知识或DNA重组技术。他指出，人类并非要禁止致毁知识，而是要建立严密的监管制度。

我建议科幻界学习"致毁知识"理论，因为它凝练了这类科幻题材的主题。冷战高潮中，描写核恐怖的科幻作品层出不穷，代表作有《奇爱博士》《颠覆阴谋》等。现在，生物泄漏成为科幻关注和描写的重点，代表作有科幻电影《细菌浩劫》《食人鱼》等。

在一些作品里，发明家知道自己掌握的力量，并谋求借此成为统治者。凡尔纳在《世界主宰》中，描写隐身在火山口的狂人发明水陆空三栖航行器,以此作为称霸手段。威尔斯在《隐身人》里,描写格里芬隐身后狂性大发,自称"隐身人一世"。阿·托尔斯泰在《加林工程师的双曲线体》中,主人公工程师加林用死光武器完成割据,建立自己的统治。

罗宾·科克在《死亡激素》里,描写科学家从鲑鱼头部提取死亡激素的诱发剂。一家大型会员制保健中心用它来诱发中老年人死亡,以免这些人衰老后要为他们大量提供免费药品。

更多科幻作品描写目标正确的科研项目由于监管不力导致危害。在科幻电影《深海狂鲨》中,女科学家苏姗想从鲨鱼脑部抽取蛋白质复合体,帮助萎缩的人类脑细胞恢复生机。动机很好,但她为了加快进度刺激鲨鱼脑部,虽然能提取到更多样本,但这也使鲨鱼智力飞速提高,导致它们开始袭击人类。

克莱顿是描写致毁知识的高手,从早期的《西部世界》《死城》到《侏罗纪公园》,全都在描写科技研发失控所导致的灾难。克莱顿没有写过反派故意利用致毁知识统治人类或者毁灭人类的故事。

克莱顿熟悉高科技公司的运作,他知道,由于研发环节复杂,系统中哪个环节出问题都会造成巨大危害。以《侏罗纪公园》为例,建造它本来出于合理的商业目标,也准备了完善的安全设施,但由于内部员工盗取胚胎样本,人为破坏导致了后面一系列灾难。

在《纳米猎杀》中,克莱顿描写高科技公司研发纳米机器人，并赋予它们分布式发展的功能。这些纳米机器人流失到野外环境，脱离监管，发展出蜂群智慧，进而袭击它们的创造者，并以他们为化身入侵人类世界。

只要科学上有可能便去研究，很多科学家奉行的这一信条也会导致灾难。《异种》讲的就是这个主题。外星人没有足够技术让身体到达地球，就将基因以信息方式传输给人类。科学家收到后，果然出于好奇心，着手复制外星人。实验对象冲破障碍，进入人类社会繁衍自身。在这个故事里，科学家无所禁忌的好奇心成为帮凶。

凡此种种，都提示了致毁知识的危害。在健全科技伦理的实践中，科幻提供了很好的参考。

十四章：
回归文学视角

刘为民是一位主流文学评论家,他创作的《科学与现代中国文学》,系统梳理描写了科学题材的中国现当代文学,很有开创性。

但是,当他写到《猫城记》时,却在讨论老舍如何具有"探索宇宙、搏击外层空间的科技意识……"(该书279页)。刘为民还仔细分析"猫人"的生理特征,探讨猫人与美国科幻电影《E.T.外星人》中的外星人形象有什么关系。我想,从科幻作家的角度看,上述这些都不是《猫城记》的主题。

二十多年来,为了提升创作水平,我看过不少文学理论著作, 哪本都没介绍科幻小说应该怎么写。所以,我只能另起炉灶,边实践边梳理,探索科幻文学独特的创作方法。

下面这章,记录了我在这方面的经验。

一节:三重想象力

经常有人告诉我,他有个出奇的科幻点子,请我写成小说,拿到稿费再分成。我笑着回答说:既然你的点子这么值钱,最好还是你自己来写,我就不"剥削"了。

前面,我花了整整十章介绍各种科幻点,但你一定要知道,它们都是从成品中提炼的。单纯的科幻点往往一文不值！你能构思出一个科幻点？这很好，但它只是概念上的想象力。要把它写好，你还得有画面的想象力和行为的想象力。

什么叫画面想象力？来看看威尔斯的短篇《新加速剂》。主人公发明了能让神经系统加快运转的药物。他和朋友一起服下作实验。于是，窗帘停在空中，玻璃杯从手里脱离后缓缓下落。大街上的人全都和塑像一样，蜜蜂飞得像蜗牛一样慢。两人的身体与空气高速摩擦，衣服表面都有些焦煳。好在药效很快过去，周围突然活动起来，他们在别人眼里也仿佛突然从空气中现身。

威尔斯的天才之处不仅在于从逻辑上构思了很多新点子，更在于能用细节夯实这些科幻点。他发表这篇小说时电影刚刚诞生，还没有出现高速摄影，这篇小说完美地想象了慢镜头才能呈现的画面。

概念想象以知识和经验为基础，从逻辑上进行推导。小说或电影宣传时印出的故事梗概，里面包含的就是故事概念。但是，如果你只有一个科幻概念，那根本看不出好坏，没人知道它的完成度会有多高。你得有进一步的画面想象，也就是对科幻概念从体形和空间上进行想象。

你设想一种新机器，就得想好它的外观、尺度和功能。设想一类特殊环境，就得设想好它的空间结构、物体位置等细节。因为你的人物要使用这些新技术，或者在这些新背景里活动。如果想象仅停留于抽象概念，当你把人物放到里面后，就会显得很空洞或者不合理。

《星球大战》系列中的"死星"就是一个科幻概念。它有卫星那么大，一炮可以摧毁一颗行星，但是这种"大"显得很空洞，缺乏细节支撑。一旦与人物结合，几个游击队员钻进去边打边搜索，很快就能到达要害部位进行破坏，整个活动空间可能只有几个足球场大小。

画面想象很不容易，有时候真需要用画面来辅助想象。凡尔纳之所以成功，很大程度就在于他的画面想象能力。他的作品很容易搬上银幕，其原因就在于把新发明写得栩栩如生，改编者知道怎么把人物放进去。在《神秘岛》中，凡尔纳干脆画了一张"神秘岛"的地形图。这个岛只存在于他的脑子里，之所以要画张图，完全是为了给他的人物设置活动天地。

后来，很少有科幻作品直接把背景画面放到情节里，而是放到构思过程中。坎贝尔曾经让科幻作家以幻想画为基础进行构思。中国的《科幻世界》杂志也曾经做过"封面故事"栏目：每期推出一张科幻画，让读者发展成小说，下期再从来稿中挑出一篇发表。这些例子都直接使用画面辅助想象，可见画面想象的重要性。

刘慈欣的一个成功之处也在于画面想象力。他使用的科幻概念往往前人也写过，但是他用画面展示出了它们的宏大。在《流浪地球》中，刘慈欣更给出"行星发动机"的外观尺寸，以及和周围地理环境的对比，改编电影才能方便地把它展现在银幕上。

如果你设定了非常宏大的科幻概念，恐怕一个人很难完成画面想象。《基地》和《银河英雄传说》都足够宏大,实际出现的地名只有十几个,而地球上的国家和地区就有两百多个。《星球大战》到了后期放开背景,引入多人集体创作,才生成了繁复的太空剧体系。

我之所以比较推荐"从科到幻",鼓励从现实出发的写作方向,就在于现实中有大把素材可以用于画面想象,能让你的作品更扎实。

有些科幻电影导演往往概念想象不足,却有着卓越的画面想象力,卡梅隆就是典型。他的很多科幻电影构思很陈旧,写成小说可能会更烂,但他能用卓越的镜头语言把它们呈现在银幕上。画面想象不是为了画概念图,而是给你的人物打造行动空间,想象人物行为才是写小说的根本。要知道,读者阅读的顺序和作者创作的顺序正好相反。作者先想出概念,后想出画面,最后构思行为。读者则是先看人物行为,通过行为感知背景,最后提取科幻概念。如果行为没写好,概念和背景上花的工夫就白搭了。

科幻小说中的人物要有完全不同的行为逻辑,才能有特点。科幻界之所以推荐《冷酷的平衡》或者《日暮》,就在于其人物行为不同于其他小说,但又可以理解。刘慈欣在《三体》中放大了这种行为逻辑,小说中的人物行为完全有别于其他类型小说。这奠定了《三体》成功的基础。

二节:背景设置

我接触过一家游戏公司的项目,他们出资百万,聘请作家进行"世界观设定"。这项工作需要一组人,而不是一个人。即使这样,分给每个人的费用仍然比写科幻小说要多,而作家并不需要写出故事。

"世界观"这个词很古老,但是进入创作界应该不早于千禧年。人们用它指代不同于现实世界的虚构背景,而不再是哲学上的原意。科幻、奇幻和武侠这些类型往往要在虚构背景中展开故事,游戏更以设置背景为主要工作,都需要背景架构。

现在我们读《乌托邦》这些早期作品,就像在看一本本世界观设定指南。书中的新世界很有趣,但是故事却略感无聊。以至于我看到这些早期作品经常有种冲动,想用原著的设定重新写故事。宫崎骏大概就是有同样的冲动,才用斯威夫特"飞岛"的构思拍出《天空之城》。

威尔斯从《时间旅行》开始就喜欢虚拟背景,当然,他的故事写得也很精彩。等到太空剧流行后,写虚拟背景几乎成为风潮。虚拟背景往往来自单一的科幻概念,再据此推演出它对全社会的改变。在威尔斯的《神食》里,能激发生长潜力的"神食"就是单一科幻概念。除了它,故事里再没有其他变量。小说前半段很写实,后半段完全写了一个"神食"普及后的世界。

刘慈欣在《超新星纪元》里,以超新星为单一因素。没有它,世界显然还是今天这个样子。这种世界观构建法,类似于向方程式中引入单一变量再求解,方程式里面其他常量则是现实生活中的点点滴滴。

另一种虚拟背景是先给特殊时空设定范围，再深入设定细节。以《基地》《银河英雄传说》和《星球大战》为代表，每部太空剧都会先给出完整背景，而并不是由某个单一科幻点引发。

三大反乌托邦小说里的虚拟社会，叶永烈的"未来市"（《小灵通漫游未来》），韩松构造的"2066年之美国"（《火星照耀美国》），都是这种全景式的虚拟背景，先定好时间和空间，再往里面填细节。

在今天，"从幻到科"的写法占据压倒性优势，有些作家写科幻根本不是为了写故事，就是为了塑造虚拟背景。问题来了，作者如何交代科幻故事的虚构背景？早期那些使用虚拟背景的科幻，作家通常借人物之口，滔滔不绝地描述这个背景，通篇没有矛盾冲突。只不过在当时，这些设定足够惊人，才能吸引读者。几百年下来，各种设定都玩过很多遍，发展得很细致，再这样写已经不行，必须在不间断的情节矛盾中展开背景。

在这方面，中国古典文学才是榜样。《西游记》派生出很多同人小说和影视，说明大家喜欢使用这个背景。吴承恩肯定有完整的设定，但是原著一直在快节奏地叙述，并没有停下来讲设定。故事背景像卷轴一样，在情节中徐徐展开。

阿西莫夫的《基地》则是经验教训都有。它最初只是一个中篇，人物们斗智斗勇，情节紧凑，几乎无可删改。因为情节精彩而取得成功后，阿西莫夫有条件写续集、写长篇、不断增加背景，导致叙述越来越啰唆，经常出现大段的口水戏。虽然《基地》是科幻领域的名著，但我建议新作家们认真对比它的开篇与后面的作品，并以它的开篇为榜样。

《三体》是相反的例子，经常有人慕名购买这套书，却看不进去它沉闷的开篇，而故事精彩之处在后面。有人会说，没有开头的铺垫，就没有后面的精彩。但我认为这套书在开篇犯了介绍设定过多的毛病。

今天，或许只有一种题材还能把主要文字用来叙述背景，那就是探险类科幻，《与拉玛相会》就是典型。一艘未知文明的巨型飞船进入太阳系，大批科学家钻到里面对它进行考察。他们一会儿到了这里，一会儿遇见那桩怪事。小说就像是"公路电影"：一路走，一路展示巨型飞船的内部。

这样写之所以还能牵着读者，在于大家都想弄明白：这到底是谁派的飞船？来太阳系做什么？是否威胁人类？这些悬念到最后也没解开，外星飞船不理不睬，扬长而去。这个写法很精妙，牵住了读者的鼻子。但是，克拉克在他很多没有探险情节的作品里，仍然有设定过于啰唆的毛病。如果让我来压缩《天堂的喷泉》，能砍掉一半的文字。

新作者爱用大量文字写背景，这里也包括刚起步的我。2005 年之前，我写过一系列长篇科幻，也出版了一些。在那些小说里，我将大量语言用于讲述设定，其实并非要给读者看，很多时候是在边想边写。

2005 年我开始给《今古传奇·故事版》写稿，故事体裁要求必须在几千字内完成情节，文字上得压缩再压缩，这才让我意识到以前的作品有多啰唆。后来我修改早期作品时，往往要砍掉四分之三篇幅，同时还要加入很多新情节以提升叙事速度。但是，当年那些设定我基本都还保留，只不过把它们转移到成品之外，仅供我个人参考。

如果你不想走这个弯路，我建议你先作设定，再写故事，不要边写边构思背景。你可能会觉得设定也要写很多字，又不直接表现为创作字数，很浪费。但是，如果你把设定调整好，写起情节来会非常快。

三节：叙述逻辑

克莱门特在《重力的使命》中塑造了"麦斯克林星"，它的赤道重力远大于两极，导致星球是扁的。以当下已知的观测，宇宙中并没有这样的天体，但不妨碍这篇科幻很有名。故事逻辑自成一套，破绽很少，科幻迷就接受他的设定。

无论是否使用虚拟背景，作者都得给小说定出一套逻辑，故事核心就建立在它上面。现实主义文学既不需要虚设背景，也不需要设定逻辑，直接从人物和故事入手，但是科幻作家还要多花一些工夫。

科幻中的叙述逻辑不存在于真实世界，而是作家自定的。"机器人工学三定律"就是阿西莫夫和坎贝尔讨论出来的，用于他自己的《我，机器人》系列小说，功能是让机器人不断陷入自我矛盾。由于这套小说很成功,"机器人工学三定律"不胫而走,吸引很多科幻作家效法。但是,你在机器人专业中看不到它的影子,这纯属小说创作的逻辑。

对中国科幻迷来说,"黑暗森林法则"的名头更大。一旦某个宇宙文明被发现,就必然遭到其他宇宙文明的打击。所以,大家都隐藏自己的行踪以避免被发现。这是刘慈欣专门为《三体》制定的叙述逻辑,并没有出现在他的其他作品里,现实中也不存在有这样的法则。很多描写外星文明的科幻作品使用相反的设定,也能写出很好的故事。

时间旅行更是完全属于科幻的叙述逻辑,一代代科幻作家将它丰富完善,形成了精细的体系。但如果你在高考填报志愿中寻找研究时间旅行的专业,那是不可能成功的。

科幻的叙述逻辑会借鉴科学,但并不是科学本身。刘慈欣在《球状闪电》中对"球状闪电"的设定就是如此。小说列举现实中球状闪电的例子,但却把它设想为"宏电子",这是作者自己的设定。刘慈欣解释说,这样设定并非很科学,而是"最有趣最浪漫"。可见,它其实是一个艺术形象的设定。

为科幻设定叙述逻辑,很多时候是为了突出效果,《冷酷的平衡》就是代表。飞船的燃料和给养只能维持一名船员的生存,心生怜悯就得双双毙命,这样设定完全服务于故事主题。事实证明,这个叙述逻辑让它成为了经典。

在《献给阿杰吉侬的花束》当中，主人公查利手术后从智力障碍者变成超人，又恢复成智力障碍者。作品没有写这种变化的科学根据，小说重点是通过查利的眼睛，描写智力变化如何导致主人公与他人关系的变化，写的是人情冷暖。当然，作者完全可以修改逻辑，让查利自己找到避免重新陷入智力障碍的方法。但是作者没这样设定，正因为这个悲剧结尾，小说给改编电影提供了表演空间，《畸人查利》捧得了第四十一届奥斯卡最佳男主角奖。

如果准备走"从幻到科"的路，你可以随意自定逻辑，只要它能自圆其说。但如果想走"从科到幻"的路，你还得在叙述逻辑中完成"知识跳跃"，就是从现有的、真实的科学知识跳到不存在的、你自己设定的逻辑里。没有任何科幻作品完全符合科学，读者也不会这样要求，写科幻肯定会发生知识跳跃。

无论怎样设定，判断科幻作品中叙述逻辑水平的标准都是"自洽性"，就是能否自圆其说。

四节：全新的冲突

在《冷酷的平衡》中，驾驶员杀死了一名无辜少女。然而，没有读者认为他是邪恶的反派。在小说给定的背景下，他只能这么办。

所有故事都以矛盾冲突为主线。人与自然的矛盾决定着人与人的矛盾，这是科幻给整个文学提供的全新冲突类型。其他文学总要设置反派，让他们给社会，特别是给正面人物带来灾难；必须阻止他们，消灭他们，才能重回正义。

这种创作习惯来自根深蒂固的"猎巫反应"。当人们遭遇各种灾祸时，很难把它们归结于自然规律或者自身努力不够，而是希望有人为自己的倒霉事负责。在知识落后的古代，这种心态导致人们集体寻找替罪羊。中世纪末期欧洲发生的审判女巫事件就是典型。通过杀死随意指认的女巫，人们的心理获得平衡。

2007 年上映的科幻电影《迷雾》对猎巫反应有很好的描写。电影里面有个神神道道的中年妇女，平时被邻居们当成怪胎。后来众人被围困超市，外出就会被不知名的怪兽杀死。在这种无法解决的灾难面前，这个中年妇女大肆宣传迷信，声称只有献祭才能解决问题。平时循规蹈矩的居民开始听信她的话，在邻居中寻找替罪羊。

传统文学中设置反派，能够满足普遍存在的猎巫心态。反派可以是魔鬼、人类中的黑魔法师，或者坏人。很多作品还会设置"忠诚的反派"，他们不干任何好事，不会良心发现，也不会转变成好人，在整个故事里忠诚地执行着反派的功能，就是给正面人物施加压力，制造冲突。

科幻从早期萌芽开始就拒绝设置反派。西方的伊卡洛斯传说，《偃师》和《桃花源记》这些科幻萌芽里面都没有反派。《弗兰肯斯坦》《化身博士》《莫洛博士岛》这些早期经典里面也没有反派，只是有人好心办了坏事。《地心引力》《火星救援》这些作品更是完全取消了人际矛盾,甚至压缩人与人的对手戏,突出人与自然的冲突。

《流浪地球》系列改编电影的成功之处,也在于它遵循了这个科幻传统。第一部电影没有人与人的冲突,完全描写人与环境的冲突。第二部电影添加了人与人的冲突,但是并非发生在正派与反派之间,而是对人类未来不同避灾方案意见不一致,道义上没有邪恶的一方。

专注人与环境的冲突,把人与人的冲突解释为思想矛盾,最多是先进与落后的冲突,这是科幻的特色。不过,最近这种特色正在淡化,外星人与科学家承担起女巫的角色。几十年前还有很多正面的外星人形象,而在当代科幻作品中,外星人来到地球就是要入侵,而科学家们都在努力地毁灭自己的文明。

《星球大战》系列完好地体现了这个转变。1977年的第一部作品正邪分明,后来,片方让达斯·维德发生转变,提升了影片主题。二十世纪九十年代重启时,因为正传已经消灭了银河帝国,影片便去拍摄它的来历,叙述了前传故事,这也没有问题。

到2015年启动后传,就只能再安排一批新反派,最后还把已经死去的"老皇帝"弄出来,让他再死一遍。在这里,"老皇帝"西斯武士帕尔帕廷就是"忠诚的反派",他存在的价值就是生硬地制造矛盾冲突。

设置反派的做法适用于人类的童年时期,无论个体还是群体都是如此。读者普遍成熟后,便会知道社会上并不存在神秘的邪恶力量，把愤怒投射于想象中的坏人也不能解决实际问题。至少在矛盾主线设置上，科幻更为成熟和理性。

那么多科幻作品，都不设置人与人的冲突吗？当然不会。短篇还可以破规矩，中篇和长篇如果没有人际冲突，就很难填满情节。于是，有人直接照搬其他类型的冲突。《星球大战》仍然是"反面典型"，先是独裁和民主的冲突，后来又有各种军阀和黑帮。这样写当然能吸引观众，但同时也失去了科幻的特点，影片越拍越像太空版的《权力的游戏》。

具有科幻特色的人际冲突，就是进步与保守的冲突。它会围绕某种新技术展开，一派要发展它，一派要阻止它。丹尼尔·威尔森的《智能侵略》堪称榜样。围绕着"自动神经汇聚器"这种提升智能的新技术，支持它和反对它的两派建立组织，发动斗争乃至战争，这个矛盾构成了全书的核心冲突。

《再见朱庇特》和《太阳浩劫》这类抢险题材作品中，人与自然的冲突还是主线。但是，一方面科学家要用技术挽救人类，另一方面有人认为灾难体现了所谓神的意志，要阻止挽救计划。它们构成了人与自然冲突主线中的副线。

五节：塑造"科学人"

科幻小说仍然要以人物命运为主线，如果哪部科幻作品没有这样做，那是作者的功夫不到家。

2015年底，我应河北科技大学徐彦利老师邀请去作讲座，第一次表达了这个思想。从那以后，它成为我的创作原则。当年我已经四十六岁，科幻也写了十八年，才完成这个转变。

科幻作品没有塑造出成功的人物形象？是的，不光外界这么看，科幻界自己也普遍承认。只是面对这个批评，科幻作家有两种态度。一种认为，没塑造成功人物不算什么，科幻本就不该以人物见长，能提供各种奇思妙想就算完成任务。

我属于另一种态度：任何文学作品写不好人物都算失败，科幻也不能例外。当然，既要设定完整的世界观，又得搞好叙述逻辑，科幻作家事先花了不少精力。但是，你仍然要思考如何塑造人物，角色没写好就是失败之作。

其实，科幻写过出色的人物，那就是"科学人"，是在科学技术指导下展开工作和生活的人。你可以理解为广义的科技工作者，科学家只是他们中间比较成功的那部分人。

这些人构成科学共同体，平时就在这个群体里面工作和生活。其他作家往往远离这个群体，文艺评论家也容易忽视这方面的"体验"。当他们谈到科学时，很容易站在科学的外部，谈论科学的成果，仿佛它们是从石头缝里蹦出来的一样。他们不知道科学共同体这个群体所思所想、所爱所恨。

科幻作家完全相反，要么本人就是科技工作者，比如阿西莫夫与海因莱因，郑文光与叶永烈；要么是接近科技共同体的人，比如凡尔纳。他们会写"科学人"，或者说写"活的科学"，而不只是写科学成果，或者说写"死的科学"。很长时间里，只有科幻在描写"科学人"，后来才开始有以科技人群为题材的现实主义作品。

在科幻小说的开山之作中，弗兰肯斯坦就是科学人。作者描写他求学成长、探索生命奥秘的全过程，颇有人物弧光。在《莫洛博士岛》中，莫洛博士因为搞活体解剖被社会驱逐，跑到荒岛上继续实验。这个矛盾冲突只有当年的"科学人"才会面对。

在"小科学"题材中，科幻作家爱描写天才型科学家，别利亚耶夫笔下的"瓦格纳"教授，刘慈欣塑造的"丁仪"都是典型。这些人不修边幅、衣着随便、举止古怪，但就是有本事。由于靠天才而不是合作取得成功，他们常常有隐士性格，显得不通人情。

在"大科学"背景下，科幻开始描写更接近现实的"科学人"，他们身上凝聚着勇士般的牺牲精神。在克拉克的《地球凌日》中，主人公作为唯一幸存的宇航员，明知自己无法获救，但因为能看到"地球凌日"这个宇宙奇观，内心竟然充满幸福感。整篇小说只描写他在氧气耗尽前最后一段时间的历程，作品中不停地出现倒计时，那既是地球凌日现象的终结，也是主人公生命的终结。身为"科学人"，这个人物并没有什么发明创造，只留下一个视死如归的形象。

詹姆斯·冈恩在《人类之声》中，描写一群科学家守在破旧的射电望远镜观察站里搜索外星人信息。研究持续了五十年，前后几代人，一无所获。詹姆斯·冈恩从记者视角描述了"科学人"的牺牲，牺牲的不是财富，也不是生命，而是宝贵的青春年华。

专注于"科学人"，是科幻文学重大的差异化。但一些影视人则对此持有偏见：赋予角色以高知识属性，他的思维就不那么感性，语言就不那么有趣，表演就不那么生动——《星际迷航》中的"斯波克"和"百科"这两个角色集中体现了这种刻板印象。而在其他科幻电影中，科学家都穿着白大褂，讲着莫名其妙的术语。他们很少是主人公，一般都充当推动情节的"工具人"。

社会上有那么多行业分工，只写好"科学人"就行了吗？答案要在社会发展趋势里面找：各国受教育人群的增长速度都远高于人口增速。在中国，"00后"的高校毛入学率已经达到很高水平，中国的"科学人"总量保守估计已达到一个亿，而且是成年人口中的一个亿，每年还要增加数百万。

或许不用到2100年，中国成年人就以大学生为主，没有高校文凭的人就会很罕见。到那时，人人都是"科学人"。《仙女座星云》才是对未来社会最准确的描写，而像《星球大战》那样，在太空高科技背景下仍然描写皇帝、贵族、游侠和土匪，才是缺乏想象力的体现，那都是上古时代低知识社会的产物。

六节：超现实描写

包括科幻在内，任何小说要想生动都得依靠描写。

人们为什么要看科幻？不是看其中对现实的描写有多生动，而是看对超现实的描写有多离奇，包括行动、语言、心理、环境等许多方面。

无论是科幻的主题、创意，还是虚拟背景和叙述逻辑，都隐伏在字里行间，能让读者直接看到的只有描写。小说没有画面那么直观，更需要以描写取胜。有没有对超现实情节的描写能力，决定着你在科幻道路上能走多远。

"科幻式倒叙"就是典型的超现实描写，它假设生活在未来的人讲述今天还没发生的事。黄海在《银河迷航记》里，用科幻式倒叙表达对自己国家命运的期望。主人公站在巨型太空站上俯视大地，看见了全新的祖国。

在没有现实依托的情况下，对并不存在的场景进行描写，也是科幻的特殊任务。凌晨在《燃烧的星星》里，描写了在火星上看到的太阳：由于火星大气层稀薄，西坠的太阳看起来比在地球上更清晰耀眼。大气将阳光漫反射或者吸引，使太阳周围如现宝光，熠熠生辉。（《科幻大王》杂志1999年第12期）这段描写生动细腻，却完全生成于作家的头脑。

柳文扬在《解咒人》里设定了被潮汐锁定的行星，其中对于日夜分隔线的描写恢宏壮丽：地平线上的太阳把他们的影子长长地投向前方。太阳已变成血红色的一团。在白昼世界，它端正地悬在高空，是令人不敢正视的炽热金盘；而在黎明世界，它是气象万千、不可方物的巨大火球。现在它暗红地低垂在荒漠尽头，让人产

生了末日将临的莫大忧惧。(《解咒人》239 页,海洋出版社出版)

对灾难场面的描写也属于超现实描写,因为科幻中的灾难往往并不会实际发生。刘慈欣在《地火》中就有一段详细的灾难描写:公路以外的地面干燥开裂,裂纹又被厚厚的灰尘填满,脚踏上去扬起团团尘雾。一个小池塘,冒出滚滚蒸汽,黑色的水面上浮满了鱼和青蛙的尸体。现在是盛夏,可见不到一点儿绿色,地面上的草全部枯黄了,埋在灰尘中,树也都是死的,有些还冒出青烟,已变成木炭的枝丫像怪手一样伸向昏暗的天空。(《科幻世界》杂志 2000 年第 2 期)地火的残酷性只有通过这些描写才能体现。

超现实对话也颇见描写功力,它或者出现在人与非人角色之间,或者出现在两个非人角色之间。奥尔迪斯在《生命的出现》中,通篇都在写一对夫妻的争吵。争吵内容看上去完全是日常生活中两口子在拌嘴,但争吵的形式却不像出自鲜活的人。原来,这是两人死后分别被贮存到芯片中的意识。争吵本身也不是对话,而是按程序回放的死者意识。

科幻作品还需要超现实的心理描写。在斯蒂芬·金的《死亡区域》里,主人公经过重创,激活了大脑中沉睡的死亡区域,产生预言能力。这些预言在小说中表现为支离破碎的印象。

这些都是科幻中的佳作。不少科幻作者缺乏这种能力,在小说中躲着超现实情节。现实部分有依托,写得很详细，一到科幻点上就语焉不详，因为他们脑子里没有生成足够的画面。

总之，超现实描写是科幻写作的特殊能力，作者必须在这方面下足功夫。

七节：修辞特色

很多人看低科幻小说的文笔，这种批评有部分是客观真实的，理工科出身的作者在文笔上是要稍微差一点。另一部分则是他们不理解科幻的语言风格。

首先从篇名上看，科幻小说就非常独特，有时候刻意用生僻的专业术语。像《宇宙塌缩：奥伯斯佯谬》《赫尔墨斯定律》《全息传真机》《表情控制器》《安德洛默达品系》，它们并非学术论文或者产品说明书，而是科幻小说的篇名。

著名影片《黑客帝国》英文原名叫"*The Matrix*"，直译是"矩阵"，一个计算机术语。当年中国还没有太多科幻土壤，译成《黑客帝国》帮它降低了公众接受的门槛。《三体》来自天体力学中的"三体问题"，当它出版时，中国已经有足够多的读者能够理解它，并且让这个科学术语广为流行。

科幻修辞有阅读门槛，反过来也帮它抓住了特定读者。杨平在《黑客事件》中，开篇只有一句话："这个世界只有 256 色。"了解计算机的读者一看就知道这是关于虚拟世界的故事，不懂的读者则会生成悬念，我认为这个优秀的开篇可资借鉴。

再看描写和对话，很多科幻作家往往出身科技精英，写的人物也多是这个群体，文中人物对话爱用长句子，语法复杂。在这方面，科幻小说和科幻影视还有区别。后者往往把科学家变成背景，他们甚至不用出场；充当主人公的往往是其他群体，而且总是不同于科学家的一些社会底层人物，台词也更加口语化。

既然写科学家，就得写他们的语言特色。在《黑钻石》中，王晋康用一个文科出身的女性作叙述者来讲她的丈夫，一个天才物理学家。小说为了表现双方的隔阂，让文艺语言和科学语言交错展开。本篇可以视为科幻作家处理文字问题的佳作。

科幻小说在修辞上还有特定的难题。传统文学在上千年实践中积累的很多修辞语言，绝大多数形成在小农经济背景下，在科幻中往往不适用。翻遍《成语辞典》，都不可能找到描写黑洞或者宇宙飞船的成语。譬如"沉鱼落雁""闭月羞花"这类成语，在科幻中全无用武之地。

有些作品设置了虚拟背景，要刻意回避传统文学中的修辞，《星球大战》就是典型。故事完全不发生在地球，角色也不是人类，这样就不能有任何地球语言中的惯用语。失去俚语、成语和各种"梗"元素，怎么才能让对话生动？结果，《星球大战》以台词乏味而著称。相反，现实题材的美剧《生活大爆炸》的台词完全能成为人们的谈资。

这个问题还没有好的处理办法，也许在本书修订时,你能给科幻修辞增加好的案例。

八节：情绪基调

同样一个故事,用什么情绪讲出来,或者用它制造什么样的情绪,这非常重要。对情绪基调有自觉意识,已经属于比较高级的创作思维。特别是对于影视剧来说,很讲究"调性",主要就是指情绪基调。

抒情就是一种基调。这类作品不以故事见长,而是文笔优美,感情婉转惆怅。布雷德伯里是抒情科幻的代表人物,他的许多作品如《浓雾号角》《火星纪事》都有抒情风格。

詹姆斯·冈恩的《冰中少女》也是典型的抒情科幻。冰川期再临,人类移民赤道附近。主人公留守在家乡,天天看着冰川中一具少女的尸体。全篇并没有什么离奇情节,主要在描写他的恋乡之情。

泰利·比森的《地球老歌》也有异曲同工之妙。它描写一个外星殖民者对地球的怀念,情节则被淡化到极点。我们甚至可以直接将它看作科幻散文,而非小说。

荒诞是另一种情绪基调。《银河系漫游指南》是荒诞科幻代表作,读者很难用正常逻辑理解情节。詹姆斯·冈恩也运用荒诞手法,创作了《来自外星球的礼物》《绿色拇指》《玩具熊》。

美国作家拉弗蒂在《漫长的周二之夜》里,描写科学家发现脑中负责深思熟虑的组织后,人们纷纷做手术摘掉这个组织。从此,决策效率加快了成百上千倍。美女每天上午都要嫁给当天最富有的男人，当他在晚上事业衰退时就离婚。而她破产的前夫则会在一天后重新发财，到晚上又破产。这篇荒诞小说把快节奏社会中人们自控力的下降描写得淋漓尽致。

中国作家韩松也喜欢用荒诞手法写作，他的几乎所有短篇都在刻画杂乱、怪诞、莫明其妙的气氛。《逃出忧山》《末班地铁》《赤色幻觉》《超越现实》都有浓厚的荒诞色彩。

赋予科幻以幽默的情绪基调殊为不易，但也有不错的例子。冯内古特在这方面很擅长，《巴恩豪斯效应的报告》《自动钢琴》都是代表。郑渊洁的《黄金梦》、王晋康的《美容陷阱》都在自觉地运用幽默。电影《独行月球》则是科幻喜剧的成功之作。

恐怖小说作为文学门类由来已久，有人甚至把它与科幻、奇幻并列为三大幻想文学门类。当然，"恐怖"与"科幻"是内容与形式、"横"与"纵"的关系，可以融合。凡尔纳的《喀尔巴阡古堡》，威尔斯的《隐身人》和《莫洛博士岛》都有着明显的恐怖色彩。《异形》则是恐怖科幻在银幕上的代表。

杰克芬尼创作的《盗灵恶魔的城市》也有恐怖色彩。外星人以精神体侵占了人体，这个设定很讨巧，小说从头到尾都没有出现外星人，被侵占的人也不发生变形，只是言谈举止变得古怪。据说，其改编电影在二十世纪五十年代仅用十四天就拍摄完毕。二十世纪八十年代的翻拍版也是一部低成本电影。

九节：传统技巧再利用

所有小说都需要谋篇布局，形成小说结构。它有几个主要类型，首先是单线式结构，就是"一条路跑到黑"。短篇科幻多用这种结构。不过，黄易的《寻秦记》长达两百万字，竟然只有主人公项少龙一条线索；前面靠描写吊住胃口，后面章节阅读起来则凸显乏味。

二是复线式结构，用两条或更多的线索交叉表现。刘慈欣的《乡村教师》是运用复线式结构的佳作，一条线是极端落后的乡村学校，另一条线是先进得无法理喻的"碳基文明"与"硅基文明"的接触。两条线索最后交汇到一处，取得奇特的美学效果。

《楚门的世界》是明暗副线的典型。主人公的生活是明线，制片组的活动是暗线。影片前半部分一直围绕主人公展开，直到内容过半才进入暗线，揭开谜底。

还有比较少见的辐射式结构，情节从一个点向外发散，王晋康父子共同创作的《解读生命》就是典型。外星人来到地球被人类杀死，然而，它们那种奇怪的死法没有得到解释。小说给了两种结局（由王晋康父子分别撰写），两代科幻作家根据这种死亡现象，倒推各种致死理由，每个理由都构成一段情节。

更有表面上凌乱不堪，却符合作品本意的结构方式。《神经漫游者》就是如此，用颠三倒四的叙述表现网络生活的支离破碎。

从谁的角度讲故事，即小说的叙事观点，据说有七八种之多,但最基本的有三种。第一种是全知的上帝视角。作者无所不知,既写客观发生的事件,又写人物心理活动,还能同时写不同时空中发生的事情。一般的科幻作品都用这个视角。

第二种是"作者参与"的叙事观点。用第一人称,参与事件的发生、发展。某些描写智力题材的科幻小说,如《献给阿尔吉侬的花束》和《失去它的日子》,都因为使用这种叙事观点而获得成功。叙事者是智力变化的亲历者,通过旁观者来讲故事反而更为烦琐。

第三种是"作者观察"的叙事观点,叙事者不参与情节,并且只写他的所见所闻,叙述近似白描。威尔斯的《大战火星人》就是代表,主人公一边逃难,一边讲他看到的各种事情。

短篇作品限于篇幅,一般只用一种叙事观点。长篇则可以使用多种叙事观点。比如写一个人进入他人的梦境,或者进入数字世界,既可以用旁观者的角度写他的外在举动,又可以换成参与角度,写他在梦境或虚拟世界中的经历。

叙事观点的变换不仅方便叙述,更可以使读者保持阅读兴趣,常用一种视角讲故事会导致审美疲劳。

十五章：
从科幻文学出发

1992 年，《科幻世界》杂志改版后首期封底印着金霖辉的科幻画。这位中央工艺美院毕业生后来又在游戏公司画概念图，为影视剧制作机械道具，还导演过科普舞台剧，然后，他把自己绘制科幻画的经验写成了一本书。在那之前，他还在《科幻立方》杂志上发表过几篇科幻小说。

这让我钦佩不已，因为他能卖出自己的文字，而我这辈子恐怕卖不掉自己的画。

纵观中外，文学家往往涉猎多个艺术领域，"琴棋书画"就是概括。科幻作家也需要这样，在其他艺术领域即便达不到专业水平，也至少能触类旁通。比如，《三体》中"二向箔"攻击太阳系那段描写，其实取材于印象派的绘画。

经常有人问我，靠写科幻能养活自己吗？这其实是个伪问题。没有谁只写科幻。凡尔纳有大量的冒险小说和地理科普著作，威尔斯最早翻译到中国的作品叫《世界史纲》，叶永烈不仅是著名传记作家，还出版过关于科学相声的书。

即使写作科幻，也并非只能写小说。我除了科幻小说，还出版过近十本科幻历史或者科幻评论。此外，我写的未来学和科普著作多少都与科幻相关。

我参加过二十多个影视和舞台剧项目，在里面充当科学顾问，或者直接当编剧。我还给科幻会展做过策划，多次参加政府或学术机构的科幻课题。所有这些项目里面，我的直接成果都是文字，都是用写作换取报酬，我认为它们都应该算与科幻有关的写作。

下面这章介绍的文字工作大部分我都干过，少部分没干过，但我有朋友做过，比如游戏背景设计。这些行业也有专业文字工作者，但如果涉及科幻领域，还是会请科幻作家参与。

当然，这也是你的新机会。

一节：科幻编剧

影视影响大，当编剧挣钱多。这些好消息经常在作家圈子里面传播，搞得很多人摩拳擦掌。我在这里先给大家泼点儿冷水。

设想一下，如果刘慈欣是某家影视公司的职业编剧，并且把"三体"这个构思先写成剧本，而不是小说，可能他到今天还在到处找投资，也没有地方发表这个剧本。

有个区别你一定要知道，编剧是专业工作，写小说则不是。影视学院有编剧专业，毕业生受雇于影视公司，从事集体创作。反过来，虽然也有中文系，但毕业生的工作是当教师、做编辑、搞文学评论，写小说反而并非首选。

如果你是小说作者，可能会偶尔承担编剧工作，但还是要以小说为立足点，小说写得好才能兼顾其他。如果你不是职业编剧，加入剧组后，你的编剧合同看上去"很光鲜"，而那些急需剧本的项目还会先付订金。

但出版业链条相对短，作者和编辑沟通好就行。如果你专注于写作，几年后就能有一堆作品向公众宣传。

影视项目的链条长得多，不知道哪个环节出问题，项目就做不完。这时候，即使你卖出了剧本，但是最终作品无法与观众见面，对你提升名气就没有帮助。另外，大型影视剧通常不是一个编剧，而是一个编剧组，你只是其中之一，甚至只是修改某一稿，连署名权都被忽视了。所以，我参加影视项目就是要赚快钱，也只是在小说写作间隙中去兼职，不敢把主要精力投放到上面。

另外，做编剧体现在合同上的费用不菲，但制片方要求修改的次数能多到让你怀疑人生。有位科幻作家经常担任编剧，最多时，她在三年内修改同一部剧本达到一百三十三次！而费用不会增加一百三十三倍。相对来说，出版社的文字编辑对修改的要求少得多。

能够在影视上出头的编剧，往往与影视业长期有关系。《霹雳贝贝》的作者张之路是儿影厂的编剧，倪匡也经常出任编剧，但这些案例不适用于大部分科幻作家。

把这些利害得失讲明白，才能往下谈编剧经验。最关键的一条，是你得把小说和剧本完全分开。不要写剧本式的小说，或者小说式的剧本。

这方面克莱顿是榜样。他既是作家，也是编剧，还做过导演和制片人，像《侏罗纪公园》《神秘之球》这些作品他都亲自改编。同名小说和影视不仅表现手法有区别,侧重点和故事走向都有不同。不过,他的后期部分作品有很重的赶工痕迹,即在剧本基础上直接修改成小说。

怎样写剧本?你会找到很多经验之谈,我就不再重复。一个补充经验就是,你得尽可能找机会下剧组。项目无论大小,时间无论长短,哪怕仅仅是几小时的探班。你在摄影棚那些乱七八糟的线路中间走上一走,会很快明白剧本中哪些该写,哪些不该写。

反过来,如果你是职业编剧,想写写科幻小说,我建议你翻翻张之路的科幻小说,再看看同样由他编剧的作品,对照着寻找两者的差异。画面逻辑不同于小说逻辑,如果直接转移到小说创作上来,会让作品显得零散、逻辑性不强。

二节:科幻游戏

如今,国内经常有人引用吴岩与中国科普研究所合作的年度科幻产业报告,看到科幻年总产值已经达到数百亿元,但是很少有人注意到报告里三分之二的产值来自科幻游戏。小说和影视都是一次性付费,而消费一款游戏需要反复付费,营业额自然高得多。

游戏业的兴旺反过来也影响到科幻小说和科幻影视,"从幻到科"这种模式形成压倒性优势,时间重启题材诞生,多线程叙述流行,这些写法上的新变化明显受到游戏影响。

1971年,世界上第一个电子游戏《电脑空间》设计完成。在此之前，电子游戏本身便是科幻的想象。而当它来到世界上以后，大量选择科幻题材便也毫不为怪了。

最初，先是经典科幻小说与电影成为电子游戏改编的重头戏。赫伯特的《沙丘》，海因莱因的《星河伞兵》都成为电子游戏。后来，热门电子游戏会被改编成科幻小说和科幻电影。《星际争霸》的小说出版了许多种，《生化危机》则构成一个系列电影，《最终幻想》更是从流行游戏发展为没有真人表演的 CG 电影（Computer Graphics Film）。

科幻作家参与游戏背景的写作，已经成为趋势。美国女作家克里斯蒂·高登曾经分别给《星球大战》和《星际迷航》写过衍生小说，也参加过《星际争霸》游戏的创作。

2018 年，美国星云奖设置了"最佳游戏写作奖"。同一年，第二十九届中国科幻银河奖也设置最佳科幻游戏奖，由《王者荣耀》获得。

中国游戏业已经进入成熟期，产值占全球的三分之一。如果对内比较，已经超过影视和出版业的总和。游戏改变了新一代人的娱乐模式，他们更愿意参与其中，而不是像小说读者或者电影观众那样置身其外，"偷窥"一个故事。很多新兴娱乐行业如剧本杀和密室逃脱，更受游戏玩家欢迎。

虽然科幻游戏在国内的产值极高，但最初商家运营的主要是国外游戏，只有《铁甲风暴》等游戏使用了科幻题材。2015 年，由腾讯天美工作室制作的《王者荣耀》上线。该游戏使用了末世背景,逃难的人类来到王者大陆,发展出新人类,并成为新世界的神。这款游戏获得了空前成功。

游戏中的"故事"由玩家生成,画面和音乐也都由专业人士完成,文字工作者能参与的就是设定工作,为一款游戏设计背景和角色。从收益来看,这种工作会大于独立创作,和影视剧本费用差不多。但游戏设定不会由一个人来完成,通常要结成小组集体工作,大家会就背景和角色反复商议。

写小说可以有主角,最多分点笔墨给一两个配角。对于大型策略性游戏来说,允许玩家在多个角色中挑选一个进行扮演。这些角色的武力值和经验值要保持平衡,否则,玩家会涌向明显强势的角色,拒绝非常弱势的角色。

游戏无主角,或者说,主角可以在多个角色间切换。这是游戏与小说、影视的明显区别。这种叙述结构后来又延续到剧本杀等行业当中。

就我个人而言,更希望能出现以未来学为基础的科幻游戏。它以现实世界为背景,开列出上百个前沿科技,玩家可以自点科技树,建立不同类型的新文明。这种游戏可以让玩家回归现实,投入精力去考虑人类面对的问题。

三节:非叙事科幻

1959 年,中科院邀请当时的顶级科学家畅谈未来，华罗庚、钱学森、茅以升等人欣然命笔，结集为《科学家谈 21 世纪》。该书后于 1978 年再版，两版合计发行近百万册，商业和社会效益都算成功。

这个集子里一半是科幻小说，一半是非叙事作品。说实话，专业科学家写的小说相对平庸，缺乏矛盾冲突，全靠对话推进。但是，里面的知识点都很有前瞻性。如果这些科学家直接写自己对未来的展望，我觉得会更出彩。

这可能是国内最早出现的非叙事科幻作品。所谓非叙事科幻，就是不包括人物、情节、对话等小说元素，不用讲故事，直接谈科学创意。但它们又不是学术论文，允许有文学描写。

将奇思妙想写下来发表，历来是科幻杂志的编辑方法。《科幻世界》杂志上的"奇想"栏目就是非叙事科幻的萌芽。栏目创办人唐风最初想把它办成一个搜集科幻小说题材的专栏，"奇想"每期设定题目，由读者自由发挥、写成短文，在下期刊发其中的佳作。这些文章没有故事和人物，不是小说，直截了当阐发自己的想象。

"奇想"栏目存在了一些年，很受欢迎，读者参与度极高。但出现在里面的构思几乎从未被用来创作科幻小说，它们起于奇想而止于奇想，这说明此类构思本身便拥有独立价值。《科幻大王》杂志后来也创办了"异想天开"栏目，性质、内容与"奇想"大同小异。这些年，唐风在中文在线平台上重建了"奇想宇宙"。

科幻作家也会在小说之外发表系统的奇思妙想。

在《宇宙的辉煌》一书中，几位中国科幻作家集体设想了未来太空生活的方方面面，可以视为这类文字的典型。一些综合性报刊如《北京晨报》，也曾经开辟专栏，请科幻作家畅想未来。

最近，各类科幻征文层出不穷，我重点关注中科院大学的科幻征文，它允许用非叙事科幻来应征。参赛者可以写科幻小说，也可以只写创意。我当过他们的评委，印象中大约十分之一的稿件是纯粹的创意。比如，有人提出未来可以把微生物当成宠物，并给出饲养方式，我就觉得是非常好的点子。

由于只面对中科院的人群，这个征文在社会上几乎无人知道。然而在今天，它是非叙事科幻很少的出口，这是我关注它的理由。

成功的科幻作家也不一定只写科幻小说。阿西莫夫写过一本书，讲述哪些天文级别的灾难可以毁灭全人类。如果他把这些素材改成小说，一部最多只能写一两种灾难，并且还要构思情节，塑造人物，这都是"额外"的智力劳动。

2020年，我开始有意识地创作非叙事科幻，出版过一套《未来畅想》系列，分别从职业变化、前沿科技、海洋开发和宇宙开发的角度畅想未来。这套书可以展示非叙事科幻的特点。它不是小说，而是直接用文字讲述构思。一千字的文章就能详细介绍一个构思，而要写小说，得加上人物和情节，至少一万字。但它又不是科技论文或者商业计划书，不必交代执行细节，只提供创意。作为与现实的妥协，这套书被标注为"科普丛书"，我认为其不算科普的原因是它并不介绍现成的知识。

影视领域也有非叙事科幻，代表作是 2008 年出品的《人类消失以后》。它设想人类突然全部消失后，地球表面会发生哪些变化。这部作品在网络上被标注为"纪录片"或"科幻电影"，其实它两者都算，大家不要刻板认定科幻电影必须是故事片。

很多人把科学创意写成小说发表，并非出于对文学的爱好，只是没有其他渠道发表这些文字。但是文艺创作也很专业，无论写小说还是写剧本都不容易。未来，这种单纯讲述创意的文字或者影视会获得宣发渠道，非叙事科幻也更容易吸引各行各业的人参与。

四节：走向科普

我写了很多科幻小说，但我在写作领域获得的最高奖却来自一本科普图书。2022 年，我给辽宁少儿出版社创作的《人造卫星》获得冰心儿童图书奖。这是该社《国之重器 AR 全景看》中的一本，这套书也获得了第八届中华优秀出版物（图书）奖，里面还有我写的另外两部作品。

科幻不是科普，但是两者经常并列。所以，如果你进入科幻圈，你也会拥有科普圈的资源。当然，科幻作家不一定要写科普，这不仅需要作者有知识储备，更要认同科学理念。有些科幻作家承认，当年写科幻只是因为玄幻等大幻想文学还不兴旺，他更想写的是玄幻。还有评论家认为,反科学的科幻才是好科幻。显然,他们无法去挣科普工作的钱。

如果你有兴趣做科普,你得知道科幻作家搞科普的优势。传统科普只讲确定的知识,人家更多地会邀请专家学者来创作。在知识方面,科幻作家很难超过专业科学家。但是,科幻主要以潜科学和颠覆性技术为题材,而这些题材的前景还不确定,对它们进行前瞻,讨论其社会影响和伦理价值,才是科幻作家的优势。

反过来,公众更喜欢看的往往也是这些前瞻性内容。如果是已经确定的知识,公众只能作听众,当被教育者。而尚未形成的未来是开放的,大家都有发言权。所以,如果是报刊来约短稿,我会尽量要求写前瞻性文字。如果出版社要求写传统科普,我也尽可能要求增加一点前瞻的部分。

很多科幻征文属于科普工作的一部分。2011年,我受邀担任北京科协征文的评委。从那年起,每年我最少担任一个科幻征文比赛的评委。全国科幻征文的总量、单个征文活动的经费,这些年间也扩大了很多。如果你是新作者,这些征文渠道也是晋级阶梯。参加这类比赛要注意主办方是谁。科技系统组织的比赛,肯定会强调科学性,在评分中它们会占很高的权重。我在本书的前半部分把科幻题材分成两大类,用两编来介绍,一个目的就在于此,第二编中各章节题材更适用于科学系统的科幻征文。

五节：科幻旅游

湖北省潜江市以出产小龙虾而著称。2020年，他们为发展旅游业，邀请科幻作家打造了"龙虾星球"系列作品。科幻作家宝树、江波和阿缺应邀执笔。这里不分析这些作品的创作成就，而是要指出，这是一个经费数百万的文创项目。

为地方旅游事业创作科幻小说，以后会成为科幻作家的新业务。更多的情况下，作家可以为科幻主题公园提供策划案。这需要你对科幻与旅游结合的历史有个了解。

国外已经有不少科幻主题公园，有些是由科幻IP衍生的。迪士尼购买《星球大战》后，它的乐园里就出现了星球大战主题的区域。迪士尼乐园曾经有个原创的科幻娱乐区，叫作"明日世界"，他们还以此为题材拍了一部科幻电影。

在环球影城中，"未来水世界"的表演持续了近三十年。有趣的是，原版电影曾创下影史投资亏损纪录，而靠这个表演的收益，二十多年来居然扭亏为盈。另外，那里还有变形金刚主题的娱乐区。

这两家公司都把科幻IP捆绑在综合乐园里面。在美国的拉斯维加斯，还有一个独立的星际迷航主题乐园。日本长野县则有一个银河英雄传说主题公园。

不过，它们都没有法国普瓦捷的观测未来主题公园有影响。它于1987年建立，不依靠影视IP，而是以对前沿科技的关注为卖点。设计师将一些高新科技变成娱乐项目，三十多年来内容不断翻新，已经世界闻名，也是中国海外研学活动的一个重点目标。

虽然国外有不少科幻 IP 演化成主题公园，但全球首座以"科幻"命名的主题公园却出现在中国，名叫"福禄贝尔科幻乐园"，位于江苏省与上海市交界的吴江市。1996 年完工时，乐园占地 56 万平方米，投资高达十亿，引进了当时全球顶级的高科技娱乐设施，可惜仅运营了一年多，便于 1998 年倒闭。

2006 年出现的"长影世纪城"和"重庆金源方特科幻公园"，也是明确打出科幻标签的旅游项目。2018 年，贵阳科幻谷开始建设，是当时国内最大的科幻主题公园，可惜后来停业调整。据知情人透露，他们的问题是有技术缺内容，而内容正是科幻作家的强项。

2020 年，北京市将中国科幻大会引入当地首钢园，成为国内最大的科幻临展。周围片区还以科幻产业带著称。如今，国内还有湖北九头鸟科幻公园、长沙航天科幻公园、山东长阳科幻公园在建设中。

情况喜人，可是文字工作者能做什么呢？我参加过科幻主题公园的策划，为科技馆设计科幻主题的"动线"，做过科幻展会方案的评审。我没受过绘画训练，没本事直接搞设计，就把构思讲给设计人员，再根据他们的设计图提供取舍建议。

建议新作者们争取在科幻文旅项目刚策划时就介入。没赶上开头也没关系，这些项目投资巨大，运营周期长，经常需要补充新内容，你也可以参加后期活动。

另外,长期参加此类项目,回到科幻小说创作上就会有鲜明的场景意识,情节中会有强烈的动感。

六节:媒体宣传

我和别人讲,我长期做"科普"工作,但不是"科学普及",而是"科幻普及"。给报纸杂志写文章介绍科幻占用了我很多精力,当然收入也还算可观。

我能把职业写作坚持下来,一个重要原因是在2003年初,黑龙江的《幻想》杂志向我约稿,每期介绍一个科幻题材,每篇七千字,稿费数百元,在那个年代能够满足基本需求。我看过很多科幻小说和电影,能够接这个单。当年,这份约稿相当于给我发"低保",连续干了三年,每个月先把它写完,再写我自己的作品,正是这个专栏,支撑着我完成了几部长篇。

后来我又写过介绍科幻的书,到央视和新华社的节目里介绍科幻。在媒体上宣传科幻已经成为我的主要工作之一,累计发表文章数百篇。其他作者没花这么多精力,但也有人写介绍科幻的文字。

现在的科幻已经不像我入行时那么冷,像《科普时报》《文艺报》等这类媒体,都能给科幻新闻安排专门版面,还有记者跑这个口。但从整个媒体界来说,熟悉科幻的记者还是太少,他们亟须有人写这类文字。

要在媒体上宣传科幻,首先得有大量积累。而且,作家要给创作打基础,也需要大量阅读科幻小说,观看科幻影视。我从二十世纪七十年代末到现在,阅读过几千本科幻小说,影视剧也观摩了上千部。特别是最近中国本土有很多科幻影视,不管外界风评有多烂我都会看看,就是想找到它们的问题可能会出在哪里。

其次,要保持实事求是的态度。当年科幻很弱小,作者给媒体写宣传稿时习惯于回避弱点,怕给外界留下有关科幻弱势的印象。现在科幻的生命力已经没当年那么脆弱,科幻的缺点也应该勇敢面对。

我入创作这行时,网络刚刚起步,我就是最早把科幻搬上网的那批作者中的一员。当年还只能是文字,无法搞视频。现在,公众接触科幻作品的渠道比当年多得多,信息已经不是问题,更需要提炼、升华和引导。

如果你有兴趣多做点"科幻普及"工作,至少在文艺学和科学传播这两方面要有系统的学习。围绕前面提到的"科学学""科技伦理学"和"未来学",你得看一些基本作品。它们会让你对科幻挖得更深,否则只能讲剧情梗概。

参与学术研究也是一种宣传。论文不同于小说和科普文章,有另外的写作要求,我自己写不了,就积极为别人提供资料。十几年来,不断有人为了写科幻内容的论文找到我,希望我提供资料。我上传到网络的"科幻普及"文字也经常被引用。这说明我的素材和想法对科幻学术活动还是有点帮助的。

新中国最早的科幻论文发表于 1956 年,为郑文光创作的《谈谈科学幻想小说》。最初连科幻小说都不多,学术论文当然更少。2015 年后,科幻研究开始兴旺。历年发表的科幻论文中，2015年后的占一半。以前只有科幻杂志才发表科幻评论，现在，《探索与争鸣》《戏剧之家》《大众文艺》《当代电影》《电影文学》和《名作欣赏》等主流学刊都能发表科幻论文。

如今，中国科普研究所年年发布科幻产业调研报告，已经成为这个领域的权威机构。南方科技大学科学与人类想象力研究中心、中国科幻研究中心和重庆钓鱼城科幻中心也都是新近成立的科幻学术机构。

如果你想从事科幻的学术研究，我非常支持。文学能够传承，一个重要原因在于有大量的学术研究，让过去的作品为下一代人认识。现在，介绍科幻的文字大多来自出版商和记者，只是新闻热点、过眼云烟，需要潜心创作的科幻学术还有发展潜力。

搞科幻学术研究同样要增加阅读量和观影量。一个作家、一个导演，或者一个类型的作品，能看的都要看，而不局限于流行作品。我会被一篇科幻论文吸引，往往不在于它提供了什么观点，而在于里面还有我没看到的作品。

另外，无论你来自哪个专业，建议你在"科"与"文"之间保持平衡，同时兼备科学界和文艺界的视角。说实话，这两方面都有长处，也都有严重缺陷。科幻天生就是科技与文艺的融合，所以在我看来，它们哪一方的观点都值得借鉴，但都不能作为立论基础。你得发展出纯粹属于科幻的视角。

后记
经验之谈

　　讲完写作经验，再给新作者讲点职业经验。它们和文字无关，但你要想当职业作家，首先需要了解这是怎样一条路。

　　1996年的一天，我来到河北理工大学听科幻讲座。主讲人是吴岩老师，我接触到的第一位科幻作家。后来，我又参加了他在北师大组织的科幻迷活动。几次接触，我发现科幻对于我的职业生涯很有帮助，从此便进入这个圈子。

　　吴岩把很多人带入科幻圈，我入圈后也开始做同样的事，热心给每位对科幻有兴趣的朋友介绍资源、提供信息。后来发现，能坚持下来的可能只有百分之几。大部分人几年后就不再写科幻作品，甚至不参加科幻圈的活动了。

　　生涯规划领域有个概念叫作"职业锚"，指人们选择和发展职业时所围绕的中心。刚踏入社会的学生还没有这个锚，他们得摔打一段时间，反复跳槽，变更职业规划，怎么也得十年八年后才能稳定下来。而到这时，他们更有可能把"职业锚"抛在别处，科幻只是爱好而已。现在，我不会对新作者抱太大期望，除非三五年后我发现他还在写科幻。

我在1990年大学毕业,1998年领到人生最后一个月的工资,决定把全职写作当成"职业锚"。最初十年,我全靠稿费生活,非常辛苦。那时社会招工也以三十五岁为限期,我经常犹豫要不要找个班去上。

2009年,有两家出版社邀请我做科幻丛书的主编,发编辑费。从那以后,我开始获得文字之外的收入:编辑费、评委费、讲课费、顾问费,还不算给影视公司写剧本的钱,那也算文字工作的收入。

前后一起出道的作家朋友情况和我差不多,坚持到十年以上就会有各种额外收入。它们不反映在作家的作品上,但如果你没出版过一定数量的作品,别人也不会给你这些额外的钱。

如果你选择职业写作,从此,最大的敌人就是你自己。没人管你,自己能不能管好自己就是决定性因素。科幻作家很多都是科幻迷,好的方面是对科幻有热爱,不好的方面是做科幻迷由兴趣来支持,写作却是份苦差事。你要认真规划、反复修改、按期交稿,一个项目越写到后面越吃力。

作家经常说些怨天尤人的话,别相信那些借口,一个作家写不出来主要是各个方面的不自律,最终表现在拖稿上。无论给杂志供稿还是给出版社写稿,都是出版计划的一部分。不按期交稿,就会耽误人家后面的工序,给编辑留下不敬业的印象,从此约稿不再,经常拖稿相当于断了自己的生意。

科幻迷即使写文字也是即兴之作,不用管别人怎么看,自己写得舒服就行。但如果选择职业写作,你就要明白,发表的作品像是公共场所,你是它的建筑师,你得考虑它对公众有什么影响。比较以自我中心的作者会在小说中大讲内心感受,但是,读者买书是为了获得阅读快感,过多地听作家自我倾诉不利于书籍的更大传播。

身为作者,你还得对自己的作品负责。我们看到金庸的武侠小说,是作者在五十岁前后全面修改过的版本。最初是为报纸连载突击写出来的,情节中有很多硬伤,金庸都做了修订,留下一套传世精品。这种对作品负责的态度才算职业精神。

最后,我向给我提供科幻资料的朋友们表示感谢。二十多年来,不断有人向我介绍某本书、某部电影、某个作家,有人指出我文章中的某个错误。这样的朋友加起来有几百位,我已经无法一一说出他们的名字。在此一并表示感谢。

总之,这是一部集体智慧的结晶,也希望它成为集体智慧的一部分。书中哪怕有一个点,甚至一句话对你有帮助,我就算没有白费力气。

本书参考资料

黄伊.论科学幻想小说.北京:科学普及出版社.1981.

[美]克里斯蒂安·黑尔曼.世界科幻电影史.北京:中国电影出版社.1988.

陈思和.台湾科幻小说大全.福建:福建少儿出版社.1993.

[美]詹姆斯·冈恩.科幻之路.福建:福建少儿出版社.1997.

[法]让·加泰尼奥.论科幻小说.北京:商务印书馆.1998.

张东林.世界科幻电影经典.北京:中国电影出版社.1998.

叶永烈.是是非非"灰姑娘".福建:福建少儿出版社.2000.

[英]约翰·克卢特.彩图科幻百科.上海:上海科教出版社.2003.

林挺,陈珠珠.极点科幻.北京:东方出版社.2003.

华典艺术编辑室.世界科幻电影:全记录Ⅱ.北京.九州出版社.2003.

陈洁.亲历中国科幻:郑文光评传.福建:福建少年儿童出版社.2006.

吴岩,吕应钟.科幻文学入门.福建:福建少年儿童出版社.2006.

黄海.台湾科幻薪火录.台湾:五南图书出版股份有限公司.2007.

吴岩.科幻文学理论和学科体系建设.重庆:重庆出版社.2008.

星河.时空幻影.北京:科学普及出版社.2009.

王玮,张锦编.星际之门:太空探险科幻电影赏析.北京:世界图书出版公司.2009.

陈文龙,王珂.开普勒的梦:太空探险科幻小说赏析.北京:世界图书出版公司.2009.

[英]亚当·罗伯茨.科幻小说史.北京:北京大学出版社.2010.

郑军.第五类接触:世界科幻文学简史.天津:百花文艺出版社.2011.

[加]达科·苏恩文.科幻小说面面观.安徽:安徽文艺出版社.2011.

[加]达科·苏恩文.科幻小说变形记.安徽:安徽文艺出版社.2011.

郑军.光影两万里:世界科幻影视简史.天津:百花文艺出版社.2012.

林韬,王慧婧.科幻电影启示录.北京:世界图书出版公司.2013.

敖建明,黄竞跃,邹和福.中国科幻产业发展研究.北京:中国文史出版社.2014.

[英]罗伯特·格兰特.科幻电影写作.北京:世界图书出版公司.2015.

[美]查尔斯.L·阿德勒.巫师、外星人和星舰.北京:清华大学出版社.2015.

[美]拉切尔·海伍德·费雷拉.拉美科幻文学史.天津:百花文艺出版社.2016.

江晓原,穆蕴秋.新科学史:科幻研究.上海:上海交通大学出版社.2016.

[英]凯斯.M·约翰斯顿.科幻电影导论.北京:世界图书出版公司.2016.

吴岩.中国科幻研究.湖北:湖北科学技术出版社.2016.

[日]武田雅斋、林久之.北京中国科学幻想文学史.浙江:浙江大学出版社.2017.

董仁威.中国百年科幻史话.北京:清华大学出版社.2017.

刘晓华.英美科幻小说科技伦理研究.北京:中国社会科学出版社.2019.

[英]盖伊·哈雷.科幻编年史.北京:中国画报出版社.2019.

孟庆枢,刘研.中日科幻文学研究.吉林:吉林出版集团股份有限公司.2019.

黄鸣奋.科幻电影创意研究系列:危机叙事.北京:中国电影出版社.2019.

王元卓,陆源.科幻电影中的科学.北京:科学普及出版社.2020.

[美]詹姆斯·冈恩.交错的世界:世界科幻图史.上海:上海人民出版社.2020.

王元.藏在科幻里的世界:你好人类,我是人.北京:北京理工大学出版社.2020.

王元.藏在科幻里的世界:N维记.北京:北京理工大学出版社.2020.

吕默默.藏在科幻里的世界:冲出地球.北京:北京理工大学出版社.2020.

吕默默.藏在科幻里的世界:运行到时间尽头.北京:北京理工大学出

版社.2020.

单少杰.藏在科幻里的世界:基因的欢歌.北京:北京理工大学出版社.
2020.

吴岩,陈玲.2020中国科幻发展年鉴.北京:中国科学技术出版社.2020.

吴岩,陈玲.2021中国科幻发展年鉴.北京:中国科学技术出版社.2021.

王挺,王大鹏.中国科幻发展报告(2015—2020).北京:中国科学技术
出版社.2021.

王挺,姚利芬.北京科幻产业发展研究.北京:中国科学技术出版社.
2021.

王挺,姚利芬.区域科幻产业发展研究.北京:中国水利水电出版社.
2022.

金韶.北京科幻产业发展报告.北京:中国国际广播出版社.2022.

科幻文学馆

Science Fiction Museum

上架建议：小说写作教程

ISBN 978-7-5306-8879-3

9 787530 688793 >

定价：58.00元

百花文艺
图书官方旗舰店

扫码关注
更多百花好书